FT

英国空中学園譚

ソフロニア嬢、発明の礼儀作法を学ぶ

ゲイル・キャリガー
川野靖子訳

早川書房

7293

CURTSIES & CONSPIRACIES
FINISHING SCHOOL BOOK THE SECOND

by

Gail Carriger

Translated by
Yasuko Kawano
First published 2013 in Japan by
HAYAKAWA PUBLISHING, INC.
This book is published in Japan by
arrangement with
NELSON LITERARY AGENCY, LLC
through TUTTLE-MORI AGENCY, INC., TOKYO.

トレヴへ

目次

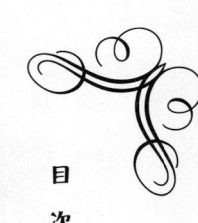

ソフロニア嬢、発明の礼儀作法を学ぶ

登場人物

ソフロニア・テミニック………〈マドモアゼル・ジェラルディン・フィニシング・アカデミー〉の生徒
バンバースヌート…………………ソフロニアのメカアニマル
ディミティ・プラムレイ＝
テインモット……学園の生徒。ソフロニアの親友
シドヒーグ・マコン……………学園の生徒。
正式にはレディ・キングエア
アガサ・ウースモス
プレシア・バス …………学園の生徒
モニク・ド・パルース…………ソフロニアたちと学ぶ上級生
マドモアゼル・
ジェラルディン…………学長
ベアトリス・ルフォー
レディ・リネット
シスター・マッティ …………学園の教授
ブレイスウォープ教授…………学園の教授。吸血鬼
ナイオール大尉……………………学園の教授。人狼
ビエーヴ・ルフォー………………学園で暮らす10歳の発明家。ルフォー教授の姪
ソープ…………………………………ボイラー室の〝煤っ子〟のひとり。本名はフィニアス・B・クロウ
シュリンプディトル教授………姉妹校〈バンソン&ラクロワ少年総合(ポリ)技術専門学校(テクニック)〉の教授
ピルオーバー………………………ディミティの弟。〈バンソン校〉の生徒
ディングルプループス卿………〈バンソン校〉の生徒
フェリックス・ゴルボーン……マージー卿。〈バンソン校〉の生徒
マダム・スペチュナ……………占い師

試験その一　危険なプディング

「ミス・テミニック。ミス・プラムレイ＝テインモット。二人ともこちらへ」

ソフロニアは家政学の計算問題から顔を上げ、中断されたことにほっとした。どう考えても〈三通りのもっとも致命的な飾り花の買いかたの計算〉を間違えた気がする。客が六人のディナーテーブルを飾るのに成長(グロウン)したジギタリスの花が四本？　それとも四人の大人(グロウン)を殺すのに六本のジギタリスが必要だったっけ？

だが、顔を上げたソフロニアが見たのは、この迷いを払拭(ふっしょく)するものではなかった。金色の豊かな巻き髪のレディ・リネットが、だらりと垂れ下がるシルクのライラックにおおわれたボンネットに似合わない、いかめしい表情を浮かべて教室の正面に立っていた。顔にはたっぷりのおしろい。みごとに均整の取れた身体には紫と翡翠色の格子柄のドレス。だが、ソフロニアが不安になったのはレディ・リネットのいかめしい表情のせいでもなければ、レディ・リネットが教室の正面にいたからでもない。この教室にレディ・リネットが現われたからだ。今はシスター・マッティことマティルダ・ハーシェル・ティープの家政学の授業ちゅうで、ソフロニアたちの学年はお茶の時間のあとでレディ・リネットの教室に移動し、〈客間の音楽と破壊的ひとくちケーキ（プチフール）〉の授業を受ける予定になっていた。

「いつまで待たせる気ですか、ミス・テミニック！」

すでにレディ・リネットの隣に立っていたディミティがスカートの脇に隠した手で前に来るよう手招きした。いつもはぼんやりしているのがディミティで、ディミティを無理やり引っ張っていくのがソフロニアなのに。

ソフロニアはぴょんと立ち上がった。「申しわけありません、レディ・リネット。すっかり夢中になっていました。ジギタリスの分量はとても役に立つので」

「たいへんけっこう、ミス・テミニック。〈学術用語を使った弁明〉ね。でも、急いでちょうだい」

〈良家の子女のためのマドモアゼル・ジェラルディン・フィニシング・アカデミー〉で過ごしたこの六カ月間、授業が中断されたことは一度もなかった——空強盗（フライウェイマン）に襲われたときでさえ。良家の子女は何が起ころうと教室からは出ないものだ。ましてや授業ちゅうに別の教師によって連れ出されるなんて。無礼もはなはだしい！

でもこの一カ月、嫌味なモニクを皮切りに、級友たちはこうやって一度に数名ずつレディ・リネットに連れ出され、そして言葉もなく打ちのめされた表情で戻ってきた。ソフロニアはあらゆる手段――大半は〈マドモアゼル・ジェラルディン校〉で学んだものだ――を使ってこの謎を解こうとしたが無駄だった。仲のいいシドヒーグとアガサでさえ、レディ・リネットに連れていかれたあとに何があったのかを話そうとはしなかった。

シスター・マッティは授業が中断されたことを気にするふうもなく、植木鉢と猛毒の入った瓶（ひょっとしたら紅茶濃縮液かもしれないが、見た目は区別がつかない）に囲まれた大きな机の後ろで修道女のような格好で座っていた。シスター・マッティは謎めいた女性だ。なぜ現代ふうの広がったスカートに、一部をボンネットのように改造した頭巾という尼僧まがいの格好を好むのか今もってわからない。生徒たちはそんな謎めいたマッティをおもしろがり、しかも優しい先生なので、奇妙なドレスの趣味についてもおおかた尊重していた。

級友たちが大きく目を見開いて見守った。シドヒーグとアガサはわがことのように身をこわばらせ、モニクとプレシアは胸の前で腕を組んで意地悪そうな笑みを浮かべている。

ソフロニアはフラシ天を張った椅子と蛇腹蓋つき書き物机のあいだを抜けて教室の正面に行き、レディ・リネットの前でお辞儀した。深すぎず、かすかに頭をかしげつつも卑屈には見えない完璧なお辞儀だ。

シスター・マッティが優しく声をかけた。「大丈夫よ、ミス・テミニック。あなたならきっとうまくやれるわ」

「さあ、ついてきて、お嬢さんがた」レディ・リネットが強い口調で言った。

「がんばって！」アガサが小声で言った。めったにしゃべらないアガサが言うのだから、よほど重大な事態に違いない。

ソフロニアはディミティににじり寄った。学園の廊下は狭く、たっぷりしたディドレスを着たレディなら横に二人並ぶのがやっとだ。二人はしわが寄るのもかまわず何層ものスカートをくっつけ合い、不安をまぎらすように腕を組んだ。〈マドモアゼル・ジェラルディン・フィニシング・アカデミー〉の校舎は三個の飛行船を押しつけ合ったような巨大な飛行船で、パスタ麺のように曲がりくねった廊下が階段やバルコニーに通じている。たいていは薄暗く、暗くなると逆さにしたパラソル形のガスライトが灯った。この廊下がどんな服を想定して設計されたにせよ、上品なレディのドレスでないことだけは確かだ。

レディ・リネットは二人をしたがえ、上方キーキーデッキがあるほうに歩いてゆく。校舎をダートムア上空にふわふわと浮かばせる巨大気球の下にある展望デッキだ。こんな時間にキーキーデッキに向かうなんて、いったい何ごと？　ディミティがソフロニアの腕をさらに強くつかんだ。

向こうからメカメイドが近づき、二人は蝶番（ちょうつがい）つきの門扉のようにさっと壁に張りついて道を譲った。メカメイドの顔は一般的なメカ使用人につきものの金属の仮面ではなく、歯車がいくつも嚙み合ったモザイク状で、円錐形の胴体に白いエプロンドレスをつけている。ソフロニアはこれを見るたび、なんだか小ばかにされているような気になった。

これが生徒だけなら、遭遇した瞬間に警報を鳴らしたはずだが、今はレディ・リネットが一緒だからその心配はない。ここではあらゆるタイプのメカ――メカ執事からメカ従僕、音出しメイドにいたるまで――に〝教師が同行する生徒は無視せよ〟というプロトコルが埋めこまれている。学園には大量のメカ使用人がいて、ほとんどすべての廊下にはめこまれた単一軌道上をゴロゴロと移動し、レディたちの学園生活が円滑に行なわれるためのありとあらゆる仕事をこなしていた。以前、ソフロニアは一体の従僕型メカがシスター・マッティからことづかった小ナプキンの山――なかには猛毒をしみこませたものもある――を抱え、ルフォー教授に届けるところを見たことがあった。ソフロニアの両親が住む田舎の家では、これほど重要な任務をメカ使用人にさせることは決してないが、ここは生身の職員より蒸気駆動の職員の数のほうがはるかに多い。

学園で暮らしはじめて半年が過ぎ、学園内の配置図はほぼ把握したつもりだった。ところが、教室と寝室がある中央の生徒居住区から後方のお楽しみ区に向かう途中、レディ・リネットはソフロニアが一度も見たことのない場所に入っていった。倉庫とプロペラ室の上に広い食堂と運動室があるのは知っていたが、レディ・リネットはさらにその上にのぼってゆく。

「食堂の上にも部屋があるなんて知りませんでした、レディ・リネット」と、ソフロニア。だが、生徒の〈情報聞き出し術〉に引っかかるようなレディ・リネットではない。ソフロニアのコメントを無視して歩みを速めた。

ソフロニアとディミティは飛び跳ねるようにあとを追った。ゆっくりした速度ならすべるように優雅に歩けるが、かさばるスカートで速く歩く授業はまだ受けていない。

そこは古いロウソクとチョークの粉と酢漬けタマネギのにおいがした。メカ軌道は油がさされておらず、輪止めの隅には埃（ほこり）が積もっている。壁にはいかにも気むずかしそうな年配女性の絵が数枚と、額に入ったかぎ針編みの作品がかかっていた。

ようやくレディ・リネットが正面扉の前で足を止めた。扉の札（ふだ）には**評定室——入室危険**と書いてある。ソフロニアは一瞬、記録室のことを思い出したが、何も言わなかった。結局、数カ月前の記録室侵入事件の犯人は判明しなかった。これさいわいだ。

札の下には白ペンキで**マフィンはないよ！**と落書きされていた。さらにその下には**防水シューズ禁止もお断わり**の文字。あら、文法が間違ってるわ。

「ミス・テミニック」レディ・リネットが手招きした。「さあ、入って」

ソフロニアは一人で部屋に入り、レディ・リネットが背後で扉を閉めた。

ソフロニアは目の前の巨大なないいいいいなんとかかんとかメカに目を奪われた。この夏、家族と水晶宮を訪れたときに見た階差機関（ディファレンス・エンジン）によく似ているが、これは計算のためのものではなさそうだ。その証拠に装置はさまざまな付属品におおわれていた。後部には布がかけられ、数枚の絵がぶらさがり、片側には所在なげに数個の鍋とフライパンがかかっている。

ソフロニアは額にしわを寄せた。前にビエーヴがこんなふうなメカの話をしてなかった？　なんという名前だっけ？　ああ、そうだ、ヘンテクリン装置。

ヘンテクリンの横には、クランクをまわすメカが付属品のように立っていた。

ソフロニアはふたつのメカの正面に立ち、腰の前で軽く手を組んだ。レディ・リネットから教わった、〈どうしていいかわからなくなったときに取るポーズ〉だ。〝組んだ手はしとやかさと信心深さを表わすだけでなく、細い腰に視線を集める効果もあります。まつげのあいだから観察できる程度にかすかに頭を下げれば、なおけっこう。さらしたうなじがはかなげな印象をあたえます〟。ソフロニアは猫背になりやすい。マドモアゼル・ジェラルディンはなんとかこの悪い癖を直そうと、こう戒めた――〝オランウータンのように緊張してはなりませんよ！〟。そのとき、〝オランウータンって緊張するの？〟とささやいたディミティは当然のごとく腰の前で優雅に手を組んでいた。

ソフロニアは意識して肩の力を抜いた。

ヘンテクリンも付属メカもそんなことには無頓着で、ソフロニアが姿勢を正してもなんの反応もなかった。

ソフロニアは話しかけてみた。「こんにちは。あたしを待っていたの？」

メカが蒸気をぷっと吐き、ブーンと動きはじめた。「六カ月。審査。第一回」金属テープが喉頭をかちかちと通過して声を出した。

ほかに言うべき言葉もなく、ソフロニアは先をうながした。「それで？」

「開始」そう言うやメカは鉤爪のような突起物を伸ばし、ヘンテクリン装置のクランクをまわしはじめた。

一枚の油絵が装置のてっぺんでひっくり返って落下し、コンベヤーの鎖からぶらさがった。青いディナードレスを着た少女の絵で、何十年も前の古くさいデザインはみっともない寝間着のようだが、少女は美しく、髪にヤグルマソウを飾り、夕べの集まりを楽しんでいる。

メカがクランクをまわすと、絵がさっと引っこんだ。続いてハッチが開き、銀のトレイに載った紅茶のセットがすべるように現われた。

「注いで」メカが命じた。

ソフロニアはばかばかしいと思いながらも進み出た。紅茶セットは四人ぶん。ポットの紅茶は冷めている。ソフロニアは迷った。いつもならなかみを容器に捨て、小言とともに料理人に突き返すところだ。現実世界と同じように行動すべき？　それとも現実とは関係なく、注ぐという動作が重要なの？

メカがブーンと音を立てた。時間制限があるらしい。

ソフロニアは紅茶を注いだ。正しい作法にのっとり、最初に自分のカップ、次に三人ぶんを注ぎわけた。砂糖やレモンの好みをたずねる相手もいないので、どちらもトレイにあることだけを確認した。砂糖は壺に半分ほど。ひからびたレモンが四きれ。紅茶と同様、長く放置されていたようだ。ソフロニアはポットの蓋を取って茶葉を見た。最高級品。ティーセットもしかり。ブルーのウェッジウッド――もしくはよくできた模造品。それからポットとミルクとカップのにおいを嗅いだ。どれもそのもののにおいだが、ひとつのカップはかすかにラベンダーの香りがした。皿には粉砂糖をかけたプチフールが三個。ソフロニアは手袋をした指先でそれぞれの端を軽くつついてみた。思ったとおり、ひとつは作りものだ。マドモアゼル・ジェラルディンの私的コレクションのひとつに違いない。学長は偽菓子になみなみならぬ愛着を持っている。ほかのふたつは本物のようだ。どちらもほろ苦いアーモンドのにおいがする。ソフロニアは十五歳の誕生日にディミティの弟ピルオーバーからもらった〈邪悪な精密拡大レンズ〉をかかげた。ひらたく言えば、棒のついた高性能片眼鏡(モノクル)だが、腰の飾り鎖からぶらさげておくと何かと便利だ。片方のケーキに載っている砂糖はどうも怪しい。

トレイがさっと引っこんだ。

次に、ヘアリボンがずらりとさがった一本のひもが現われた。洗濯ひもに濡れた長靴下をピンでとめたような。ソフロニアの今日のドレスは、淡い黄色と青色のひだがびらびらついたとんでもないデザインで、すでに三人の姉によって三シーズン着古されているにもかかわらず〝これならどこに出ても恥ずかしくないわ〟と母さんが言い張ったしろものだ。テミニック家におけるソフロニアの不在(アブセンス)はテミニック家の出費の欠如(アブセンス)をともない、もう長いあいだ新しいドレスを作ってもらっていなかった。ソフロニアは並んだリボンのなかからドレスの色合いによく似たクリーム色と青色のものを取った。すでにレディにふさわしい帽子をかぶっていたので、髪には結ばず、〈バンソン校〉の男子学生ふうの複雑な結びかたで首に巻いた。〈バンソン&ラクロワ少年総合技術専門学校(ポリテクニック)〉は邪悪な天才を養成する学校で、いわば〈マドモアゼル・ジェラルディン・フィニシング・アカデミー〉の姉妹校だ。つねに敵対しているよそよそしい姉妹だけれど。

ヘアリボンが消え、ヘンテクリンは新たな道具を出した。ペーパーナイフ、レディ用の派手な裁縫バサミ、大ぶりの扇子、マフィン状パン(クランペット)、ハンカチが二枚に白い子ヤギ革の手袋。ようやく得意分野が出てきた。正しく使えば、どれも有効かつ決定的な価値を持つ道具だ。ソフロニアが裁縫バサミとハンカチを一枚選ぶと、それ以外の道具は引っこんだ。

次に現われたのは、**いますぐ助けを求めよ**という文字が書かれた書字板で、表面の木板の上にはインクと羽根ペンと羊皮紙、丸い刺繍枠と針と糸、ラズベリー味の発泡キャンディの袋がひとつ載っていた。ソフロニアは裁縫バサミで菓子袋を開けてキャンディをひとつ取り出すと、刺繍針で指先を刺し、割ったキャンディの内側に血を塗りつけて袋に戻し、最後に首に巻いたリボンを切り取って袋の口を結んだ。

残りの道具はヘンテクリンのなかに消え、メカはクランクをまわすのをやめた。

ソフロニアはあとずさり、ふうっと息を吐いた。

お腹が鳴ったところをみると、かなり時間がたったらしい。課題のたびに、思ったより長々と考えていたようだ。何かが扉にぶつかる音がして扉を開けると、メカメイドが食べ物の載ったトレイを持って座っていた。ソフロニアがありがたく受け取ると、メイドは愛想もなくゴロゴロと戻っていった。ソフロニアは片足で扉を閉め、椅子もないので、しかたなくヘンテクリンの上にバランスを取りながらトレイを置いた。

ソフロニアは食べ物を検分した。アーモンドのにおいはしない。それでも用心のため、光るカランツゼリーソースのかかった羊のもも肉とジャムとアーモンド入り焼き菓子（ベイクウェルプディング）は避け、ゆでたポテトとブロッコリーだけを食べた。これも試験のうちと考えたほうがいい——レディ・リネットが戻ってきて終わりを告げるまでは。ああ、残念。ベイクウェルプディングは大好物なのに。それきり何も起こらないので、ソフロニアはヘンテクリンがまた偉そうに物を出す前によく観察することにした。

それにしてもすばらしい装置だ。ビエーヴはこれが校内にあることを知ってるのかしら？　ジュヌビエーヴ・ルフォーはソフロニアの親友で、男の子のような身なりと珍奇な道具を発明するのが好きな陽気な十歳児だ。ヘンテクリンの実物を知らないとしたら、きっと知りたがって、あれこれ質問を浴びせるに違いない。ソフロニアはきかれそうなことを思い浮かべながら特徴を頭に叩きこんだ。それに疲れると、裁縫バサミで装置から小さい部品をはずした。切り子面の水晶バルブで、形も雰囲気も嫌というほど見覚えがある。見た目はまさしく去年、モニクが盗もうとしていた試作品（プロトタイプ）の小型版だ。はめこんであるだけだから、はずしても装置の機能に影響はないだろう。去年、初めて試作バルブを見つけたとき、ビエーヴは長距離通信のことをえんえんとしゃべりつづけた。たしかに先のテレグラフの惨憺たる失敗からすると画期的発明だ。これが同じ試作品の新型だとしたら、きっと見たがるに違いない。

背後の扉が小さく開き、ソフロニアはあわてて袖のなかにバルブを隠した。仏塔（パゴダ）のようにふくらんだ袖は物を隠すのにぴったりだ。

「ミス・テミニック、終わりましたか？」と、レディ・リネット。

「全員が同じ時間に終わるんじゃないんですか？　ヘンテクリン装置の回転周期は最初から決まってるように見えましたけど」と、ソフロニア。

「あらまあ、生意気を言うものではありません」

ソフロニアはすまなそうにお辞儀したが、必要以上に待たされたという感覚は消えなかった。

「先にミス・プラムレイ＝テインモットを評価していました。厳密には、入学は彼女のほうがあなたより先ですからね。思い出してちょうだい。正式に入校を許される前に、あなたはマドモアゼル・ジェラルディンとお茶を飲んだはずよ」

あのときのことはよく覚えている。あの大量の偽ケーキ。

「さて、ではあなたの試験結果を」レディ・リネットは小物バッグから丸い操作盤のようなものを取り出し、激しく振りはじめた。ソフロニアは首をかしげた――頭がおかしくなったのかしら？

何も起こらない。

「ちゃんと動くと言ったくせに。ああ、なんてこと」レディ・リネットは腹立たしげにつかつかとヘンテクリンに歩み寄り、メカの背中の下部にあるクランクとスイッチをいくつかぐいと引いた。メカはこれに反応し、人間の手ならとても届かない場所にある背中の小さな隠れクランクに手を伸ばしてまわしはじめた。と、ヘンテクリンの端から巨大な回転機が下りてきて下のインク皿にどぼんと浸かり、並んだ文字の上をゴロゴロと転がったかと思うと、ぴんと張った紙の上に目にも止まらぬ速さで次々に文字を打ちつけはじめた。続いて、転写された文字の上をピンク色の大きな吸い取り紙があっちに行ったりこっちに来たりしてインクを吸い取った。

ソフロニアはすっかり目を奪われた。ヘンテクリンに印刷機が内蔵されていたなんて。装置のなかで何かがカタカタと音を立て、それからウィーンとうなりはじめた。

「作動停止」レディ・リネットがまたしても謎の物体を両手で振りながら命じた。

うわ、やだ——もしかしてあの小型バルブは大事なものだったの？

ヘンテクリンはさらにうなりを上げ、ガタガタ震えだした。

「回転停止」レディ・リネットはさらに物体を激しく振ってメカに命じ、「ミス・テミニック、どうやら逃げたほうがよさそうだわ」そう言って先に部屋から出るよう手招きした。

だが、ときすでに遅く、ヘンテクリンはすさまじい音を立てて爆発した。ヘアリボンが宙にひるがえり、紅茶セットがこなごなに割れ、偽ティーケーキがゴムボールのように跳ね、印刷機からインクがほとばしった。

ソフロニアとレディ・リネットは、ドレスがつぶれてペチコートがめくれ上がるのもかまわず床に伏せた。

「まあ、なんてこと」爆発後の静寂のなかでレディ・リネットが言った。「あなた、何をしたの？」やおら立ち上がり、脚をケガでもしたかのように片方に傾いたヘンテクリンに近づいた。

「あたし？　あたしは何もしてません！」ソフロニアも立ち上がった。

レディ・リネットはちっと舌を鳴らし、厚塗りの頬についたインクのしぶきをハンカチでこすった。「新型バルブはどこ？」

「バルブって？」ソフロニアは目をぱちくりさせ、とまどいの目で見返した。

レディ・リネットはソフロニアをじっと見つめた。「どうやら爆発の衝撃で転がり落ちたようね。だからルフォー教授に言ったのよ、架台にしっかりはまっていないようだと。それでなくてもうまくいかないだろうと」ソフロニアは何も答えなかった。「まったく、こんな貴重な装置を実験台に使うなんて。ああ、気にしないで、あなたの試験結果はちゃんと出たようだから」レディ・リネットはヘンテクリンが印刷した紙を振った。

ソフロニアは立ったまま、試験ちゅうに手に入れたハンカチを何食わぬ顔で差し出した。レディ・リネットは上の空でハンカチを受け取り、しばらく手を止めて考えこんだあと、顔のインク汚れをふきもせず、小さな笑みを浮かべてハンカチを返した。

「まあ、たいへんけっこうよ、ミス・テミニック。実にすばらしいわ!」そう言って印刷された紙を見つめた。まじまじと。

「評価を始めましょう。あの油絵、時代は?」

「服装から判断すると一八一四年。おそらくその前後一年くらいです。夜のパーティでした」と、ソフロニア。

「ドレスの色は?」

「中央の人物は青。背後の人たちは緑とクリーム色」

「帽子の種類と飾り物は?」

引っかけ問題だ! 「帽子は誰もかぶっていません。中心人物は髪にヤグルマソウを挿していました。さっきも言ったように夜のパーティですから」

レディ・リネットはメガネからはみ出すように片眉を吊り上げた。「ほかに言いたいことは？」

ソフロニアは背を伸ばした。「言いたいことなら山ほど」

「絵に関してよ、ミス・テミニック。とぼけないで」

つい昨日、先生は〝上流階級の若いレディはみな誰しもとぼけたがる時期があるものです〟と言ったばかりなのに。ソフロニアは喉まで出かかった言葉をのみこんだ。「絵はよく描けていますが、画家は貧乏だったと思われます」

レディ・リネットが困惑の表情でたずねた。「どうしてそう思うの？」

「赤とか金といった高価な絵の具が使われてないからです。貧乏だったか、そうでなければ毒性を恐れていたのかもしれません。画家の署名はなく、絵には約十二名の人物が描かれていました」ソフロニアは効果をねらってわざと言葉を切り、「それから猫が一匹。壁紙は縦縞で、窓ごしに見える庭はローマふうでした」と続けた。

レディ・リネットはうなずいてメガネをはずし、それから不満そうに鼻を鳴らしてまた鼻に載せた。レディ・リネットはつねに年齢より若向きのドレスを着ているが、せっかくの若作りもメガネをかけたら台なしだ。毛糸編みのセーターを着るより年寄りくさい。

「紅茶の注ぎかたに移ります、ミス・テミニック。紅茶は冷めていました。それでも注いだのはなぜ？」

ソフロニアは唇を噛んだ。これも教師たちがやめさせようとしている癖だ。〝唇に視線を集めたければ軽くなめるだけで充分。噛むのは学者ふうすぎます〟——レディ・リネットはつねづねそう注意し、マドモアゼル・ジェラルディンは〝知性があるのはけっこうですが、他人に見せびらかしてはなりません。恥ずべきことです〟と言った。

ソフロニアは噛むのをやめた。「捨てようかとも思いましたが、ヘンテクリンは紅茶の注ぎかたを評価するのだろうと思いなおしました。ほかに人がいたら、新しい紅茶をいれ替えるよう突き返すつもりでした」

「ミルクを先に入れるのは下層階級のやりかたね？」

「カップの内側に酸性毒物がついていないかを確かめるためです。毒入りならばミルクが凝固もしくは変色します。それに、カップのひとつはラベンダーのにおいがしました」

レディ・リネットは思わずたずねた。「あら、そう？」

「はい。ラベンダーのにおいがする毒物は知りませんが、別のにおいをごまかすためのものかもしれません。もちろん、あなたのカップだったという可能性もあります、レディ・リネット」

「わたくしの？」

「先生はいつもラベンダーのにおいがします」

「ティーケーキは？」

「ひとつは偽物でした。あとのふたつはどちらも苦いアーモンドのにおいがしました。ひとつは本物のアーモンドケーキだったようです。でも、片方にはシアン化合物が振りかけてありました」シスター・マッティからシアン化合物について習ったときは悲しかった。これからの人生――自分で作らないかぎり――アーモンドケーキは二度と食べられない。アーモンドのにおいのする菓子にシアン化合物が入っていないと保証する方法はどこにもないからだ。

「リボンに移りましょう」

「今日のドレスに合う色を選んでバンソンふうに結びました」と、ソフロニア。

「説明がひとつ足りないようね」

ソフロニアはにっこり笑った。「それについてはこれからゆっくり説明します、マイ・レディ」

レディ・リネットは驚きながらも続けた。「なぜバンソン結びを？」

ソフロニアはパリのファッション紙から訳された最新記事を長々と説明した。この情報をくれたのは、誰あろうビエーヴだ。ビエーヴは新聞売り少年のような格好をしているが、最新ファッション――とくに帽子――には詳しい。十歳児はその記事の内容をうれしそうに話してくれた。「バンソン結びには好ましい軍人らしさがあります。最近読んだ記事によれば、服装に男性的要素を取り入れると、着ている人に自信をあたえるそうです。男性的要素がかもし出す威厳のある雰囲気は決してマイナスにはなりません」ソフロニアはビエーヴの話をわかりやすく言い換えた。

レディ・リネットは感心したようだ。こんなことは授業では教えない。「それであなたはいま自信と威厳を感じますか、ミス・テミニック？」

ソフロニアは首のリボンに触れて答えた。「はい、感じます」

レディ・リネットはうなずき、「あなたはそのスタイルを追求するのもいいかもしれないわ。お母様に――軍人ふうでもいいから――せめて一枚でも新しいドレスを頼んでみてはどう？」そう言って憐れむような視線を向けた。

ソフロニアは顔を赤らめた。これまで、ディミティに手伝ってもらって手持ちのドレスを何枚も縫いなおした。でも、古いデザインはどれも細身で、いまの流行はスカートが広がる一方だ。こうなるとやれることはあまりない。ドレスを詰めることはできても、広げるのは無理だ。しかもここはフィニシング・スクール――そんな小手先では誰の目もごまかせない。とはいえレディ・リネットは、あたしには男っぽい服が似合いそうだと言った。金の房飾りや肩飾りをつければ少しはよく見えるかもしれない。きっとディミティが大喜びするわ。

ソフロニアの妄想はレディ・リネットの声に断ち切られた。「次の試験では裁縫バサミとハンカチを一枚、選びましたね。これはなぜ？」

「ナイオール大尉のナイフの授業はまだ途中です。だからペーパーナイフはやめました。でも、ハサミの有効性はよく知っています。ハンカチはいくら余分に持っていても困りません」

「扇子や手袋を選ばなかったのは？」

「女スパイに白い子ヤギ革は実用的ではないし、扇子を使った訓練はまだ受けていません」

「クランペットは？」

「いえ、あたしはクランペットの価値もありません（「まったくの役立たず」の意）から」

「最後は暗号メッセージね。見せてちょうだい」

ソフロニアはリボンの切れ端で口を結んだ菓子袋を差し出した。

レディ・リネットはふむふむとうなずいた。「リボンを使うことで送り手の人物像がわかる。いいアイデアね、ミス・テミニック。前の試験で手に入れた裁縫バサミをうまく利用しているわ」袋を開けて振り出すと、ソフロニアがそっと割って内側に血を塗りつけたキャンディのかけらが出てきた。

レディ・リネットはかけらのにおいを嗅ぎ、しげしげと血痕を見た。「手を見せて」

ソフロニアは片方の手袋を取り、針を刺した指先を見せた。

「事前に暗号を打ち合わせておくべきだったわね。とはいえ、なかなか独創的な伝達法です。しかも受け手が甘い物に目がなければなおさら証拠は残らない」レディ・リネットはもういちど印刷された紙を見つめ、エンピツを取り出して下のほうに何やら書きこんだ。

ソフロニアは肩をいからせているのに気づき、意識して力を抜いた。あたしの選択は正しかったの？　先生たちはありきたりのやりかたを期待していたの？　それとも突飛なことをしたほうがよかった？　退学になったらどうしよう？　ソフロニアが何より恐れるのは、〈マドモアゼル・ジェラルディン校〉の生活が中途半端のまま終わることだ。つい半年前はフィニシング・スクールなんか死んでも行きたくないと思っていた。でも、ここがありきたりの花嫁教育をするところではないと知ってからはすっかり変わった。いまや、かつての生活に戻ると考えただけでぞっとする。

「試験結果が渡されるのはみな同時よ。最終成績は級友たちの前で発表されます」と、レディ・リネット。

とたんにソフロニアは気が重くなった。これで級友たちの顔が青ざめていたわけがわかった。精神的ダメージを予想していたのね。とりわけアガサはみんなに知られるのを恐れている。

「とはいえ、ざっと見たところあなたの能力はこの学園に向いているようです。非常に自立心旺盛ね。あとは社交の場と立ち居振る舞いの勉強に力を入れること。集団行動――これがあなたの弱点よ、ミス・テミニック。一般的に、単独スパイの大半は男性です。わたくしたちレディは世間をあやつる術を学ばなければなりません」

ソフロニアは顔がほてるのを感じた。ほめられたのはうれしい。でも、注意点には納得いかなかった。優秀だってことは自分でもわかっていた。同級生のなかではかなりいいほうだ。もちろん、格闘技ではシドヒーグにかなわないし、ディミティとプレシアはずっとレディらしいし、社交場での優雅な振る舞いはモニクがはるかに上だけど、スパイ術にかけてはあたしがいちばんだ。そう思いながらもソフロニアは口をつぐみ、ぎゅっと組み合わせたい気持ちを抑えて両手を見つめた。レディ・リネットは〝単独スパイの大半は男性だ〟と言った。つまり、女性がなれるチャンスも少しはあるってことだ。

「お疲れさま、ミス・テミニック。戻っていいわ」

ソフロニアはちょこんと頭を下げた。頭が高すぎて、間が短い、はにかむような――ゆえに無礼なお辞儀だったが、レディ・リネットが苦言を呈すまもなく、ソフロニアは〈マドモアゼル・ジェラルディン校〉の教師の誰も文句のつけようのない堂々とした態度で、すべるように部屋を出ていった。

試験その二　混迷する結果

部屋を出ると、廊下でディミティが待っていた。顔は青ざめ、下唇は震えている。

「ああ、ソフロニア」ディミティが泣きついた。「もう完璧なまでに恐ろしくなかった？」

ディミティは近ごろますます言葉が大仰になってきた。マドモアゼル・ジェラルディンと接する機会が多いせいだ。「たしかに変だったわね」ものごとをひかえめに言うソフロニアの才能は、大げさに言うディミティの才能と同じくらいすぐれている。

「わたし、冷めた紅茶を注いじゃった」と、ディミティ。「あなたは？」

ソフロニアはうなずいた。

「ああ、よかった。あなたはそうするだろうって思ったの。こういうことにかけては、あなたはいつも正しいから」

「いつもってわけじゃないけど」

ディミティはうなだれた。「ああ、どうしよう。あなたの評価は完璧だったんじゃない？」

「とんでもない！」

ディミティは顔を輝かせた。「ほんとに？　わたしもよ。ああ、よかった。なんとか落第せずにすみそうだわ」

「あなたはてっきり追い出されたがってるとばかり思ってたわ。本物のフィニシング・スクールに入って、立派な議員どのかなんかと結婚して、次のディナーパーティのことしか考えないような普通のレディになりたいんだって」

「前はそうだった。というか今もよ。でも、それじゃママがひどくがっかりするだろうし、あなたとも別れなきゃならないわ。それを言うならシドヒーグとも。バンバースヌートとも」

ディミティらしい論理にソフロニアはあいづちを打つしかなかった。「たしかに」

「それはそうと、この手紙のことを話そうと思ってたの」ディミティが型押しのある手紙を思わせぶりにちらっと見せた。

ソフロニアはさっと手を伸ばした。

だが、ディミティのほうが一瞬、速かった。「ダメよ、みんながいるときまで待って」

ソフロニアはべぇと舌を突き出したが、昼食が終わるまでおとなしく待つことにした。

居間はモニクとプレシアに占領されていたので、アガサとシドヒーグはソフロニアとディミティの寝室に集まり、さっそく噂話を始めた。

ディミティは恥ずかしさと興奮が入り混じった表情で手紙を取り出した。「ディングルプループス卿からよ！」

「ディミティ」アガサが口をはさんだ。「婚約していない男性と私的な手紙のやりとりなんかしていいの？」

「よくないけど、これは初めての手紙なの。わたしが先に書いたわけじゃないのよ！　それに、そんなにはしたないことでもないわ。だってわたしたちは家どうしが知り合いだもの」

アガサはなおも心配そうだ。「ディングルプループス卿は交際を申し出る許可をもらったの？」アガサ・ウースモスは小柄でぽっちゃりした赤毛の少女で、そばかすのある顔にいつも困りきったような表情を浮かべている。濡れた猫のような。

ディミティはさらに顔を赤らめた。「いいえ、でも、そのつもりじゃないかしら」

シドヒーグが走り書きの書面を読んだ。「こりゃただの手紙じゃない。〝二人きりでこっそり会いたい〟って書いてある！」

「ディミティ！　隠してたのね？」と、ソフロニア。

ディミティは口をとがらせた。「だって、こういうことになるとあなたはすぐソフロニ、ア、ふうに考えるんだもの。だからよ。そんなに悪いことじゃないでしょ？　きっとおしゃべりしたいだけよ、ほら、天気のこととか」

衝撃的な手紙を握ったままシドヒーグが言った。「この飛行船を訪ねると書いてある。天気の話なわけがない」シドヒーグ・マコンはソフロニアとほぼ同い歳で、飛び抜けて背が高く、細長い顔がりりしい、教師陣が目をそらしたくなるほど礼儀作法とドレスに無頓着な生徒だ。

ソフロニアは納得しなかった。「ディミティ、これが本当だとしたら、ディングルプループス卿はどこからか飛行艇を盗んで学園を探し出さなきゃならないってことよ。ダートムアのどこに浮かんでるか、あたしにさえわからないのに。あなただってわからないでしょ？　向こうにわかるはずがないし、〈バンソン校〉に飛行艇があるとも思えない。どう考えても無謀よ」

ディミティはなぜかディングルプループス卿に好意を抱いており、なんでもいいほうに考えたがる。「だったらなおさら大事な用事なんじゃないかしら？　愛の告白とか！」

「まあ、ディミティ！」と、アガサ。

「あなたはまだ十四歳、そして彼はいくつ？　十六？」と、ソフロニア。

ディミティが口をとがらせた。「わたしの誕生日はもう何週間も前よ！」

シドヒーグが遠慮なく言った。「ディングルプループス卿はまだ爵位を持ってないはずだ。両親の許可なしに告白はできない」育て親が男だったせいか、スコットランド人だったせいか、軍人だったせいか、人狼だったせいか、はたまたその四つすべてだったせいか、シドヒーグにはかなりがさつなところがある。それでもレディ・キングエアの称号を持つ本物のレディだから——もっと年配であれば——このがさつさも風変わりとして受け入れられたかもしれない。だが、十四歳でのこの粗野な振る舞いは、流行遅れの帽子のように奇異で気まずいものだ。

ソフロニアはシドヒーグから手紙を取り、じっくりながめた。便せんにはディングルプループス伯爵の名が印刷されており、それだけで何やら重々しい。それにしても伯爵の息子が父親の便せんを使って何をたくらんでるの？　考えつくことと言えば、父親の名をかたって誠実な商人に言いがかりの手紙を送りつけるとか、ディミティのような若い良家の子女をからかうとか、せいぜいそんなとこだ。

「十日後に後方キーキーデッキで会いたい、ですって？」

ディミティがうなずいた。「ロマンチックだと思わない？」

「まさか行かないわよね？」と、アガサ。

「行くに決まってるじゃない！　はるばる来てくれるんだもの」

「涙で終わるのが関の山だ」シドヒーグがむっつりと言った。

ソフロニアはそれ以上、何も言わなかった。こんなときディミティはものすごく頑固だ。こっそりあとをつけよう。ディングルプループス卿は何かたくらんでいるに違いない。

試験結果が出たのは、その週も終わりになってからだった。夕食後、いつもは客間ゲームとカジノの確率計算法（カードカウンティング）をする時間にソフロニアの学年だけが集められた。アガサはいまにも失神するか、泣きだすか、心悸亢進（しんきこうしん）を起こすか、もしくはそのみっつを同時にやりそう——それはそれでたいしたものだ——に見えた。黒髪で、小柄で、無駄に顔立ちのいいプレシアはこれから誰かを殺しそうな表情を浮かべている。もっとも、プレシアはいつもそんなふうだ。ディミティは陶器のような丸い顔をこわばらせ、前にも経験のあるモニクは決然とスカートをひるがえし、シドヒーグはどうでもいいというような、腹立たしいほど悠然とした足取りで歩いてゆく。

あたしはどんなふうに見えてるのかしら？　肩に注目しなければ、緊張しているようには見えないかもしれない。レディ・リネットが今回の試験結果に感銘を受けたと知ったら、ソフロニアはさぞ驚いただろう。レディ・リネットは試験後の食事でソフロニアが野菜しか食べなかったことにも感心した。食事も試験の一部だと考えた生徒はソフロニアだけだ。事情を知っているはずのモニクでさえ肉を七口も食べ、プディングを全部たいらげた。

レディ・リネットは、婦人の寝室と風俗喜劇の舞台セットをかけあわせたような自分の教室に生徒たちを案内した。真っ赤なカーテン。これでもかとあしらわれた金色。椅子がわりの寝椅子。足のせクッションにわがもの顔で寝そべる、くしゃっとつぶれたような顔の、毛の長い数匹の猫。

レディ・リネットは部屋に六人の少女を残して出ていった。

六人はかたずをのんで座っていた。アガサは足もとを見つめ、シドヒーグは背中を丸めている。二人ともよくない姿勢であることはわかっているが、不安のあまりいつもの癖が出たようだ。

ルフォー教授が部屋に現われた。

その姿を見たとたん、思わずうめき声が聞こえたような気がした。なにしろ教師のなかでいちばん恐れられている先生だ。

たとえて言うなら、〝戦斧〟というより、〝切れ味鋭く、歯がぎざぎざで、ときどきかんしゃくを起こすが便利なピンキングバサミ〟のような女性だ。ソフロニアたちはまだ一度もルフォー教授の授業を受けたことがない。噂によれば、厳しすぎて下級生には耐えられないらしい。長身で骨張った体格、いかめしい顔に引っつめて小さく結った髪という容貌からしていかにも厳しそうだ。しかもこの教師には、数百年におよぶ対立の歴史の果てに、うら若き英国女性たちに〝悪しきもの〟としてすりこまれたフランスなまりがあった。

ルフォー教授はなんの前置きもなく始めた。「モニク・ド・パルース、あなたの評価は、実際には入学六カ月後のものではありません。あなたはすでに本校に四年と八カ月、在籍しています。しかしながら、昨年の水晶バルブ試作品の窃盗未遂ならびにその失敗による落第により、同学年の生徒と一緒に公開講評を受けてもらいます」

モニクはまっすぐ正面を見つめ、無言で座っていた。しおらしいどころか、相手を見下すような態度だ。

「評価は予想どおりでした。あなたは優秀なスパイですが独創性に欠け、そのせいで命を危険にさらす恐れがあります。レディらしさは充分ですが、情報操作が露骨すぎて仲間はずれになりがちです。あなたの年齢を考えると、次のフィニシングはあきらめ、結婚したほうが身のためだというのが職員一同の結論です」

モニクとのこれまでの険悪なつきあいのなかで、ソフロニアは初めてこの金髪の少女が本気で泣きだしそうになるのを見た。泣きまねはなんどか見たが、あの美しい青い瞳から本物の涙がこぼれたところは一度も見たことがない。「よくもそんなことが言えるわね？」モニクが言った。「お父様が寄付をやめてもいいの？　この件についてはしかるべき友人に報告させてもらうわ」

ソフロニアは聞き耳を立てた。教師のなかにモニクの支援者がいることは知っていた。でも、それを本人が公然と認めたのは初めてだ。

ルフォー教授がモニクの駄弁をさえぎった。「お黙りなさい、お嬢さん。社交界にデビューするまで、あなたは本校の生徒です。学園の名を汚すようなまねは慎むこと。あなたのことだからきっと社交界ではうまくやってゆくでしょう。でも、これは学園の正式な評価です——たとえ再教育をほどこしてもあなたの人格は変わらない。あなたにはもともとスパイになる素質がないのです」

ソフロニアはわが目を疑った。あたしは幻覚を見てるの？　それとも、ルフォー教授の顔に浮かんでいるのはほほえみ？

モニクはいまにも怒って部屋を出ていきそうな勢いで立ち上がった。

「お座りなさい、ミス・パルース！」と、ルフォー教授。「全員の評価が終わるまで出てはなりません」

モニクは震えながら椅子に座った。

「プレシア・バス」プレシアが黒い目を見開いた。いつものずるがしこそうな顔をあえて無表情に保っている。

「扇動術は巧みですが、美貌に頼りすぎるきらいがあります。そして知性を軽んじすぎています——自分の知性さえも。実行力をつけなさい。さもないと〈密命なき結婚〉しか能のないレディになってしまいます」

プレシアが口をとがらせた。「でも、まだ入学して一年もたってないのに！」正確で、歯切れのよい、言葉のひとつひとつを叩き切るような口調だ。

「だからこそいま注意をしているのです」

「もし本気で結婚したいときはどうなるの？」プレシアが小声でアガサにつぶやいた。

「それもフィニッシュのひとつのやりかたじゃない？」ソフロニアがディミティにささやいた。

「そうね、でも放校されて〈密命なき結婚〉をするのは不名誉よ」

「ミス・テミニック、ミス・プラムレイ＝ティンモット、全員をあなたたちのおしゃべりに引きこむつもりですか？」ルフォー教授の怒りの矛先がいきなり二人に向けられた。

ディミティとソフロニアは目を上げ、「申しわけありません」と一本調子で口をそろえた。

ルフォー教授はとがめるような視線を向けたが、先を続けたいらしく、次の名前を読み上げた。「アガサ・ウースモス」

アガサの下唇がぶるぶる震えた。

「実にひどい成績です。授業ちゅう何を聞いていたの？　これからの六カ月は仮及第期間です。スパイ術と社交術の両方で成果を上げなさい。お父上は学園の有力な支援者ですが、だからと言って劣等生をえこひいきするわけにはいきません」

アガサは泣きだし、ハンカチをごそごそ探ったが、いつものように見つからない。ソフロニアは見かねて予備のハンカチを渡した。

ルフォー教授が続けた。「シドヒーグ・マコン、レディ・キングエア」

シドヒーグはこれから死刑にのぞむ兵士よろしく、真正面からルフォー教授を見返した。

独特の黄色い目を油断なく光らせて。

「あなたはあらゆる武器の授業を選び——扇子さえも——みごとに使いこなしてみせました。ただ、社交術はまあまあで、ドレスと姿勢についてはなんの進歩も見られません。生まれ育った環境が特殊で、期待するものもほかの生徒と違うことはわかっています。あなたは将来スコットランドの社交界に送りこまれますが、いずれは宮廷に出なければなりません。あなたほどの地位の女性ともなれば、興味のある分野だけでなく、あらゆるたしなみが必要です。あなたも仮及第ね。このことはお父上にも伝えました」

シドヒーグはこれまでに見たこともないほど不安げに見えた。シドヒーグの父親であるマコン卿は、実際は曾々々祖父で、キングエア人狼団のアルファ（ボス）だ。日ごろシドヒーグはマコン卿のことを親しみをこめてからかっているが、あの表情からするとかなり厳しい人でもあるらしい。

ルフォー教授はディミティの評価に移った。「ミス・プラムレイ＝テインモット」

ディミティの顔が青ざめた。

「まずまずの成績ですが、あなたの家系を考えると期待ほどではありません。言い逃れを避ける性格は、怠慢さゆえの場合はあだになります。人当たりのよさも、たんなる噂話ではなく、情報収集に利用すれば役に立つでしょう。格闘技と単独捜査に力を入れなさい。個性を確立することです、ミス・プラムレイ＝テインモット。おしゃべりな女性は、確固たる土台があって初めて認められるのです」

ディミティは神妙ながらもほっとした表情を浮かべた。自分も仮及第になるんじゃないかと心配していたようだ。

ルフォー教授がソフロニアのほうを向いた。

「ミス・テミニック、あなたは学園始まって以来、入学六カ月後の評価において最高点を獲得しました。あなたの性格はスパイに向いているようです。礼儀作法についてはまだまだですが。この結果に慢心しないように。学園にはあなたより優秀な生徒が何人もいます。何より心配なのは、われわれが見ていないときにあなたが何をたくらんでいるかです。今回の試験によって、はからずもあなたが級友だけでなくわれわれ教師にも目を光らせていることが明らかになりました」

部屋のなかにいた全員——ディミティさえも——が振り向き、ソフロニアを見つめた。

その瞬間、ソフロニアは全員の反感を買ったことを知った。そして、ルフォー教授の言葉どおり、みんなに目を光らせていたソフロニアはちらっと思った——まさにその理由で実際より高い点数をつけたのかもしれない。あたしを級友と対立させてどう出るかを確かめるために。

「まあ、ソフロニア。もう少し手を抜いてもよかったんじゃない？」ディミティが鋭くささやいた。あの気のいいディミティが恨みがましいことを言うなんて。でも、ディミティだって言いくるめられていないとはかぎらない。

ソフロニアはまつげの下から級友たちの顔を盗み見た。アガサはもはや涙をこらえてはいなかった。シドヒーグは不愉快そうにうすら笑いを浮かべ、プレシアとモニクはあからさまに憎々しげな表情だ。

「幸運を祈ります」ルフォー教授は上機嫌とも言える表情で声をかけ、すたすたと部屋を出ていった。

全員がひそひそ声で話しはじめた。全員とは、つまりソフロニア以外だ。誰もソフロニアには話しかけず、ソフロニアについて話している。

「いまや〈ミス・優等生〉ね？」と、モニク。

「自分のティーカップから朝日が昇ると思ってるのよ、きっと」プレシアが鋭い早口で言った。

「学園始まって以来の最高点だって。すごいじゃねぇか？　あたしらは歴史の目撃者ってわけだ」シドヒーグが黄色い目を冷たく光らせた。

「仮及第だなんて信じられないわ。パパに殺されるかも」と、アガサ。まんざら大げさでもなさそうだ。娘を〈マドモアゼル・ジェラルディン校〉に入れるような両親は何をするかわかったものじゃない。

ソフロニアは作戦を練った。いまは何を言っても悪意に取られる。〝何かの陰謀かもしれない〟と言ったところで、言いわけがましく聞こえるだけだ。アガサとシドヒーグには、そのうち真相を突きとめてくれることを願うしかない。でも、ディミティだけは力になってくれるはずだ。

ソフロニアは首をかしげて親友の顔を見た。

だがディミティは視線をそらし、アガサになぐさめの言葉をかけはじめた。

ソフロニアは唇を嚙んで両手を見つめた。せめてディミティだけは——少しは——味方でいてくれると思ったのに。

その日は一日じゅう無視されつづけた。授業ちゅうも一人ぼっちで、夕食のときも誰も近づかない。ソフロニアは平気なふりをした。怒らせるようなことをしなければ、そのうち反感も治まるだろう。だが、授業ちゅうに課題をうまくこなしたり、質問に正しく答えたりするたびにソフロニアは冷たい視線を感じた。その傾向は数日たっても変わらなかった。ディミティさえ話しかけようとせず、寝室を同じくする二人のあいだはなおさら気まずくなった。ソフロニアはうんざりすると同時に傷ついた。夕食も食欲がなくなり、ときどきロールパンをくすねるだけになった。だから、ディミティがディングルプループス卿との密会のためにこっそり部屋を抜け出したときは、あとをつけるのをよそうかとも思った。でも、どう考えてもあの手紙は悪い冗談だ。本人が現われるとはとても思えない。大切な友人がむざむざ傷つきに行くのを黙って見てはいられない。ソフロニアは、就寝時間に寝間着ではなくいちばん上等のイブニングドレスを着て部屋を抜け出すディミティのあとを追った。

ディミティは〈すり抜け〉と〈よじのぼり〉を繰り返して校舎内を移動した。廊下を通るときはまったく音を立てずに壁に張りつき、巡回するメカをやり過ごす。巡回メカのせいで、就寝時間後の抜け出しはひどく時間がかかり、メイドがゴロゴロと視界に入るたびに見つかる危険があった。だが、思った以上にうまくすり抜けてゆくディミティを見てソフロニアは誇らしく思った。なんといっても脱出法のあれこれを教えこんだのは、このあたしだ。

ソフロニアは気づかれもせず、やすやすとあとを追った。ディミティが後方キーキーデッキに向かうことはわかっている。ソフロニアには秘密兵器があった。デッキに結びつけてよじのぼるための小型引っかけロープで、世界にふたつとない発明品だ。同じ階のデッキを移動するのはさほど難しくないが、飛行船の外壁を上下移動するのは楽ではない。そこで、煤っ子からいらなくなったロープをもらい、ビエーヴに頼んで引っかけ鉤と発射ホウレーを作ってもらった。ホウレーは手首につけるタイプのカメ型小型装置で――ビエーヴは手首型の装置が好きだ――カメのしっぽの引き金を引くと、バネじかけの発射システムが作動し、裏側に引っかけ鉤のついた甲羅がひゅんと飛び出して、鉤に結びつけたロープが垂れ下がる。何よりすばらしいのは、煤っ子に用事があるたびにレディ・リネットのバルコニーのはしごを使わなくてすむようになったことだ。

ソフロニアはディミティを追って直接デッキにはのぼらず、少しずつ船体をまわって飛行船の最後方に向かうと、引っかけ鉤をたぐり寄せて船体の壁にぶらさがり、夜空を見上げて飛行艇を探した。頭上の大型気球の下にあるキーキーデッキにはディミティ以外、誰もいない。ディミティの視界は煙突や帆柱やプロペラでさえぎられているが、ここからだとその隙間や周囲がよく見える。〈マドモアゼル・ジェラルディン校〉はそよ風にただよい、周囲の空気は静かでまったく風がないかのようだ。

それから何時間もたったような気がした。やっぱりあの手紙は悪ふざけだったと確信したとき、ソフロニアは下のほうから近づいてくる飛行艇に気づいた。誰かが乗っているようだが、この場所からは帆と四つの気球しか見えない。

頭上でディミティの影が手すりに近づき、身を乗り出した。でも、あそこから飛行艇は見えないはずだ。

いったいディングルプループス卿は学園の警報を作動させずにどうやって乗りこむつもりだろう？　後方デッキを選んだのは賢い選択だ。教師たちの私室は前方にあり、生徒たちの部屋は中央部。でも、メカはいたるところにいる。なかには〝上空の機影を探し、確認しだい教師の寝室にある警報機を鳴らす〟という命令だけをあたえられているメカもいるというのに。

飛行艇は大胆にも上昇し、ソフロニアのいる高さに近づいた。ディミティの小さな歓声が聞こえた。ようやくゴンドラのなかが見えた。二人の男が乗っているが、どちらもディミティが待ちこがれる人物ではなかった。ディングルプループス卿とは一度パーティで会ったことがある。ひょろりとして、あごの細い、赤毛のやさ男で、長身で肩幅はあるが太ってはいなかった。ゴンドラの二人はどちらも太っている。どうみても変だ。

飛行艇が上昇するにつれてソフロニアは目を細め、暗がりのなかの人影に目を凝らした。そして変だと思った理由に気づいた。二人ともシルクハットをかぶっていない。正式な帽子もかぶらずに女性に会いにくる紳士はまずいない。たとえそれが悪ふざけだったとしても。この二人が誰であれ、貴族でないことは確かだ。しかもディングルプループス卿は〈ピストンズ〉という社交クラブの一員だ。〈ピストンズ〉のシルクハットはいわば会員証――地位の証(あかし)のようなもので、それなしに外出するとは考えられない。

応戦の備えはない。でも、ディミティの身に何かあったら大変だ。ソフロニアは夕食でくすねたロールパンを男たちに投げつけた。一人の頭にぶつかったが、さほど威力はなかった――それがどんなに硬くなったパンだとしても。パン攻撃を受けた男が毒づき、ソフロニアを見上げた。

しまった――ソフロニアは舌打ちした。小手先の反撃は敵の注意を引きつけただけで、いまや一人の男がこちらに拳銃を向けている。音がするから発砲はしないはず――ソフロニアはそう判断すると、唯一のつかまりどころである手すりに片腕をきつく巻きつけ、ホウレーを飛行艇に向けるや気球のひとつめがけて引っかけ鉤を発射した。鉤は気球を飛び越えたが、引き戻すと同時に鉤爪が引っかかり、気球の生地を引き裂いた。

飛行艇がぐらりと傾いた。

飛行艇を操縦していた男が叫んだ。もう一人が拳銃を発砲したが、ソフロニアはぶらんこのように身体を揺らして銃弾をかわした。

頭上からディミティの声がした。「いったい何ごとなの？ ディングルプループス卿、あなたでしょう？ いまのは拳銃の音？ ダメよ、先生たちが起きてしまうわ！」

ソフロニアはふたたび引っかけ鉤を放り、もうひとつの気球を引き裂いた。四つの気球のうちふたつが破れてはもはや操縦困難だ。飛行艇は回転しながら降下し、みるみる加速して落ちてゆく。いまやゴンドラの二人は自分たちの身を守るのに必死で、ソフロニアやディミティにかまう余裕はなかった。

ディミティがあわてて叫んだ。「待って、行かないで！」だが、ディミティの夢の求婚者は消えてしまった。

ソフロニアがディミティに向かって叫んだ。「いまのはディングルプループス卿じゃないわ」

ディミティはむっとするあまり、つい話しかけた。「ソフロニアなの？　わたしのあとをつけて何をしているの？」

「あなたを守ろうと思って」

「わたしの密会の約束を邪魔して？」

「目的はわからないけど、さっきのは〈ピストンズ〉じゃないわ。シルクハットをかぶってなかったもの」

ディミティは理屈よりロマンチックな幻想を選んだ。「でも、ソフロニア、変装していたかもしれないじゃない！　どうしてそんなに何もかも台なしにするの？」

ソフロニアは言葉に詰まった。謎の男たちがディミティを呼び出した理由がわからなければ、〝得体の知れない悪者からあなたを守った〟と言っても信用されるはずがない。ひょっとしたら二人のうち一人はディングルプループス卿だった？　いいえ、やっぱりありえない。たしかにディングルプループス卿は変装しそうなタイプだけど、どうせするなら道化師のようにめかしこむだろうし、どんなときもシルクハットをかぶるはずだ。あの男たちの目的はディミティを連れ去ることで、二人とも貴族ではなかった。賭けてもいい。

自室に戻りながらソフロニアは考えた。ディミティが誰かにねらわれている事実を信じたくないなら、そう思わせておいたほうがいいかもしれない——少なくともしばらくのあいだは。そうしておけば、本人がどう思おうとディミティだけに目を光らせておけばいい。

もちろん謎は残ったままだ。彼らはいったい何者で、ディミティをさらって何をするつもりなの？

試験その三　煤からダイヤモンド

女友だちがみなよそよそしく、口をきいてくれないので、ソフロニアはボイラー室に救いを求めた。そこは、炎と煙が駆けまわる作業員たちを黒い影に変え、ソフロニアとあまり歳の変わらない少年たちが飛行船を浮かばせるために蒸気機関を動かしている場所。そして、この煤っ子たちのなかでもっとも背が高く、もっとも大胆で、もっとも影が黒いのがソープだ。知り合ってから数カ月のあいだに、どうみてもソープは三十センチほど背が伸びたような気がする。ソフロニアも小柄ではないが、長身で筋肉質のソープは見上げるほど大きく、横に張った顔はいつも変わらぬ笑みのせいでますますハンサムだ。

「聞いたよ、とびきり成績がよかったって」フィニアス・B・クロウ——通称ソープ、職業は煤っ子——はバンバースヌートに集中することで真面目ぶってみせたが、生来のおおらかな性格は隠せない。ソフロニアの成績がどうだろうと関係ないと思っているのは見え見えだ。

「ソープ、あたしもあなたの情報源がほしいものだわ」

「あるのと同じことさ、ミス。おれから聞き出しゃいいんだから！」ソープは黒い瞳をきらめかせた。「さあ、いいぞ、バンバースヌート」ソフロニアのメカアニマルは時計じかけのしっぽを前後にチクタクと激しく動かしながら黒い煤のなかをふんふんと嗅ぎまわった。ソープが落とした石炭のかけらを食べてはうれしそうにぷっぷっと小さく煙を吐き出し、垂れ下がった革製の耳をぱたぱたさせた。

「今日はミス・シドヒーグと一緒じゃないんだね？」ソープがさりげなくたずねた。

ソフロニアは意味ありげに見返した。

「えっ、あの子まで？　あの子ならきみが酢漬けにされたことに気づくと思ってたのに」

「シドヒーグにかぎってありえないわ。なんでも文字どおりに受け取るのよ、あの子は。そこがシドヒーグの弱点で……」ソフロニアはソープの言葉の意味に気づいて語尾をのみこんだ。「あなたにもあたしがはめられてるってわかったの？」

ソープはむっとしてバンバースヌートに餌をやる手を止めた。「おれにもだって？　だてにこの学校に長くいるわけじゃない。スパイ術のひとつやふたつ知ってるさ」

バンバースヌートのしっぽの動きが遅くなり、安定したチクタクを刻みはじめた。

ソフロニアはソープを見つめた。弾むような身のこなし。あまりに黒くて、どこからがソープで、どこからが煤かわからない褐色の肌。「ここにいて幸せ、ソープ？」

「いきなり、何をきくかと思えば」いつもの笑みがふっと消えた。

無視されたバンバースヌートが二人に向かって蒸気を吐いた――〝ぼくはどうなの？　石炭
誰もぼくには幸せかどうかきいてくれない。ぼくがどんなときに幸せか知ってる？　石炭
をたっぷりもらったときさ。だから、落としてよ。ねえ、そこの石炭！〟とでも言うかの
ように。もちろん、石炭なら目の前にいくらでもある。でもバンバースヌートはそこまで
賢くはない。ごく基本的なプロトコルを埋めこまれた単純なメカアニマルだ。

「つまり、煤っ子で幸せ？」

「おれには充分だ。働く時間も決まってるし、たまには羽目もはずせる。それほど悪くな
いよ。両親は奴隷だった。そう聞いてる。会ったことはないけど」

「あなたはすごく賢いわ、知ってる？」

ソープは眉を上げた。

ソフロニアは小物バッグから小さな本を取り出した。幼い子どものための初級読本だ。
最近ソフロニアはソープに読みかたを教えはじめた。おたがいの空き時間とボイラーの明
かりを使って。「本が読めるって意味じゃなくて、ほかの面で」

ソープにもようやく話が見えてきた。「きみの学校はおれみたいなやつは訓練しないよ。
たとえ男子を受け入れたとしても」

「じゃあ〈バンソン校〉は？」

「おれに科学の才能があるわけないだろ？　別の知恵があるだけだ。頼むからほっといて

よ。いまはここで満足してる」

「でも……」

「ねえ、ソフロニア、いくらなんのプロジェクトもないからって、そのきれいな目をおれに向けないでくれる？」

「プロジェクト？　プロジェクトってどういう意味？」ときどきソフロニアはソープの言葉がわからなくなる。もっとも、裏の意味はわかった。ソープのあのきれいな目で見つめられてわからないはずがない。あれはくどこうとしている目だ。

「ミス・シドヒーグとか、きみのまわりにいる女の子たちのことさ。あの子たちがこの学園でやってゆくにはちょっとした助けが必要だろ？　あの子たちがきみのプロジェクトってわけ。でもおれは興味ない。もちろん、ほかのことで手を貸すって言うんなら話は別だけど……」ソープは意味ありげに眉毛を動かした。

ソフロニアは首をかしげて読本をかかげた。「あなたはあたしのプロジェクトの一部になりたくないってこと？」

「いいかい、ソフロニア、本が読めるようになるのはうれしいけど、おれは紳士にはなれない。きみの秘密任務にはそれが何より重要だろ？」

「必ずしもそうじゃないわ」

ソープは乗ってこなかった。もしソープをスパイにしたければ、本人が気づかないうちにことを進めなければならない。「とにかく、あなたの情報源はたいしたものよ。それを言いたかっただけ」

ソープが白い歯を見せてにっこり笑い、「それはそうと……」言いかけて、ソフロニアの後ろから近づいてくる人物に気づいた。

振り向くと、新聞少年ふうの人影が配達員のような迷いのない足取りでボイラー室の向こうから歩いてくるのが見えた。

夜の機関室は、昼間の耳をつんざくような不協和音とは違い、ブーンという低音が響くだけだ。煤っ子や修理工の大半と機関士の全員が眠っているが、ボイラーは絶えず焚いておかなければならない。燃える石炭からちらちらと立ちのぼるオレンジ色の光が洞窟のような部屋を光のワルツに変えるさまをソフロニアはうっとりと見つめた。煤っ子は小走りで動きまわるが、途中で石炭を入れるため、ボイラーとボイラーのあいだをまっすぐ突っきる者はいない。あんなふうに一直線に近づいてくるのはジュヌビエーヴ・ルフォーだけだ。

「やっほー」わんぱくっ子がえくぼを浮かべた。ビエーヴは上の階に住んでいて、ルフォー教授の保護下にある——しいて誰の保護下にあるかときかれたら。でも、実際は猫のようなものだ。教室で授業を受けることはなく、好きな時間に行きたいところへ行く。機械好きのビエーヴは、いきおいボイラー室にいることが多い。

ありきたりの挨拶のあと、ビエーヴが陽気に言った。「おばさんにたっぷりほめられたんだってね、ソフロニア」

ソフロニアは天を仰いで読本を天井に放り投げた。「あなたまで？　あたしの一件は学園じゅうに筒抜けなの？」

「まあ、その気になれば成績表まで読めたかも。入学六カ月後の試験で前代未聞の最高点で全員を敵にまわしたんだって？　やるね、〈ミス・ふわふわスカート〉」

「あなたまで敵にまわる気？」

「まさか、あたしは何とも思ってないよ。きみが〈おばさんの魔力〉の直接攻撃を受けたのがおもしろいだけ」

「ドラゴンよ、あなたのおばさまは」

「まったくだ！　あ、ところで——ぐふっ！」一人の煤っ子がぶつかってきてビエーヴを突き飛ばした。

「おい！」ぴょんと立ち上がったビエーヴに煤っ子がどなった。「どこ見てやがる、このチビ！」

ソフロニアが肩をいからせた。「そっちこそ気をつけなさい、このヒラメ！」

少年が鼻で笑った。「ふん、上の子（アップトップ）が偉そうに、やれるもんならやってみろ」

ソフロニアがいまにも飛びかかろうとしたとき、ソープがさっと立ちはだかって少年に言った。「さっさと行け」

人生の大半を石炭すくいで鍛えてきたソープに見下ろされ、小柄な煤っ子はあわてて走り去った。

ソフロニアは唾を飛ばした。「何よ、あのバカ！　いったい何さまのつもり？　ビエーヴ、大丈夫？」

ビエーヴはえくぼを見せた。「大丈夫だよ。そんなにやわじゃない」

「ねえ、ソフロニア、頼むからおれの縄張りで騒ぎを起こさないでくれよ」

ソフロニアは怒りの震えを止めた。「ああ、あたしったら。ごめんなさい。最近みんなにつんけんされるものだから、ついカッとなって」ソープには仲間はずれにされて傷ついていることを知られたくなかった。ソープの目はあまりにまっすぐで、誰よりも心を見透かされそうな気がする。

ソープは気の毒そうに首を振った。「そうだとしてもさ」

たしかにソープの言うとおりだ。礼儀を忘れてはならない。たとえ相手が煤っ子でも。煤っ子ならなおさらだ。「さっきの憎たらしい子は誰？」と、ソフロニア。ボイラー室の顔ぶれは――たとえ名前は知らなくても――だいたい覚えたはずだけど。

「それが知らないんだ」ソープが決まり悪そうに答えた。

「知らない？　あなたは煤っ子たち全員を知ってるんじゃなかったの！」ソープはボイラ

ー室の影の所長のようなものだと思っていた。

「そこだよ。今週は人数が倍に増えたんだ。倍だよ！　なかにはうさんくさいやつもいてさ。おれに言わせりゃ第二機関補佐がもっと人物を吟味すべきだ。おれたち古株は新入りを前方エンジンやプロペラの仕事に行かせたいんだけど、こうして浮かんでるあいだは向こうもそれほど手がいらない。それで全員がここでのらくらしてるってわけ」

ソフロニアはあたりを見まわした。「石炭も余分に積みこんだの？」

ソープがうなずいた。

「補給列車と出会うほど下降したようには感じなかったけど」

「昨日の早朝だったからね」

「ブリストル行きの特別列車から積みこんだんだ」と、ビエーヴ。

「ねえ、あたしと同じこと考えてない？」と、ソフロニア。

「どうやら飛行船は長旅に出るらしい」ソープは木のパイプを取り出すと、近くのボイラーで火をつけ、ぷかぷかふかした。

ソフロニアは鼻にしわを寄せた。嫌だわ、パイプなんて。ソープが振り向いた瞬間、ソフロニアは顔をもとに戻したが、気づかれたようだ。

ソープはパイプを口からはずすと、まるでパイプが悪いことをしたかのようににらみつけ、石炭山のなかに灰を叩き落としてしまいこんだ。

パイプはふかすくせに紳士じゃないと思ってるんだから！　ソフロニアはにこっと笑いかけた――なんのてらいもない、本物の笑みだ。

ソープはソフロニアの魅力的な笑みにうろたえた。ソフロニアはまだ自分のほほえみが男の子をとりこにすることに気づいていない。

ビエーヴは緑色の目で二人のやりとりを興味深く見ている。

「荒れ地を離れるの？」と、ソフロニア。

ソープはうなずいた。「間違いない」

「ほかに何を知ってる？」

ソープは首を振った。「それだけさ。探りを入れてみたけど、今回は上のお偉がたたちも口が堅い」

二人は少年のような格好をした十歳の女の子を見た。しゃがんでバンバースヌートと遊んでいたビエーヴが肩をすくめた。「きみのほうが知ってるよ。あたしのそばでは誰も話さないもん」

「レディ・リネット！　そういえばレディ・リネットは試験評価を自分でやらなかったわ。そっちの用事で忙しかったからかも」ソフロニアは考えこんだ。

「校舎はどっちの方向に向かってんの、ソープ？」と、ビエーヴ。

ソープは広いボイラー室の隅の床にあるハッチにゆっくりと近づき、頭を突き出してしばらく下をながめてから戻ってきた。ソープはいつも長い両脚を持てあましているように見える——まるでヤギのように。それでも足取りはヤギのように力強い。

「たぶんスウィフル＝オン＝エクスのほうだ」

ソフロニアは感心した。ソープにこんな才能があるなんて。あたしには荒れ地なんてどこも同じに見えるけど。

「ボイラーには水が必要だよね？　長距離移動するとなれば」と、ビエーヴ。スウィフル＝オン＝エクスは川ぞいの町だ。

「〈バンソン校〉が〈ジェラルディン校〉に何か頼むつもりかしら？」と、ソフロニア。

〈バンソン＆ラクロワ少年総合技術専門学校（ポリテクニック）〉はスウィフル＝オン＝エクスにあり、ここを訪れる人の大半は〈バンソン校〉に用があるはずだ。

「モニクが試作品の回収を失敗したあとで？　それはどうかな」ビエーヴがぼそりとつぶやいた。「あれ以来、二校の関係はぎくしゃくしてる。〈バンソン校〉は〈ジェラルディン校〉を許さないよ。もう少しで、まともに機能する唯一の装置を失うところだったんだから」

ソフロニアは思わずたずねた。「どうしてそんなこと知ってるの？」

「おばさんが定期的にあっちの教授とやりとりしてた」

「アルゴンキン・シュリンプディトル？」

「うん、でも、どうして……?」

「去年〈バンソン校〉に侵入したとき、あなたがポーターにその名前を言ってた」

「覚えてたの?」ビエーヴは驚いた。

「まあね」

「さすがは〝前代未聞の最高点〟だ」ビエーヴが疑うような目を向けた。「もしかして試験ちゅうは力を抑えてたの?」

ソフロニアは質問で答えをはぐらかした。「ヘンテクリンのこと、知ってる?」

ビエーヴはうなずいた。

「なんだ」ソフロニアはがっかりした。「あなたのためにがんばって記憶してきたのに。じゃあ、ヘンテクリンのなかに試作品とそっくりの部品があるのは知ってる?」

ビエーヴは眉を寄せた。「ありえないよ。どうしてヘンテクリンに水晶バルブ周波変換器が必要なの? あのバルブは無線通信のためのもので、ヘンテクリンとはなんの関係もない」

ソフロニアは肩をすくめると、小物バッグから問題の部品をごそごそ取り出し、ようやく自分の手を離れることにほっとしながらビエーヴに渡した。「ほら、あなたのために失敬してきたわ。さあ、なんのためのものか教えてちょうだい」

「わあ、ソフロニア、なんて気がきくんだ。贈り物を持ってきてくれるなんて!」ビエーヴはしばらく小型試作品を観察した。ソープとソフロニアは小さな発明家がどんな反応を見せるかとかたずをのんで見守った。「こんなにあっさりと手に入るなんて驚きだね――これをめぐって去年あんなに大騒ぎしたのに」

ソフロニアはうなずいた。「でも、これはもはや試作品とは言えない。すでに製造されて出まわってることを考えれば驚くことでもないわ。最近の技術の進歩はものすごく速いから」

「そうなんだ、すごいと思わない？」またしてもビエーヴはえくぼを浮かべてバルブをしまいこみ、ようやくソフロニアがさっきの質問をうまくかわしたことに気づいた。「それで、試験のときは力を出し惜しみしてたの？」

「まあ、少しは」と、ソフロニア。

ソープがにっと笑った。「さすがはおれの女だ」

ソフロニアはソープをにらんだ。ちょっと調子に乗りすぎじゃない？

「ほんとさ」ソープはなおも笑っている。

「あたしはあたしの女よ、おかげさまで」

「たまにさ。たまにきみはおれのもの。ミス・ディミティのもののときもあれば、ビエーヴのもののときもある」

この理屈を理解するにはビエーヴは幼すぎたが、ソフロニアを困らせる話なら、いつだってビエーヴはソープの味方だ。

今回は本気で困った。正直なところ、すっかりうろたえていた。ソフロニアはうろたえるのが嫌いだ。何よりソープの言葉でうろたえる自分に腹が立った。なぜかわからないままソフロニアはつい命令口調で言った。「やめてよ、ソープ」

「いまはやめとくよ、ミス。でも、この会話を続けたくなったらいつでも言って」

「もう、いいかげんにして！」

その気になれば間違いなく紳士になれるソープは、そこでさりげなくボイラー室の最新の事件に話題を変えた。煤っ子たちが子猫を飼いはじめたのだ。

それから数日のあいだソフロニアは夜ごとボイラー室を訪ねた。教室と私室の居心地は相変わらず最悪だ。ディミティはおざなりな挨拶をするだけで、ほかの生徒はみなソフロニアを無視した。

バンバースヌートはけなげにソフロニアを慰めたが、メカアニマルはおしゃべりの相手にはならないし、事態の真相には関心がない。ソフロニアは自分から情報をあたえるのをやめた。スウィフル＝オン＝エクスと〈バンソン校〉――すなわち若き紳士の園――に向かっているらしいというニュースは級友たちを歓喜の渦に巻きこむに違いない。だからソフロニアはあえて黙っていた。ディミティに〝誰かがねらっている〟と警告するのもやめた。そんなことを言っても、密会を邪魔したのが後ろめたくて涙ぐましい弁解をしてると思われるのがおちだ。謎の攻撃の真相を突きとめないかぎり信用してはもらえない。でも、この決断がこれほど寂しい状況を生むとは思ってもみなかった。ソフロニアは毎晩のように部屋を抜け出してソープ——ときどきビエーヴ——に会いに行った。危険な行為だってことはわかっていた。いつ誰に見つかっても不思議はない。それでもこれみよがしの沈黙よりはましだ。

　そうこうするうち、マドモアゼル・ジェラルディンが朝食の席で公式発表を行なった。生徒たちにとってマドモアゼル・ジェラルディンはお楽しみの源（みなもと）だ。学長とは名ばかりで、本人はこの学園を本物の花嫁学校（フィニシング・スクール）と信じ、スパイ養成学校の一面はまったく知らない。これこそ現在進行ちゅうの秘密作戦——すなわち〈生徒全員で学長に学園の本性を隠しとおす〉授業だ。マドモアゼル・ジェラルディンはいつも朝食の席で、本物のレディのための学校であれば重要なはずの注意点や無意味な教えを生徒たちに語りかける。そしてたまにレディ・リネットから重大発表を命じられるのだった。

　臓物パイ、ゆでタラ、肉片のゼリー寄せ、冷製ローストチキン、タラの直火焼きに紅茶、黒パン、砂糖入りバターという軽いメニューを前に——教師陣は胃にもたれる朝食を認めない——マドモアゼル・ジェラルディンは、飛行船が一時滞在のためにスウィフル＝オン＝エクスに向かっていること、そしてもうじき同行者が乗船することを告げた。その顔はあまりうれしそうではなかった。マドモアゼル・ジェラルディンが誇れるものといえば、オペラ歌手さながらのよく手入れされた赤毛と大声と豊満な肉体くらいだが、立ち居振る舞いには厳格だ。同行者が誰であれ、学長のお眼鏡にはかなわなかったようだ。

その言葉どおり〈マドモアゼル・ジェラルディン・フィニシング・アカデミー〉は翌日の晩、暗くなってからスウィフル＝オン＝エクスのはずれに到着した。向かったのはいつもの係留地点である町の西側のヤギ道ではなく、南側を流れるエクス川の土手のそばだ。

生徒たちはいつもと違う動きに動揺したが、ソフロニアだけはボイラー用の水を吸い上げるためだと知っていた。ほかのみんなが寝静まったころ、ソフロニアは部屋を抜け出した。廊下は来客用の亜麻布や洗面器を抱えたメカメイドがめまぐるしく行き交い、床の軌道が悲鳴を上げていた。ソフロニアは扉の裏に張りつき、メカに気づかれないよう、ゆっくりと這うように壁を進んだ。煤っ子たちはきっと大忙しに違いない。ソフロニアは校舎の中くらいの高さのバルコニーに向かい、手すりから身を乗り出して下をのぞきこんだ。飛行船が下降し、土手のヤナギをざわざわ鳴らしながら鼻先を突っこむように川の真上に浮かび、やがて教師部屋と機関室のある正面部がまたぐように川に近づくのが見えた。

やがて煙突から煙が噴き出し、とどろくような音とともに船体の正面下部から金属製の連結式パイプが現われた。半月の月明かりのもと、中段デッキからは下の様子がよく見える。

パイプは巨大で、先端近くにふくらんだ小型気球が四つついていた。この気球がパイプを川の上部でささえ、正しい角度に固定するらしい。入れ子式パイプが伸びるにつれて、丸いステップが花びらのように次々と広がった。ボイラー室では煤っ子たちが吸引のために死にものぐるいでクランクをまわしているに違いない。パイプがぶるっと身体を震わせ、ごぼごぼという音を立てて水を吸い上げはじめた。まるで飛行船がフルートで川の水を飲んでいるかのようだ。

吸い上げが終わると、煤っ子たちの小さな影がフルートの丸いキーの部分に駆け出てきた。ウオーッという歓声と水の音が聞こえる。その瞬間、ソフロニアは煤っ子たちが裸であることに気づいた。まあ、なんてはしたない。煤まみれの服を脱ぎ捨て、めったにない水浴びのチャンスを楽しむつもりらしい。川の水は凍えるほど冷たいはずだが、少年たちはいかにも楽しそうだ。ソープもあのなかにいるはずだけど、見分けはつかないし、間違ってても見分けるべきじゃない。それでもソフロニアは煤っ子の水浴びに釘づけになり、もう少しで手すりから落ちそうになった。そして心の隅で思った——ビエーヴの双眼鏡があったらよかったのに。

翌朝、飛行船はいつもの係留地に戻り、町の西側にある丘の上空に浮かんだ。道の向こうに、寄せ集めの建物とごちゃ混ぜ建築物からなる〈バンソン校〉が見える。ソフロニアは昨夜の光景を思い出して顔を赤らめ、ディミティに話せないのを残念に思った。

乗馬服を着たソフロニアが共同客間に入ると――普通のデイドレスは一人で背中のボタンをとめられないので最近はこればかりだ――ディミティとシドヒーグが顔を突き合わせていた。ソフロニアはにこやかに近づいたが、二人は会話をやめ、笑い返しただけだ。六回の授業を通してレディ・リネットから完璧に教えこまれた、見せかけの、よそよそしい、冷ややかな笑み。ソフロニアはため息をついた。まだ許してくれないの？　こんなにおもしろい話があるのに。

朝食が始まる前、マドモアゼル・ジェラルディンが沈痛な面持ちで驚くべき事実を通告した。

「みなさん。わたくしたちは旅に出ることになりました。大旅行です」

生徒たちはいっせいに息をのみ、クランペットとジャムに伸ばしかけた手を止め、期待の目で学長を見上げた。

ソフロニアは椅子に座りなおし、視界の隅でモニクを見た。心底、驚いているところを見ると、モニクも知らなかったようだ。教師のなかに支援者がいるくせに知らなかったの？　モニクの表情が驚きから渋面に変わった。あらまあ、本人は知らされなかったことが気に入らないみたい。いい気味だわ。

「あなたは知ってたんでしょ」ディミティがソフロニアを憎らしそうに見た。

ふうん、少なくとも話しかけてはくれるんだ。ソフロニアはうなずいた。

「当然よ！　ソフロニアは優秀だもの、でしょ？　わたしたちの誰より」と、プレシア。

ディミティは顔を赤くして目をそらした。

「わたくしたちが向かうのは……」マドモアゼル・ジェラルディンは舞台げいこさながら大きく手を広げ、思わせぶりな間を取って言った。「……ロンドンです」

さすがにこのひとことには甲高い歓声が上がった。女の子は誰だってロンドンに行きたがる。すでに行ったことがあっても。買い物だけを取ってみても、これほど魅力的な街はない！

ソフロニアのテーブルでは押し殺した感嘆の声があちこちから聞こえた。

「ちょっと、三月のロンドンですって！」

「社交シーズンの直前よ。きっと新しい手袋が店に並んでるわ！」

「さっそくパパとママにおこづかいを増やしてって手紙を書かなきゃ」

「舞踏会はあるの？　ああ、どうか舞踏会がありますように！」

「あるに決まってるじゃない」

ソフロニアは一人でうなずいた。燃料を余分に運びこんだのはこういうわけね。でも、学園はいまだかつて荒れ地を離れたことがない。〈マドモアゼル・ジェラルディン校〉が本当は巨大な飛行船だということは秘密のはずだ。恥ずかしげもなく空中にぷかぷか浮かぶ飛行船が本物のフィニシング・スクールだと思う人はまずいない。ソフロニアはどうやって秘密を保つのか心配になった。はるばるロンドンまで、どうやって人目を避けてゆくつもり？　あたしも興奮すべきなのかもしれない。これまで首都を訪れる機会はめったになかった。でも、女友だちみんなに無視された状態でロンドンに行って何が楽しいの？　そんなの、ソープと二人でレース襟のことをしゃべりながらリージェント・ストリートを歩きまわるくらいつまらないわ。

マドモアゼル・ジェラルディンが〝静かに〟と呼びかけ、ようやく騒ぎが治まった。

「ほらほら、みなさん。みなさん！　おしゃべりする時間はあとでたっぷりあります。ロンドンまでは四日の旅です。もちろん授業はいつもどおり続けます」そこで危険なほどコルセットをきしませ、深く息を吸った。「しかも、それだけではありません！」

生徒たちはさらにうれしいニュースを期待して口をつぐんだ。

「今回の旅にはお仲間が加わります」マドモアゼル・ジェラルディンが食堂の後ろを指さすと、生徒たちは座ったまま振り向いた。

食堂の扉が開き、入ってきたのは……なんと男子生徒だ。

〈マドモアゼル・ジェラルディン校〉のうら若きレディたちは悲鳴こそ上げなかったが、これが前にもまして悲鳴に値する事態であったことは間違いない。日ごろの訓練の成果か、小さな声ひとつ上がらなかったが、それでもかすかに息をのむ音があちこちから聞こえた

——大きな気球からヘリウムが漏れるような。

またしてもディミティがこらえきれずにソフロニアを振り返った。「こ、このことも知ってたの？」

「ディミティ！」プレシアがたしなめた。

ソフロニアは知らなかったが、そのことをディミティに教えるつもりはない。ソフロニアは唇を堅く閉じた。

「もう、ソフロニアったら！」

現われたのは十人の若者と一人の教師だった。教師は少年のような顔をした金髪の紳士で、いかにも学者ふうの真面目そうな表情を浮かべている。

生徒の何人かには見覚えがあった。ディミティの弟ピルオーバーが大きすぎるシルクハットのつばの下からソフロニアのテーブルに向かってむっつりとうなずいた。かの悪名高きディングルプループス卿は不埒(ふらち)にもシルクハットを傾けてみせた。ディミティは顔を赤らめ、つんと鼻を上向けた。ディングルプループス卿の隣には、黒髪で青白い顔の少年が黒髪で青白い顔の少年が立っていた。目のまわりに薄く塗ったコール墨。どこかすねたような、そわそわした態度。この人とは一度ダンスを踊ったことがあるが、正式な紹介はまだだ。あのときソフロニアは無礼にも彼を置き去りにしてダンスから抜け出した。試作品とかチーズパイとかで忙しかったからだ。おそらくあの子はあたしのことを一生、許さないだろう。

少年はソフロニアの視線に気づき、遠慮なく見返した。それから男の子にしてはとんでもなく長いまつげを伏せ、あいまいな笑みを向けた。

その技はよく知っている。ここに来て最初の週に習った。ソフロニアもまつげを伏せて少年を見返したが、心の隅ではもう一人の自分がこんなことを考えていた——少なくともあのダンスであたしを嫌いになったわけじゃないみたい。

少年の笑みは本物の笑みになり、ソフロニアに小さくうなずいてみせた。

「あらまあ」ソフロニアはつぶやいた。「〈ピストンズ〉がご乗船ってわけね」

「〈ピストンズ〉のどこが悪いの、なんでも知ってるお嬢さん？」モニクが沈黙を破った。

「みなイングランドでも超一流の家柄よ」

「しかもなかには大富豪も」プレシアは大富豪（だいふごう）の〝だ〟を弾丸のように強く発音した。

「ディミティ、ディングルプループス卿があなたに帽子を傾けたわ！　あんなことをしておきながら！」と、アガサ。

アガサの言葉にモニクが反応した。「ディングルプループス卿が何をしたの？」

「ソフロニアにきいてみたら？」と、ディミティ。

「あら、そうまでして知りたくはないわ」

マドモアゼル・ジェラルディンがおしゃべりをさえぎった。「さあ、こちらは〈バンソン&ラクロワ少年ポリテクニック〉のミスター・アルゴンキン・シュリンプディトルと優秀な生徒さんがたよ。ロンドンまでの旅に同行なさいます。みなさん、歓迎してあげてくださいね。ああ、騒がないで、お茶のあとに交流の場をもうけますから」

その言葉に生徒たちは口を閉じたものの、あたりには静かな興奮が肉片のゼリー寄せのようにぶるぶる震えていた。

「〈バンソン校〉の生徒さんには、いくつか授業にも参加してもらいます。みなさんはおいいじょおひんなレディにふさわしく、立派に振る舞うのですよ！」

またしても驚愕のあえぎがあちこちから漏れた。マドモアゼル・ジェラルディンは、あたかもすべて自分のアイデアであるかのようにレディ・リネットに向かって目を細め、先を続けた。「さてみなさん、なぜわたくしたちがロンドンに向かうのか、知りたくはありませんか？」

正直なところ、生徒の大半はしかるべき理由があることをすっかり忘れていた。ソフロニアは耳をそばだてた。マドモアゼル・ジェラルディンがどんなもっともらしい理由を吹きこまれたのか興味がある。まるで自分が今回の旅の黒幕にでもなったようにわくわくするわ。ソフロニアは食堂室の正面に並んだ男子生徒から視線をそらしたが、あの不愉快な黒髪の少年だけはまだこちらを見ていた。

「アンリ・ジファールがフランスから世界初の飛行船による大陸間飛行を行ないます！」

たいした反応はなかった。なにせ〈ジェラルディン校〉の生徒は巨大な飛行船に乗って毎日、朝から晩まで浮かんでいる。ソフロニアはかたずをのんで次の言葉を待った。

「しかも、エーテル流のなかを飛行して一時間以内に到達すると宣言しました」

これにはさすがに衝撃が走った。少年たちも驚いている。

エーテル層のなかを飛行する？　大気の上空で渦巻いている気流のなかを？　そんなの聞いたこともない！

「科学的知識のあるかたがたがおっしゃるには」――マドモアゼル・ジェラルディンはシュリンプディトル、ルフォー両教授を指さし――「何やらすばらしい新型バルブ技術を利用することで、成功する確率はきわめて高いそうです。これほど記念すべき歴史的事件となれば、校舎を根っこから引っこ抜いてでもこの目で見届ける価値があると言えるでしょう」

ソフロニアは校舎を根っこから引っこ抜くというたとえに首をかしげた。もともと宙に浮かんでるのに？

「さあ、では紳士のみなさん、席にお座りください」学長はダマスク織りのテーブルクロスと繊細な陶器が並ぶ空いたテーブルを身ぶりで示した。「これでようやく朝食が始められますね」

試験その四　陰謀あれこれ

「世界初のエーテル飛行をこの目で見られるなんて！　ジファールの計算が正しければ飛行時間が半分になるんだよ？　信じられる？　スコットランドまで四日で行けるかもしれないんだ！　いったいどうやってエーテル流を制御するんだろう？　あんなに高く浮かぶなんて、すごいと思わない？」

ソフロニアはビエーヴが期待するほど興奮はしなかった。「まだ寝台列車のほうが速いわね」

「そうだけど、これは飛行だよ。空に浮かぶんだよ！　しかもエーテル流のなかを！　成功したら可能性は無限だ。ああ、わくわくする！」ビエーヴはソフロニアのベッドの上で飛び跳ねた。

若き発明家は朝食後、ひょいと部屋を訪ねてきた。ビエーヴがどこで食事をしてるのか知らないが、食堂での話が聞こえる場所だったことは間違いなさそうだ。

「ちょうどよかった。着替えを手伝ってくれない？」

「もう着てるじゃん」と、ビエーヴ。

「もう少しおめかししたいの」

「まさか、きみまで!」

「だって、お客様のためにみんなとっておきのドレスを着るのよ。〝あの乗馬服の子〟って言われたくないわ」

ビエーヴはため息をついた。「しょうがないな」この十歳の少女は自分では女性服を着たがらないが、他人の服装に関してはフランス人らしい確かな目と意見の持ち主だ。ぶらぶらと衣装だんすに近づくと、二シーズン前に流行った細いスカートの、濃い青と緑の格子柄のドレスを選んだ。

「これがいい」ビエーヴは十歳児に可能なかぎりの威厳を持って断言した。

「これ?」

「きみの目の色によく似合う」

「あなたがそう言うんなら」

「それに羊飼いふうの麦わら帽子」と、ビエーヴ。帽子に関してはつねに自信たっぷりだ。決しておざなりにはしない。

「さあ、着替えを手伝って。ディミティはまだ口をきいてくれないの」

「バカだな、あの子も。それで、何かわかった?」

「まだよ。でも、みんな何かをたくらんでるわ――あたしと同じように」そこが癪にさわるところだ。

ビエーヴがえくぼを浮かべた。「あ、でも、これを聞いたら驚くだろうな」

ソフロニアが顔を輝かせた。「何？」

「先生の誰かがロンドンに呼び出されたらしい」

ソフロニアは――またしても――ビエーヴの大人びた口調と行動に驚いた。十歳児の言葉とはとても思えない。ただ、その行動は十歳らしいときもある。何しろベッドの上で飛び跳ねるんだから。

「誰？　あなたのおばさん？」

ビエーヴは肩をすくめた。

「ねえ、ビエーヴったら」

「待ってよ、ソフロニア。これだけでもすごい情報だよ？　あたしだって何もかも突きとめられるわけじゃない」そこでビエーヴはほかのことに気を取られた。「ところでバンバースヌートは何をたくらんでんの？」

鼻をふんふん鳴らして部屋の隅に近づいたバンバースヌートが、ベッド脇に落ちていた何やらびらびらしたものをくわえている。いつもなら飲みこんで内蔵小型ボイラーに入れるはずなのに、今日は部屋のまんなかまで引っ張ってきた。

ソフロニアはペットに目をやった。「一緒に行きたいのよ」

「なんだって?」

麦わら帽子をとめるのに忙しくて手が離せないソフロニアは、バンバースヌートが口にくわえているものを頭で示した。

ビエーヴはしゃがみこみ、バンバースヌートの口からそっとびらびらを引き出した。レースとひだ飾りと房飾りをごてごてと縫いつけた複雑きわまる布きれだ。機械好きのビエーヴにはすぐに、バンバースヌートのためにデザインされた服だとわかった。これでメカアニマルの全身をおおえば小物バッグのように見える——金属の犬の頭がついた小物バッグがあるとすれば。ソフロニアは誰かにきかれたら、イタリアの最新流行だと説明し、〝趣味のいい人なら手に入れずにはいられないでしょうね〟と言うことにしていた。

「ペチュニアの舞踏会のあと、ディミティとあたしでこしらえたの。あのときはすごくうまくいったわ。誰もがバンバースヌートのことを最新のしゃれた装飾品だと思ったの。これなら授業にも連れていけるし。あなたもたまには外に出たいのよね、バンバースヌート?」

ビエーヴは黒髪に隠れるほど眉を吊り上げた。バンバースヌートは厳密には違法だ。〈マドモアゼル・ジェラルディン校〉でペットの所有が許されないだけでなく、登録されていないメカアニマルは大英帝国全土で禁じられている。

「第五五四課」ソフロニアが言った。「〝怪しい物を隠したいときは、あえて人目につく場所を選ぶほうが有効なときもある〟」

「煙を吐いたり、蒸気を出したりしたらどうすんの？」

ソフロニアは身支度を終え、バンバースヌートを振り返った。すでにビエーヴがいくつものリボンを結び、びらびら布をメカアニマルに巻きつけていた。「そうならないようにお行儀よくさせてるの。無理なときは部屋に連れて帰るわ。たいていはとってもおとなしいいい子よ。いけない、そろそろ授業が始まるわ」

「なんの授業？」

「レディ・リネットの〈吸血群の社交術〉」

「だったら男の子たちも一緒だね」

「あら、そうじゃない授業もあるの？　てっきりすべての授業に参加するんだと思ってたけど」

ビエーヴは緑色の目をきらめかせて首を振った。「まさか。〈バンソン校〉は異界族とはつきあわないよ」

「ナイオール大尉やブレイスウォープ教授の授業には出ないってこと？」

ビエーヴはうなずき、バンバースヌートを渡した。

「大丈夫かしら」ソフロニアは不安になった。「男の子たちが走りまわる場所なんかに連れていって。どう思う？」

「本人は行きたがってるよ」と、ビエーヴ。

バンバースヌートが片耳をぱたぱたさせた。

「わかった。いいこと、バンバースヌート、絶対に動いちゃダメよ」ソフロニアがちょうど腰のあたりにぶらさがるよう肩からメカアニマルをかけると、まさしくどんな裕福なレディも持ったことのない、とびきり奇妙で過激なバッグに見えた。


教室に入ると、ディミティ、シドヒーグ、アガサがバンバースヌート・バッグに気づいたが、そしらぬふりをした。ソフロニアがメカアニマルを連れてくるのは、必要になるかもしれないと判断したときだけだ。もっとも、あんなふざけたしろものの必要性は誰にもわからない。きっとあの三人は〝またソフロニアが誰も知らないことを知っていて、みんなを出し抜こうとしている〟とでも思っているに違いない。

あたしが男の子たちの前でそんなことするもんですか！　ソフロニアはこれみよがしにバンバースヌートをほかの小物バッグのあいだにぽんと放り投げた。

レディ・リネットの礼儀の授業にはディングルプループス卿と黒髪の友人を含む四人の男子が加わっていた。

レディ・リネットが始めた。「ようこそ、紳士淑女のみなさん。今日の授業は〈牙で芝居を〉です。これから吸血群での正しい紹介のしかたを学びます。さあ、二人一組になって」

男子四人に女子が六人なので、最初はソフロニアとアガサが組んだ。モニクはディミティの前を横切ってまっすぐディングルプループス卿に近づいた。プレシアは黒髪の少年を選んだ。髪の色といい、理想的な身長差といい、不機嫌そうな雰囲気といい、なかなか似合いの二人だ。だが、プレシアの無敵の美貌にもかかわらず、黒髪の少年はソフロニアのほうばかりちらちら見ている。ただのお愛想とわかっていても、ソフロニアはつい得意になった。男の子がプレシアをさしおいてあたしに関心を向けるなんて、めったにない。

「吸血鬼女王はどんな吸血鬼より位が上です——たとえその吸血鬼が大地主の貴族であっても。どのような場面でもまずは女王の前に進み、群に属する吸血鬼の誰かに紹介してもらいます。女王への挨拶がすんだら、次は群の吸血鬼、そして——もしその場にいれば——はぐれ吸血鬼という順です。吸血鬼はみな男性で、貴族もいます。吸血群やはぐれ吸血鬼に年季奉公しているドローンは、例外もありますが、身分は使用人です」

一人の少年が生意気そうに言った。「ドローンは吸血鬼の主な食糧源でもあるという事実は、わざと飛ばしたのですか？」

レディ・リネットがぴしゃりとたしなめた。「そのような実務的なことを公の場で話題にしてはなりません！　本日は練習として、紳士諸君に群の吸血鬼の役をやってもらいます。始め！」

ソフロニアとアガサはたがいに紹介しあった。アガサはソフロニアが本物の吸血鬼とでもいうようにおどおど、びくびくしている。四人の若い男性がいるだけで動揺しているようだ。かわいそうに、アガサは何か新しいことがあると決まってわれを失う。それが、誕生日に届いた新しいスカーフであろうと――どうやって巻いたらいいの？　どの服に合わせたらいいの？――いきなり授業に加わった少年たちであろうと。

「あまりに予測がつかないんだもの」アガサがつぶやいた。

スカーフのこと？　ソフロニアは首をかしげた。それとも男の子たちのこと？

会話の練習は十分ほど続き、そのあいだにレディ・リネットは生徒たちに混じって姿勢から話題、色目の使いかたや、色目の足りなさ、まつげの動かしかたにいたるまでこまごまと、男子にも女子にも注意をあたえた。ソフロニアはこのとき初めて、吸血鬼の世界には上流社会の女性と同じくらい守るべきルールが山ほどあることを知った。ひょっとすると吸血鬼のほうが多いかもしれない。

「ちょっとよろしいですか？」

「なんです、ミス・テミニック？」

「はぐれ吸血鬼は吸血群を訪問しても平気なのですか？　はぐれ吸血鬼は自分の縄張りから出られないと思っていました」

「短い時間なら訪問できます。考えてもごらんなさい、ミス・テミニック、はぐれ吸血鬼は吸血鬼女王と協定を結ばなければなりません。新しい吸血鬼を生み出せるのは女王だけです。彼らがドローンを受け入れ、ドローンが吸血鬼になる権利を手に入れるために働く以上、はぐれ吸血鬼は女王と良好な関係を保たなければなりません。ドローンを変異させてもらう代わりに、はぐれ吸血鬼は群の男性吸血鬼にはできない任務を引き受けます。たとえば、はぐれ吸血鬼は群の吸血鬼よりつなぎひもが長く、遠くまで移動できます」

ブレイスウォープ教授を悩ませているのは、このつなぎひもの長さに違いない。ソフロニアは吸血鬼の縄張りという考えかたに興味を引かれたが、この問題について書かれた本はほとんどなかった。吸血鬼にとってつなぎひもがひとつの弱点であることを考えると、おそらくこれは意図的なものだろう。何しろ吸血鬼は情報操作が大好きだ。

レディ・リネットが手を打ち合わせた。「はい、では相手を変えて。レディ・キングエア、ミス・プラムレイ＝テインモット、こんどはあなたたちが組になって」

プレシアがディングルプループス卿に近づいた。この赤毛の若者は明らかにプレシアの完璧な見た目のかわいさに魅せられている。ディミティはむっとした表情で片手に型押しのある手紙を握りしめていた。ディングルプループス卿に問いただすつもりらしい。

黒髪の少年が部屋の奥からソフロニアに近づいた。すかさずモニクが横取りしようとしたが、少年は絶妙のさりげなさでモニクをかわした。

「また会ったね、ミス・テミニック」

「正確に言わせていただけるなら、サー、あなたとはまだ正式には一度も会ってません」

少年は小さく笑った。「たしかに、人はどんなときも正確でなければならない」

「あら、聞いてらっしゃらないの？」モニクが口をはさんだ。「ソフロニアはどんなときも正確よ」

「それがきみの名前？　ソフロニア。かわいい名前だね」

「ソフロニア・テミニックです。でも、間違ってもかわいくはありません。言いにくくて。そろそろきちんとやりませんか？　レディ・リネットが見てます」

「お好きなように、リア」

「ミス・テミニック」ソフロニアは噛みつくように言った。

少年はさらに笑みを広げた。とてもきれいな青い目だ。「いや、リアのほうがいい」そう言ってソフロニアの手をつかむと、親指を手袋の縁からすべりこませ、手首をそっとなでた。まあ、なんてふしだらな。

ソフロニアはさっと手を引っこめた。「やめて」胸がどきどきしている。間違いなく怒りのせいだ。

レディ・リネットが近づいた。「さあ、やってみて」

黒髪の少年は笑みを消し――あたしはまだこの人の名前を知らない！――文句なしのお

辞儀をした。まるで吸血群の屋敷の扉の前で偶然、出会ったかのように。

レディ・リネットはさほど感銘を受けたふうでもなさそうだ。

ソフロニアはほぼ完璧なお辞儀を返した――ほんの少し短めの。

レディ・リネットが指摘した。「どうしてそんなにそっけないの、ミス・テミニック？」

「あたしたちはまだ紹介されていません。変な期待を持たれては困ります」

「吸血群を牽制するつもり？ 吸血鬼の気をそぐ方法を練習しなさいと言いましたか？」

「気を持たせなさいとも、気をそげとも言われませんでした」

「いいわ。続けて」

黒髪の少年が挨拶した。「初めまして。ぼくはマージー、フェリックス・マージー」

レディ・リネットが口をはさんだ。「姓だけでけっこう。相手をどんなレディだと思ってるの？」

フェリックスは癖のあるうすら笑いを浮かべた。「最高のレディだと思っていますよ、もちろん」

レディ・リネットは唖然とした。「ミスター・マージー！」

得意満面のプレシアと組んだディングルプループス卿が横から口をはさんだ。「正確にはマイ・レディ、彼はゴルボーン一族です」

レディ・リネットが驚きの表情を浮かべた。「子爵のご子息？」

教室の四人の少年が笑い声を上げた。

フェリックス・マージーがおだやかに言った。「ゴルボーンは公爵です、マイ・レディ」

「しかもフェリックスは長男です」と、ディングルプループス卿。

レディ・リネットはますます驚いた。つまり〝マージー〟は父親が持っているふたつめの称号ということだ。

ソフロニアは目を細めた。公爵の跡取り？　どうりで傲慢なはずだわ。とたんにモニクの全関心がこちらに向いた。フェリックス・マージーはこの部屋のなかでもっとも位が高い。でもモニクはどう少なく見積もってもフェリックスより二歳は年上だ――ソフロニアは思った――同い年の男性を探すべきじゃない？

「ぼくたちはフェリックスと呼んでいます。称号は嫌いなんだろう、子爵どの？」と、ディングルプループス卿。

「名前で呼び合えるのは貴族階級だけだと思いますけど」と、ソフロニア。

「心配しないで、リア」黒蜜のような甘ったるい声が耳もとでささやいた。「いずれきみはぼくをフェリックスと呼ぶようになる」

二人のあいだにさっと扇子が振り下ろされた。「いけませんよ！　吸血鬼は決してそんな親密な態度は取りません！」レディ・リネットはあからさまなじゃれ合いを認めない。じゃれ合いはけっこうだが、あ・か・ら・さ・まはよくない。

フェリックスが生意気に言った。「吸血鬼のまねなんかごめんです。ぼくの品位にかかわる」

レディ・リネットはあきれて目をまわし、手を叩いて全員の注意を向けさせた。「いいですか、紳士諸君、〈バンソン校〉が吸血鬼との接触を避けたがるのは知っています。しかし、吸血鬼が上流階級で幅をきかせていることを考えると、いずれはあなたがたもつきあわざるをえません。備えあれば憂いなし。敵を知るのに、敵になりきるよりいい方法がありますか？」

これにはフェリックスも黙りこんだ。どうしてフェリックスはこんなに吸血鬼を毛嫌いするのだろう？ ソフロニアが抱く吸血鬼のイメージは親切なブレイスウォープ教授で、反感というより好感を抱いている。ソフロニアはどちらかというと進歩的な家庭で育った。父さんが吸血鬼や人狼と一緒に仕事をしたとは思えないけど、もしそうなっても、おそらく嫌がったりはしないだろう。

「はじめまして、マージー卿」

「ようやくお知り合いになれて光栄です、ミス・テミニック。おもしろいバッグをお持ちですね」フェリックスがレディ・リネットの部屋の暖炉の上でほかのバッグに混じって忘れられたバンバースヌートを指さした。

「ああ、ええ、そうですの。友人からの贈り物で、イタリア製ですわ。今日のお天気はどうかしら？　もうじき雨が降りそうではありませんこと？」

レディ・リネットが会話を止めた。「天気の話をしていいのは相手が男性吸血鬼のときだけよ。間違っても吸血鬼女王の前で天気の話をしてはなりません。群の屋敷を離れられない女王に、自由に動けない身であることを思い出させる無礼な行為です。さあ、マージー卿、吸血鬼はどう応じますか？」

「見目麗しいあなたの前で雨が降るとでも、ミス・テミニック？　雨にそれほどの度胸があるとは思えません」

レディ・リネットがさえぎった。「ダメダメ、あまりにお世辞がくどすぎます。そこまで積極的になれるのははぐれ吸血鬼だけよ。さあ、ミス・テミニック、どう返しますか？」

「飛行船の乗りごこちはいかが？」

「悪くはないけど」と、レディ・リネット。「吸血鬼は本来、空には浮かびません――ブレイスウォープ教授を除いて。いまマージー卿は群の吸血鬼を演じているのよ。そうね、では二人で夜の社交庭園――ヴォクスホール・ガーデンを訪れていることにしましょう」

フェリックスがソフロニアに向かって目をきらめかせた。「ぼくは今とても魅せられています……この庭園に」

ソフロニアは無視して先を続けた。「ヴォクスホールには前にもいらしたことが？」

「ええ、でも初めて来たような気分です——こうしてあなたに会ったいまは」

どこまで懲りない男なの？ ソフロニアはフェリックスをにらみながら身を引いた。

「レディ・リネット、マージー卿はルールどおりにやってくれません。吸血鬼としても、普通の紳士としても」

「いいこと、ミス・テミニック、それはあなたが型どおりの世間話ばかりしているからよ。相手をよく観察して、相手の好みに合うようなセリフを考えてごらんなさい」

お許しをもらったソフロニアはマージー子爵フェリックス・ゴルボーンを頭の先からつま先まで遠慮なく見まわした。「身長は並で細身。裕福だけど服装にはそれほどこだわらない。髪は長め。慢性的倦怠を感じさせる少しすねた表情。とくに目を引くのは目のまわりのコール墨とベストに縫いつけた偽の歯車、黄銅色の帯を巻いたシルクハット」ソフロニアは青銅製の連結式帽子棚の上に置かれたシルクハットを指さした。「ひとことで言えば、吸血群によくいる、ちょっと風変わりな伊達男」

一気にまくしたてられ、フェリックスはすっかり当惑した。「ひどいな」

レディ・リネットは満足そうだ。「でも、髪型に注目してみて？ まったくお金をかけていないように見せるにはとてもお金がかかるものです。身体にぴったり合ったベストはどう？　あれは次の社交シーズンの色よ。どうやらかなり裕福な吸血鬼のようです。群の後ろだてだけでなく、個人的な資産もありそうね。変わった趣味は会話のきっかけにもなるわ。コール墨の起源は、ミス・テミニック？」

ソフロニアは首をかしげた。化粧分野は得意ではない。

プレシアが声を上げた。「あ、わたし、わかる！」

「はい、ミス・バス？」

「エジプトです、マイ・レディ」

「たいへんけっこう、ミス・バス」レディ・リネットがソフロニアを振り返った。「これから何がわかる？」

「海外で仕事をしています。古代遺物の収集家か、もしくはあまりに目がきれいなので強調すべきだと思っているか。もっとも、彼のまつげの長さを考えると、コール墨は無駄に思えますけど」

ディングルプループス卿が高笑いを上げた。「やられたな、フェリックス！」

レディ・リネットはようやくソフロニアのおふざけが教室じゅうの視線を集めていることに気づいた。「紳士淑女のみなさん、自分のパートナーに戻って！　ミス・テミニック、新しい情報を使って会話を進めて」

ソフロニアはため息まじりにフェリックスに向きなおった。「古代エジプトに興味がおありですか、マージー卿？」

「興味があるのは、あなたがぼくのまつげの長さに気づいたことです」

ソフロニアは歯ぎしりした。「あなたの群は異国と歴史的つながりがありますの？」

ソフロニアばかりを見ていたフェリックスの視線が一瞬、ソフロニアの背後の暖炉に動いた。「異国と言えば、いまあなたのバッグが勝手に動いたような気がするけど」

気づいたのはフェリックスだけではなかった。レディ・リネットの猫の一匹が毛深いボールのように毛を逆立ててうなり、バンバースヌートをにらんでいる。

ソフロニアはあわてて暖炉に近寄り、ショールを取るふりをしながら〝じっとして〟とバンバースヌートにささやき声で言い含めた。バンバースヌートは歯車の回転を落とした証拠に小さく蒸気を吐き、しゃがみこんだ。猫はさらにおびえて寝椅子の下に隠れた。

「まあ、いったいアルテミシアはどうしたのかしら？」レディ・リネットは猫の奇妙な行動に首をかしげた。

フェリックスがあとから近づき、顔を寄せてささやいた。「イタリア製だって？　母上にもひとつ探してみようかな。でも、上流階級の必需品だとすれば、もう持っているかもしれないけど」

ほどなく交替の時間になり、ソフロニアはほっとした。次にクラスの注目をさらったのは、いつもは温厚なディミティ・プラムレイ＝テインモットが驚き顔のディングルプループス卿に激しく突っかかる光景だった。二人による〈吸血鬼と乙女の会話〉は押し殺した言葉の応酬だった。ディミティが例の手紙をさっと見せると、ディングルプループス卿は〝何を怒っているのかわからない〟というように激しく首を振った。よほどしらを切るのがうまいか、そうでなければキーキーデッキでの大失態にはまったく関与していないかだ。いずれにしても飛行艇を墜落させておいてよかった。でも、ディングルプループス卿が無関係だとしたら、いったいあれは誰？ 空強盗（フライウェイマン）？ それともピクルマン？ どうやってあの便せんを手に入れたの？ 何よりわからないのは、どうしてディミティがねらわれてるのかということだ。

授業のあと、ソフロニアは心配そうに友人に近づいた。「ディミティ、あの手紙のことだけど……」

ディミティは泣きそうな顔でさっと身をひるがえして早足で立ち去り、そのあとをアガサとシドヒーグが心配そうに追いかけた。

その夜、夕食の席に出る準備をしながらソフロニアは思った――フェリックスというのは問題の種になりそうだ。どんなに礼儀正しくしようとしても、彼のことはフェリックスとしか考えられない。たとえマージー卿と呼びかけていても。あれからいくつか授業を一緒に受けた――マドモアゼル・ジェラルディンの〈お茶とだまし〉の授業からシスター・

マッティの〈毒の配分とプディングと先制毒盛り術〉にいたるまで。フェリックスは、文字どおり身体をぶつけんばかりに近づいてくる、はるかに脈のありそうなモニクやプレシアをかわしてソフロニアに言い寄りつづけた。〝プレシアには要注意〟と警告したほうがいいかしら？　プレシアは最初の夫をなにがなんでも殺したがっている。いったいどうしてフェリックスはこんなにもあたしを追いまわすの？　ソフロニアはまだ〈誘惑術〉の授業を受けていない。受けていたら、その自信に満ちた態度と、きわ立った個性と、緑色の目がいかに魅力的かに気づいただろう。だが、いまソフロニアの知恵はすべて、異性を惹きつける以外のことに向けられていた。それがますます男性の目には魅力的に映る。ソープならそのことをソフロニアに教えることもできたはずだ。

夕食に同席した少年たちは数人ずつ、いくつかのテーブルに分かれ、マージー卿、ディングルプループス卿、ミスター・プラムレイ＝テインモットがソフロニアのテーブルに座った。この三人が男子生徒のなかでいちばん若い。なかでも最年少の十三歳のピルオーバーは今回の特別派遣団に選ばれたことに困惑していた。

「ぼくはそんなに優秀な生徒じゃない」ピルオーバーがソフロニアに打ち明けた。「この旅行は超一流の邪悪な天才に対するご褒美のはずなのに。どうしてシュリンプディトル教授がぼくを選んだのか、まったくわかんないよ。たまたま姉さんがここにいるせいかもしれないけど。それはそうと、きみとディミティ、どうなってんの？　姉さんはとんでもなく嫌なやつだけど、友だちに邪険にするタイプとは思わなかった」

ソフロニアは顔をしかめた。「陰謀よ、悲しいかな。一種の試験ね」

ピルオーバーがうなずいた。「なるほど、だったらそのうち仲なおりできるさ」

「心からそう願うわ。ディミティのいつものゴシップがないと死ぬほど退屈で」

「ほんとに？　ぼくはせいせいしてるよ。きみってつくづく変わってるね」

夕食が運ばれた。サーモンの直火焼き、細切れ羊肉（ハッシュドマトン）、ジャガイモ、サトウニンジン、そしてベイクド・アップル・プディング。少年たちのテーブルマナーはまずまずだったが、会話は少しも弾まなかった。女生徒たちは男子の気を惹くのに忙しいか、そうでなければフォークの使いかたを間違えるんじゃないかとびくびくして黙りこんでいたからだ。

懸命な努力にもかかわらず、マージー卿はソフロニアの左の席を勝ち取れなかった。ソフロニアはテーブルの端――プレシアの隣――に座った。プレシアは横を向き、しきりにディングルプループプス卿としゃべっている。さいわい正面席にはピルオーバーがいたが、この少年はもうすぐ羊が絶滅するとでもいわんばかりに口にマトンを詰めこんでいた。

「どうみても」ピルオーバーが口を動かす合間に言った。「食事は〈バンソン校〉よりこのほうがおいしいね」

「セッティングも立派でしょ？」

ピルオーバーは言われるまで気づかなかったかのように、テーブルクロスと中央に置かれた花に目をやった。やっぱり気づいていなかったようだ。「そう言われれば」

「あたしたちは、これから先ずっとこうした訓練をするのよ。邪悪な天才になるための訓練を受けてるあなたたちは、どうせテーブルセッティングなんてくだらないと思ってるんでしょ?」

「注意力が足りないって言いたいの?」

「案外、見た目より重要な意味が隠されてるのよ。いい? たとえば中央に大きな花を入れた丈の高い花瓶を置く。するとテーブルごしの会話がやりづらくなって、会話の相手をせばめられるってわけ。垂れ下がるシダを横に広く飾れば、人に気づかれずにメモや物の受け渡しができるわ」

ピルオーバーは興味がなさそうだ。ソフロニアは話題を変えた。

「ディミティが誰かに追われてるみたいなの」

「どんなにディミティがバカげた手紙のことで文句を言おうと、あれはディングルプループス卿のしわざじゃないよ。これだけは言える」ピルオーバーも事情は知っているようだ。

「最近、何か変なことなかった?」

ピルオーバーは驚いた。「ぼく? 誰がぼくをねらうっていうの?」

「それを言うなら、誰があなたの姉さんをねらうと思う?」

「何かの冗談だよ。でなけりゃ何かの手違いか。まあ、〈ピストンズ〉ならやりかねないけど」

ソフロニアはキーキーデッキのできごとを詳しく話した。

ピルオーバーは首を横に振った。「〈ピストンズ〉じゃないね、そうなると。そもそも飛行艇を手に入れられるはずがない。きみの言うとおり、誰かが姉さんをねらってるのかも」

「でも、誰が?」

ピルオーバーはあきれるほどそっけなく言った。「それを突きとめるのがきみの仕事じゃないの?」

「ディミティが口をきいてくれないって言ったこと、忘れたの?」

ピルオーバーはかつて情報と安全を手に入れるためにソフロニアのペチコートを着せられたことがある。それ以来、ソフロニアの能力を高く買っていた。「きみならなんとかするだろ」

「少しは考えてみてくれない?」と、ソフロニア。「ちょっと心配なの」

「しょうがない——いちおう姉さんだし」ピルオーバーはしぶしぶうなずいた。

食事は進み、ソフロニアとピルオーバーは訓練どおりの申しぶんない作法で礼儀正しく会話を続けた。やがて皿が片づけられ、カードが始まった。

人数が増えたので、テーブルの全員が参加できるよう、組にならずにできるゲームをすることになった。モニクがラウンドゲームのひとつ――ルーをしようと提案し、全員が同意するまもなくカードが配られた。ルーは七人で行なうのが最適だ。頼まれるまでもなくソフロニアと、はなからやる気のないピルオーバーが抜けた。フェリックスがカードごしにちらちらソフロニアを見ている。

しばらく二人はゲームの様子を見ていた。

やがてソフロニアがピルオーバーにささやいた。「マージー卿ってどんな人？」

ピルオーバーは顔を曇らせ、座りごこちが悪いかのように椅子の上で身をよじった。

「ゴルボーン一族は有名な保守派だ。大金持ちで、新しい血を入れたがらない」

「ああ、反融合派ね？」ソフロニアは先をうながした。貴族のなかには異界族を政界に入れることに強く反対した一派がいた。もう何世紀も前のことだが、貴族と吸血鬼は記憶力がいい。

「もっと悪い。ピクルマンだ」

ソフロニアはフェリックスを見つめた。「本当に？」

きわめて進歩的な家庭に育ったピルオーバーが皮肉っぽく言った。「〝怪物に政府をのっとられていいのか？　われわれはやつらの餌なのだ〟。あの宣伝活動を知ってるだろ？

〝異界の者どもを恐れよ！　彼らの力でわれわれが帝国を勝ち取った事実を忘れよ〟」

ソフロニアは人狼のナイオール大尉のことも、吸血鬼のブレイスウォープ教授のことも、一般的な先生に対する程度には尊敬している――ちょっとした手違いであやうくナイオール大尉に食べられそうにはなったけれど。だから、たぶんあたしはかなり進歩的だ。

そのとき小さな礼儀正しい咳払いが聞こえた。

「ビエーヴ？」

「こんばんは」ビエーヴが肘のそばから声をかけた。

ピルオーバーが挨拶がわりにうなずいた。二人は例のペチコート事件のときに一度、会っている。

「あのね、ソフロニア、ソープが言ってた。今夜、荒れ地を離れるころ、きみが見たいことが起こりそうだって。そして、たぶんあたしも見たいものだと思う。あとで妨害器を持っていくから、外壁をまわらなくていいよ」それだけ言うと、ソフロニアの返事も待たずに跳ねるように去っていった。

「いまのでなんの話かわかったの？」と、ピルオーバー。あまり興味がなさそうな口ぶりだ。

「わからなかった？」

「わかりたくもないね。それで、今夜抜け出すつもり？」

「たぶん」

ピルオーバーはカードのテーブルに目をやった。マージー卿がまたしてもこっちをにらんでいる。ソフロニアがぼくとばかり話しているのが気に入らないらしい。いい気味だ——いつも〈ピストンズ〉のいたずらの標的にされているピルオーバーは、マージー卿のくやしそうな顔を見てほくそえんだ。

「仲間がほしくない？」

「あら、けっこうよ」

「ぼくって意味じゃないよ」

ソフロニアがにやりと笑みを浮かべた。「あなたたちは〈ジェラルディン校〉の警報について何も聞いてないの？」

ピルオーバーはアップルフリッターをくすねた太めの少年のように抜け目ない顔で言った。「うん、誰も知らない。もちろんぼくはディミティから聞いて知ってるけど」

「そうとなれば、今夜遅く、あたしが脱出を計画してることをマージー卿に話すのも悪くないかも」

知り合ってから初めて、ピルオーバーは心からの笑みを浮かべた。「そうだね」

試験その五　だましあれこれ

太陽が完全に沈み、カードゲームがつつがなく終了したところで、生徒たちは次の授業に移動した。少年たちはシュリンプディトル、ルフォー両教授による〈機械学と策謀術〉。総勢四十五名の少女たちは一列に並んで下部デッキに向かい、ガラスのプラットフォーム昇降機で下船した。週に一度のナイオール大尉の授業だ。あたりには興奮の渦が——香水の香りは言うまでもなく——手に取るようにただよった。ナイオール大尉は生徒のあいだでもっとも人気がある先生で、しかもいちばんハンサムだ。

ソフロニアもナイオール大尉には好感を持っていた。この軽妙で気さくな軍人が仮の姿だと知っていても。前に狼の姿だったとき、大尉はあたしを殺そうとしていちばん上等な馬毛のペチコートをずたずたにした。あのときは月の狂気に支配されていたとはいえ、あの野蛮な行為は許されないし、ペチコートを失った恨みも忘れられない。ともあれ根が善良な大尉は、立派な紳士らしく下着抹殺の一件にはひとことも触れなかった。

少女たちは荒れ地に降り立った。夜の格闘技の授業に備え、ガラスの昇降機がガス灯に変わった。ナイオール大尉が近づいてきた。いかした軍人はビーバー皮のシルクハットを頭にくくりつけ、革のマントのボタンを襟から裾までとめている。ひょこひょこした足取りは、まるで誰かの脚を一時的に借りてきたかのようだ。

「レディーズ、今日はナイフの使いかたではなく、あらゆる技術のなかでもっとも役に立つ技を学習する」大尉はそこでわざとらしく間を取り、生徒たちは期待に息をのんだ。

「その名も〈走って逃げる技〉だ」大尉が大げさな身ぶりで宣言した。

生徒たちの顔に落胆が広がった。走って逃げるなんて、少しもロマンチックではない。駆け落ちの地として有名なグレトナ・グリーンに走ってゆくのでもないかぎり。

「さて、逃げかたにはたくさんの方法と手段がある。今日は狭い場所での逃げかた──〈かわしの術〉を学ぼう」

ナイオール大尉は生徒をグループに分け、片方をウサギ、片方をオオカミと名づけた。オオカミはそれぞれ赤いスグリのジャムに浸した短い木のスプーンを渡され、スプーンで胴着にタッチされたウサギがゲームから脱落するというルールだ。ウサギはドレスにジャムをつけられたくないので必死に逃げる。オオカミが追いかけるのは決まったウサギだけで、ウサギどうし結束してはならない。それを守りさえすればどんな逃げかたも自由だ。

モニク、ディミティ、アガサのオオカミが、ソフロニア、シドヒーグ、プレシアのウサギを追いかけることになった。ソフロニアはわくわくした。逃げるのは得意だし、今回はどんなに逃げても責められない。ソフロニアはすぐさま近くの雑木林に駆け寄り、一本の木にのぼって戦況をながめた。

混沌たる鬼ごっこが始まった。人狼教師が目にも止まらぬ速さで生徒たちのあいだを動きまわっては指示を叫び、タッチされたウサギに〝死んだ！〟と宣言している。ソフロニアにはナイオール大尉がこの丘を選んだ理由がすぐにわかった。ここなら障害物にことかかない。茂み、丈の長い草、木立、ところどころに大きな岩もある。

三十分後、ついにウサギが全滅し、ソフロニアだけが残った。ようやく木の上にいるところを見つかったが、オオカミ役の生徒たちはレディらしく、よじのぼって追いかけるのを拒んだ。

「ウサギは木にはのぼらないわ」と、モニク。

ナイオール大尉はこれを無視し、ソフロニアに下りてくるよう身ぶりした。「レディーズ、ミス・テミニックの作戦はどこが正しかったと思う？」

「またソフロニア」プレシアが鼻を鳴らした。

みな無言だ。

ソフロニアが木から飛び下りると、すかさずモニクがスプーンを投げつけた。スグリジャムがソフロニアのドレスの正面にべったりしみをつけ、スプーンが鎖骨に当たった。

「痛っ」ソフロニアが叫んだ。

ようやく上級生の一人が答えた。「隠れたこと？」

「そのとおり！　身を隠すことができれば走って逃げる必要はない。しかし、ミス・テミニック、今日の授業は隠れるのが目的ではない。これから五分間、もういちどやってみよう」大尉はソフロニアが顔だけ知っている上級生の三人を指さした。「きみたちがオオカミだ。開始！」

三人はいっせいにジャムのついたスプーンを持ってソフロニアに突進した。ソフロニアはさっとスプーンをかわすと、スカートをたくし上げて茂みを飛び越え、高い場所に逃げた。オオカミの一人が茂みにドレスを引っかけ、生地がびりっと裂けると同時に横ざまに倒れた。残る二人が追いかけ、ソフロニアは大きな岩めがけてダッシュして、てっぺんによじのぼった。

二人のオオカミは連係策を取らなかった。連係していたら簡単に捕まえられたはずだが、二人はてんでにウサギを追いかけた。ソフロニアは脚を蹴り出した。上品なレディにあるまじき行為だが、スカートをたくし上げた蹴りのおかげでスプーンはドレスに届かなかった。思いがけない反撃に片方のオオカミは背中から丘の斜面に倒れ、スグリジャムはウサギの脚にすらつかなかった。

ソフロニアは胴着をねらう最後の上級生オオカミを押しやった。そしてスプーンが胴着に触れる寸前、身体をひねり、ものすごいジャンプ力で飛び上がると、倒れた敵を飛び越えて丘の反対側に着地し、横すべりしながらまわりこんで鋭いトゲのある茂みの後ろに隠れた。

激しい動きに息が上がったが、まだジャムはついていない。有頂天になったのもつかのま、なおも一人のオオカミがウサギを狩り出そうと近づいた。いっそ〈キツネと猟犬〉って名前にしたらどうかしら？　そんなことを考えながらソフロニアは身をかがめてジャムつきスプーンをかわし、頭突きを浴びせた。オオカミは正面攻撃に驚き、トゲのあるイバラの茂みに背中から倒れた。

ナイオール大尉が時間終了を告げた。

「実におもしろかった、ミス・テミニック。さて、レディーズ、今のをどう思う？」大尉は並んで見ていた生徒たちを振り返った。

「ソフロニアはスカートをたくし上げて脚を見せました」

「脚で蹴ったわ！」

「頭で攻撃しました！　雄牛みたいに！」

「なんてはしたない」

ソフロニアは息を切らしながらナイオール大尉の隣に立って腕を組んだ。たしかにあたしはレディらしくもなければウサギらしくもなかった。でも、ナイオール大尉は振る舞いに関しては何も指示しなかった――生き延びること以外には。なんであれ、あたしは生き延びた、でしょ？

ナイオール大尉も同意見だった。「ミス・テミニックは高い場所に逃げた。敵の人数がわかっているときは有効な手段だ。しかし、援軍の可能性がある場合、高所にいると発射物の格好の標的となる。それを忘れないように。さあ、レディーズ、スプーンのジャムをぬぐって役割交替。ウサギだった人は、こんどはオオカミだ」

ソフロニアはディミティがスプーンを渡す前にこっそりなめたのに気づいた。ディミティはスグリジャムに目がない。

そんなふうにウサギとオオカミの役を交替しながら、全員がへとへとになるまでゲームは続いた。最後には全員が――ソフロニアさえ――ジャムで数回は死んだ。ディミティはアガサとプレシアの連係スプーン攻撃にシェイクスピアふうの大仰な独白を吐き、まわりからお愛想の拍手をもらった。

過酷な二時間のあと――ふくらはぎはひきつり、つま先には水ぶくれができた――大尉は授業終了を告げた。生徒たちは一列に並び、五つに分かれて飛行船に戻りはじめた。ほぼ全員の反感を買ったソフロニアは最後尾に押しやられた。と、シドヒーグがわざとみなから遅れ、ナイオール大尉に近づくのに気づいた。

ソフロニアは小物バッグを落としたふりをして暗闇に身をひそめた。

「大尉、ひとつききたいことが」シドヒーグはやけに深く頭を下げてお辞儀した。

「ゲームのことか、レディ・キングエア？」ナイオール大尉はシドヒーグに顔を上げるよう身ぶりで示した。

「いや、団のことだ。キングエア団が動揺してる。彼は支配力を失っているのかもしれない」

「彼はイングランドでも最強のアルファの一人だ」ナイオール大尉は〝知ってるだろう〟と言いたげな笑みを浮かべた。「女王陛下づきの人狼でも、きみの祖父と闘ったら五回に三回は負けるという噂だ」

「心配なのはアルファの腕っぷしじゃない。それ以外の団員たちの態度だ」

「何しろスコットランド人だからな」

「でも、こんなに怒ってるのは初めてだ」

「おそらくジファールの飛行船のせいだろう。ジファールが吸血鬼にエーテル層を開放するかもしれないというだけで……たとえそれがはぐれ吸血鬼だけだとしても……」ナイオール大尉が言葉を濁すと、シドヒーグがあとをひきついだ。「人狼には心配の種になる」

ソフロニアは首をかしげた。どうやらつなぎひもに関する話らしい。現在のところ、吸血鬼の力を抑止している最大の要因は彼らが縄張りに制限されるということだ。吸血鬼の力が強ければ強いほど、移動可能域は狭くなる。かたや人狼をつなぎとめるのは一定の場所ではない。人狼団の仲間たちだ。ゆえに吸血鬼よりはるかに移動範囲が広い。だから英国は海外で帝国を造り上げることができた。人狼団は軍隊で戦えるからだ。今回のエーテル飛行で、この力関係を変えるような何かが起こるの？　そうだとしたら、ビエーヴの言う移動時間の短縮よりはるかに大問題だ。もし吸血鬼をエーテル飛行船につなぎとめることができれば、人狼のように――あるいはそれ以上に――移動範囲が広がるのかもしれない。

「いつも不思議に思ってた。どうして空に浮かべる吸血鬼はブレイスウォープ教授だけなのかって」と、シドヒーグ。

「彼は実験の一部だ」

ブレイスウォープ教授のふざけた口ひげを思い浮かべ、ソフロニアは納得した。でも、口ひげだけの問題じゃない。吸血鬼はジファールの新たな技術を使ってさらなる実験をするつもり？　誰も止めないの？　吸血鬼とつきあった経験があまりないソフロニアにとって、吸血鬼は現実的な対象というより、ひとつの概念だ。でも、彼らの異界族的能力に限界があると知ってからは、その概念がより受け入れやすくなった。いまの会話からすると、人狼も同じように感じているようだ。

「ブレイスウォープ教授は成功例なのか？」シドヒーグがたずねた。

ナイオール大尉は親しげにシドヒーグの肩に触れた。「それに答えられないことはきみも知っているだろう」

「もちろん」シドヒーグは長い指を一本、口に押し当ててから、ふとあたりを見まわした。

「しまった、最後の一人になったようだ」ガラスのプラットフォームが待っていた。シドヒーグなら一歩でのぼれるほど低い位置で。

「いや、最後じゃなさそうだ。ミス・テミニック？」ナイオール大尉はソフロニアが隠れている暗闇を振り返った。

ソフロニアは平然と進み出た。いずれにせよ、ここの生徒たちは日ごろからこのような行為を訓練されている。

「どちらもだ。いくらきみでも心臓の鼓動を止めることはできない。それに、前にも言ったように、異界族に香水は逆効果だ――あたり一面に振りまかないかぎり」

だが少なくともシドヒーグは、あたしが隠れていたことに心からびっくりしたようだ。

「何を聞いた？」ソフロニアと並んでプラットフォームに足をかけながらシドヒーグが小声でたずねた。

「ほとんど全部」

「あれは団の内密な問題だ！」

「あなたが今回の吸血鬼のたくらみについて知ってることを全部教えてくれたら、誰にも言わないわ」

「あんたと話してるところを見られるとまずい」プラットフォームが飛行船の下部に向か

ってゆっくり上昇すると、巨大な飛行船も空高く浮かび上がった。

「だったらさっさと話したほうがいいわ」

「ねえ、ソフロニア、誰かに〝どんでもないひねくれ者〟って言われたことない？」

「そんなのしょっちゅうよ。さあ、話して」

「人狼は吸血鬼がエーテル飛行の技術をひとりじめするんじゃないかと思ってる。ジファールが吸血鬼に資金援助してもらってるって噂もある。フランス人にもかかわらず」

ソフロニアは必死に考えをめぐらした。「学園がロンドンに向かってるのは、その計画を支援するため？　それとも阻止するため？」

「わからない」

「船に乗りこんできた男の子たちは何か関係があるの？」

シドヒーグは肩をすくめた。「〈バンソン校〉はピクルマン派だ」

「そしてピクルマンはエーテル飛行の技術を支配したがっている」ソフロニアはうなずき、姉の舞踏会での試作品をめぐる大騒動を思い出した。あのときは政府とピクルマンが技術をねらっていた。「どうりで飛行船が街に向かってるはずだわ」

「覇権争いみたいなものが起こるってことか？」シドヒーグは唇を噛んだ。一般的に人狼は、武器に関するものでないかぎり最新科学には興味がない。人狼に育てられたシドヒーグは、特許争いとか新しい技術の制御権といった考えが理解できないようだ。

「まだよくわからないけど、どうやらそのようね」

ビエーヴが一緒だと校舎内の移動ははるかに楽だ。巡回メカを避けるために外壁にしがみつかずにすむ。妨害器というビエーヴの発明品があれば、女の子二人がすり抜けるくらいの時間ならメカを軌道上で停止させることができた。

二人は中央の生徒区を駆け抜け、立ち入り禁止区域に入った。そこらじゅうにぶらさがる赤い房飾りが最厳重立ち入り制限区域であることを示している。教師たちの私室、記録室、そして……ボイラー室がある区域だ。すべては順調だった――就寝ちゅうの教師部屋の前を通るという、もっとも危険な場面でも。

そのとき、飛行船じゅうにけたたましい警報が響きわたった。その一帯にいるすべてのメカが唱和し、ますます音は大きく、しつこくなってゆく。さっき通ったふたつの廊下では妨害器を使わずにすんだ。だから、警報が鳴ったのは二人のせいではない。どうやらほかにも就寝時間のあとに抜け出した不心得者がいたようだ。

ソフロニアとビエーヴは廊下の隅にある大理石でできた大きなパーン神の半身像と、かつては裸だったニンフ像の後ろで身をちぢめた。いまニンフはこの場にふさわしくスカートをはき、レースの帽子をかぶっている。おかげで隠れる場所はたっぷりあった。二人が隠れると同時に教師部屋の扉が次々に開き、先生たちが顔を突き出した。

「〝裸人（ネイキッド）に平安なし〟とはこのこと？」簡素な白いレースのナイトキャップをかぶったシスター・マッティが言った。

「それを言うなら〝悪人（ウィキッド）に平安なし〟じゃないかしら？」黒いビロードの縁取りのあるアップルグリーンのたっぷりしたシルクのローブを着たレディ・リネットが訂正した。流れるような髪を下ろし、化粧もしていないレディ・リネットは愛らしく、初々しく見えた
「あら、そうかしら？」シスター・マッティは首をかしげ、その疑問と騒音の両方を拒絶するかのように扉を閉めた。

「いったい何ごと？」手入れした赤毛にピンクのふわふわしたかぎ針編みの縁なし帽をかぶった学長がたずねた。

「心配ありませんわ、ジェラルディン。おそらく若い紳士たちでしょう」

「だから少年を受け入れるとろくなことはないと言ったのです！」

「それはわたしのことですかな、は？」めかしこんだブレイスウォープ教授が揺れる光を背に部屋から現われ、冗談で応じた。詮索好きなもじゃもじゃイモムシのような口ひげが唇の上にちょこんと、いまにも教授を調査に引っ張って行きたそうに載っている。

「あら、とんでもない」マドモアゼル・ジェラルディンが愛想笑いを浮かべた。「教授は数には入りませんわ。あなたは紳士――少年ではありません。おまけに、おじょおひんですもの」

ブレイスウォープ教授が通路を見まわしたが、あたりにはメカも、警報の原因となった犯人らしき姿もない。きちんと服を着ているのは、この吸血鬼教授だけだ。鏡のように光るブーツ。身体にぴったり合ったズボン。小柄とはいえこれほどのしゃれ男なのに、どういうわけかブレイスウォープ教授はいつも目立たない。たいした能力だ。

「革命はどこで？」

「生徒区ではないかしら？　きっと少年の誰かでしょう。うちの生徒たちは夜なかに危険を冒すようなまねはしません。少なくとも警報を鳴らさない術を知っています」ソフロニアは、レディ・リネットがこちらを見たような気がしてならなかった。

ブレイスウォープ教授がうなずいた。「わたしが見てきましょう。人前に出てもかまわない格好をしていますから。ついでに、あのちびザルどもを少しばかりおどしてやりますかな——吸血鬼の恐ろしさというやつで、は？」

「すばらしい考えですわ、教授」

ソフロニアは自分がブレイスウォープ教授に初めて会ったときのことも忘れて笑いをかみ殺した。あのへんてこな口ひげと小柄な体格のブレイスウォープ教授を誰が怖がるだろう？　怖がるとすれば、せいぜい顔に変な毛が生えることくらいじゃない？

警報はしつこく鳴りつづけた。近くに停止プロトコルを実行するメカメイドもいない。ブレイスウォープ教授が現場へ急行し、ほかの教師たちは部屋に消えた。おそらく騒音に耐えられなかったのだろう。

ソフロニアとビエーヴは先生たちの注意がそれたことを確かめてから先を急いだ。

「さっきのは何？」ビエーヴがたずねた。

「夕食後、ピルオーバーがマージー卿に何かけしかけたみたい」

「まさかソフロニア、あの貴族どのに何か吹きこんだの？　悪い子だなあ」

「おばさんはどこ？　さっき、ルフォー教授の顔がなかったけど」

「シュリンプディトルと下の実験室にいるんじゃないかな。試作品の一件で関係は悪くなったけど、それでも何か一緒に研究してる」

「男の子たちが乗船した本当の理由はそれなの？　秘密計画のカムフラージュ？」

「たぶんね」

「ねえ、ビエーヴ」ソフロニアがゆっくりたずねた。「吸血鬼はどうやってエーテル飛行をやるつもりかしら？」

「さあね。さあ、着いたよ」

二人は外側のハッチではなく正面扉から機関室に入り、広い踊り場からだだっぴろい部屋を見下ろした。ソフロニアはこのながめが大好きで、見るたびに息をのんだ。いくつものボイラーが燃えて煙を出し、蒸気機関と装置が動いて火花を散らし、煤っ子たちが石炭山のあいだを駆けまわっていた。通常、夜なかは煤っ子の三分の二が眠っているが、今夜は全員が起きているようだ。監督者たちもそろって見張りに立っていた——火夫、修理工、機関士、石炭連絡係。何かが進行ちゅうなのは明らかだ。それとも〝煤（すす）だらけ〟だけに〝進（すす）んでる〟？

ソフロニアとビエーヴは誰にも気づかれずにらせん階段を駆け下り、混み合う作業場をすり抜け、部屋の隅の石炭山の背後にたどり着いた。すっかり定位置となった会合場所だ。

ソープがそわそわしながら待っていた。

「遅かったね？」

「誰かが警報を鳴らしたの」

「きみたちじゃなかったの？　きみたちなわけないよな」さすがはソープ——あたしたちを信頼している。

「まさか。ソフロニアが誰かに罪をなすりつけたんだ」

ソープがくるりと振り向いた。

ソフロニアはにやりと笑った。「あら、文句ある？　男の子にもたまには教えてやらなきゃ」

ソープは片眉を吊り上げた。

「あなたじゃないわ、ソープ。あなたはいわゆる少年じゃないもの。でもフェリックスはどうしようもなくて」

「フェリックス?」ソープが眉を寄せた。

「マージー卿よ」ソフロニアが言いなおした。

ソープはますますおもしろくなさそうだ。

あら、何かまずいことを言った? ソープはいつもあんなに気がいいのに。ソフロニアは話題を変えた。「それで、見せたいものって何?」

ソープが顔を輝かせた。「これから三日間、身を隠すんだ。天気があんまりよくないから」

「どういう意味? 三月にしてはいいお天気だけど」

「だからさ。ロンドンまで人目にさらされて移動するわけにはいかないだろ? それで蒸気装置を使うことになった。白くなるんだ!」

「なるほど、それで管から水をたくさん吸い上げたのね」

「あれを見たの?」ソープはソフロニアから視線をそらした。「ほかに何か見た?」

ソフロニアは照れを隠し、できるだけ謎めいた表情を浮かべた。

ビエーヴはそんな二人の探り合いに興味はない。何しろ新しい装置がもうすぐ動きだすのだから!「話には聞いてたけど、実際に動くのを見るのは初めてだよ」

「おれも前に二度、手伝っただけさ。さあ、こっちだ」ソープは二人を石炭山のてっぺんに座らせ、ビエーヴに向かって指を振り立てた。「邪魔するなよ！」

いつもは部屋の奥に放置されている巨大な装置を煤っ子たちがゴロゴロと引きずり出し、床の出し入れハッチ――石炭を積みこんだり、灰をシャベルで出したりするのに使う大きな開口部――の上に据えた。

装置はボイラーに連結し、金属管やバネ、歯車といったビエーヴを魅了する分野の部品が複雑に絡み合ってくっついている。

「うわあ、あれは電気分解型ねばねば噴出口？　信じられない。ひょっとしてあっちはスラッシュボッサム型ピップモンガーまぜまぜ鎖歯車？　わあ、まぜまぜ鎖歯車がふたつも！」ビエーヴは興奮のあまり叫んでいる。

装置が回転し、蒸気を吐き出しはじめた。

これほど大量の蒸気が一度に噴出されるのを見るのは初めてだ。ボイラー室には白くて熱い湿気が立ちこめ、たちまちソフロニアの巻き髪はぺっちゃんこになった。マドモアゼル・ジェラルディンがさぞがっかりするに違いない。

あちこちから叫び声が上がり、何かがぶつかる音がして、煤っ子たちが装置の蓋を閉めた。これで蒸気は外に噴き出しはじめたようだ。

ソープがポケットに深く手を突っこみ、ぶらぶらと近づいた。蒸気のせいで顔の煤よごれがまだらになっているが、すごく満足そうだ。

「見たい？」

「見たい！」ソフロニアとビエーヴは声をそろえた。

ソープがソフロニアに手を貸した。その手の大きさと力強さにソフロニアはどきっとした。ソープは、いつもソフロニアが一人でボイラー室を訪れるときに使う小さなハッチに案内した。

三人はハッチの外に頭を突き出した……何も見えない。真っ白だ。

「自家製の雲ね！すごい」ソフロニアは息をのんだ。「雲は昼でも夜でも、温度が変わっても消えないの？」

「当然さ！」と、ソープ。まるで自分の手並みと信頼を疑われたかのような口ぶりだ。

「なにせ、ルフォー教授の設計なんだから！あの人に間違いはない。この問題児を船に乗っけたこと以外はね」そう言ってビエーヴの帽子をひょいとつかみ、髪をくしゃくしゃにした。

ビエーヴがソープを叩いた。

ソフロニアがうなずいた。「ありがとう、ソープ。すごく楽しかったわ。でも、そろそろ行かなきゃ」ソフロニアは心からほっとした。これで少なくともしばらくはディミティが襲われる心配はない。この雲のなかにいれば、まず見つからないだろう。

ソープが意外そうな顔をした。いつもソフロニアは最後までいたがるのに。「もういいの？　そっか、じゃあ」ソープは二人を階段の下まで案内した。ビエーヴが勢いよく駆けのぼり、ソフロニアがあとを追おうとしたとき、ソープがソフロニアの腕をつかんだ。

「そのフ、、、、ェリックスって誰？」

「ただの鼻持ちならない男の子。あなたに迷惑かけるようなまねはさせないわ」

「おれがそいつに教えてやろうか？　ちょっとひっぱたいてやるとか？」

「気持ちはありがたいけど、ソープ、自分の戦いは自分で戦うわ」

「きみが男の子と親しくなるなんて。変だよ」

　ソフロニアは愉快そうに首をかしげた。「そう？　てっきり世のなかはそんなふうにまわってると思ってたけど。社会のしくみを学ぶのも悪くないわ」

「ほんとにそう思う？」ソープが顔を近づけた。ソフロニアは階段の一段上に立っているのに、まだソープのほうが背が高い。ソープは湿った石炭とエンジン油のにおいがした。ソフロニアは息苦しさを覚えた。よほどにおいが強いのだろう。ソープがさらに顔を寄せた。いつもは陽気な顔がやけに真剣だ。「おれがきみに教えられることだってある」

　あまりに顔が近すぎて、ソフロニアは一瞬、本当にキスされるんじゃないかと思った。しかも唇に！　いったいどういうこと？　あのソープが！　だがソープは煤でドレスを汚さないよう、手袋と袖のあいだの剥き出しの部分をそっとつかみ、顔に近づけて手首にキスした。ソープの唇は信じられないほど柔らかかった。

ソフロニアは凍りついた。あたしはソープのことをそんなふうに考えたことはない——最初にそう思った。それからちょっと困惑した。どうしてソープは二人の友情をややこしくしようとするの？　そして最後に自分に言い聞かせた。ややこしくなるかならないかは、あたししだいだ。

ソフロニアはようやく自分を取り戻してそっと腕を引き抜き、ソープの誘いを冗談か上流階級ふうのたわむれと笑い飛ばすことにした。「もう、ソープったら、ふざけないで」とたんにソープはいつもの陽気なソープに戻った。「ね、言っただろ？　おれにも教えられることがあるって」

「見上げた心意気ね」ソフロニアは笑いながら階段をのぼりかけ、次の段でつまずきそうになった。あたしとしたことが、煤っ子のせいで転びそうになるなんて！　「でも、いまのはあたしが教えてもらいたいことじゃないわ」

「そのフェリックスとやらが教えたがってるのも似たようなもんだと思うよ」

ソフロニアはすっかり会話の主導権を失い、ナイオール大尉に習ったばかりの〈走って逃げる技〉を使って逃げた。

ソフロニアが追いついたとき、ビエーヴは妨害器を構え、小走りで決然と廊下を進んでいた。どうやら妨害器は必要なさそうだ。メカはすべて出払っている。おそらく少年たちを見張っているのだろう。

「途中でおばさんの教室の前を通ってくれない？」

「何か必要なの？」ビエーヴの頭は部品のことでいっぱいだ。

「そうじゃなくて。さっき、ルフォー教授と〈バンソン校〉の教授がそこにいるって言わなかった？」

「何をしてるか見たいんだね」ビエーヴは経路を変更し、生徒居住区ではなく、房飾り区の外にある教室区に向かった。教室区にはすぐに着いた。廊下は暗く、ルフォー実験室の扉下の隙間からかすかに光が漏れているだけだ。

ソフロニアはシスター・マッティの教室に向かった。

ビエーヴが困惑顔でついてくる。

シスター・マッティは決して教室にカギをかけない。生徒が汚染したり、治療したり、健康を増強したりする必要があるときには遠慮なくすべきだというのがその理由だ。彼女の言葉を借りるならば、〝ある女性にとってのツクバネアサガオは別の女性にとっての毒である〟。

シスター・マッティの教室はルフォー教授の教室の隣だ。ソフロニアは真っ暗な教室をやすやすと通り抜けた。どの植物にトゲがあり、どの植物がべたつくかはよくわかっている。ゴムの木の後ろまで来ると、小さな扉を通ってバルコニーに出た。ジギタリスやシャクナゲのほかに、ルバーブやトマトの大きな植木鉢が並んでいる。ソフロニアは、触れるとドレスに黄色い跡がつくトマトの葉に気をつけながら植木鉢のあいだをすり抜けると、手すりによじのぼってバランスを取り、ルフォー実験室の小さな丸い小窓に顔を近づけた。なかをのぞくと、まぶしいガスライトの下で、ルフォー教授とシュリンプディトル教授が大きなテーブルごしに立っていた。テーブルには何かの装置を分解したような部品が散らばっているが、二人は作業ではなく、議論をしていた。ソフロニアは小物バッグをごそごそ探り、手に入れたばかりのらっぱ形補聴器を取り出した。これを手に入れるため、ソフロニアは母親にしつこく手紙を送り、〝最近、聴力が落ちて、どうしても医療機器が必要なの〟と訴え、ようやく説き伏せた。盗み聞きには実に便利で、アサガオに見えるように飾りまでつけた。ソフロニアは広がったほうを窓ガラスに押しつけ、筒口を耳に当てた。

「……はどうしても必要よ！」ルフォー教授の声が聞こえた。フランスなまりが強すぎて、聞き取るのがやっとだ。

「バカげている。呼吸とは無関係だ！」シュリンプディトル教授が反論した。一流の教育を受けた者に特有の、きざで、歯並びのよさそうな口調だ。

そのとき、扉を叩く音がした。

ルフォー教授が近づき、扉を開けた。

入ってきたのはモニク・ド・パルースだ。まあ、なんてこと！　モニクがこんなところになんの用？　ソフロニアはビエーヴにささやいた。「モニクが現われた。てっきり先生たちの不興を買ってるものと思ってたのに。いったいどうしてこんな時間にモニクをうろつかせてるのかしら？」ソフロニアは動揺し、ねたみさえ感じた。あたしよりモニクのほうが事情を知ってるなんて！

両教授は明らかにモニクを待っていたようだ。もしかして、分解された装置はモニクのためのもの？

「準備ができたか、きいてくるように頼まれたわ」と、モニク。「できた？」

「まだよ」と、ルフォー教授。

それ以上、話すことはないとばかりにモニクはくるりと背を向けて立ち去りかけた。

「お待ちなさい、ミス・パルース。警報を作動させたのはあなた？」

モニクはつんと鼻を上向けた。「まさか。あたしは抜け出す許可をもらってるわ。知ってるはずよ？　許可したのはあなたなんだから」そう言って無礼にも親指でシュリンプディトル教授を指した。「こちらの生徒さんたちがおもしろ半分に抜け出したんじゃなくて？」

シュリンプディトル教授がすまなそうな表情を浮かべた。「やれやれ。レディ・リネットを怒らせたのでなければいいが」

モニクは憎らしげにほほえみ、「あら、ちっとも。〈バンソン校〉のみなさんは吸血鬼が苦手なようだから、ブレイスウォープ教授を対処に向かわせたわ」それだけ言うと部屋を出ていった。

シュリンプディトル教授がルフォー教授に向きなおった。「おたくの血を吸う者（ブラッド・サッカー）がうちの生徒の髪を一本でも傷つけたら、ただではすまない！」

「ブレイスウォープ教授は非の打ちどころのない立派な教師よ。あなたの生徒が抜け出したのが悪いんでしょう！　忠告したはずよ。あの子たち、、、たちにも！」

「女生徒たちにけしかけられたに違いない」

「バカなことを、アルゴンキン。いかにも男の子がやりそうなことよ！」

「彼は誰から食糧を得ている？　知りたいのはそこだ」

「わたしに人の私生活や食事を詮索しろとでも？」

「彼のドローンは誰だ？」

ソフロニアは聞き耳を立てた。いつもソフロニアを悩ませている疑問だ。

「あなたには関係ありません！」

「大事な生徒たちを乗船させている以上、わたしにも関係がある！　誰かが餌食になったらどうする？」

「ブレイスウォープは紳士よ！　吸血鬼であることは言うまでもなく。正式な招待がないかぎり、むやみに人を襲ったりはしない。知っているはずよ！　そのルールを最初に決めたのは、ほかならぬ彼らの種族なのだから！」

「わかった！　いいだろう」その口調からいいと思っていないのは明らかだ。

「わかって当然です！　あなたは〈ジェラルディン校〉が爪を立てることもできないほどピクルマンにがんじがらめにされたほうがいいの？　あなたたちのように？　あなたたちは吸血鬼に渡したくないがために、この発明品をピクルマンに売るつもり？　それとも彼らはまだバルブを追っているの？」

ソフロニアはビエーヴに鋭くささやいた。「どうやらあの小型水晶バルブが関係してるみたい」

ビエーヴが目を輝かせた。「あれからずっと調べてる。きみがくれたあのバルブはおそらく――」

ソフロニアは片手を上げて制し、補聴器に耳を当てた。

「これではらちがあかない」と、シュリンプディトル教授。「今夜はここまでだ」

「そのようね」ルフォー教授が感情を押し殺したような声で言った。

そのときまでソフロニアは、この厳格な先生には感情ってものがないと思っていた。

「誰のために行動するのかよく考えたほうがいい、ベアトリス。いずれどちらかを選ばなければならないときが来る」シュリンプディトル教授が本をぱたんと閉じて荷物をまとめる音がした。

「選ぶ？」

「科学か、異界族か」

「ふたつが対立しているとは知らなかったわ」

扉がばたんと閉まった。

「ああ、なんていまいましい！」誰もいない部屋に向かってルフォー教授がフランス語で毒づき、それきり静まり返った。

ソフロニアは窓からなかをのぞきこんだ。ルフォー教授がテーブルに散らばった部品を手際よく片づけている。

ソフロニアがビエーヴに合図した。

「見てみて」ソフロニアはささやき、手すりの上に場所を空けて、ビエーヴがなかをのぞけるように身体をささえた。「なんの部品だと思う？」

ビエーヴは無言でガラスに顔を押しつけた。やがて部屋のガスライトが消え、室内は真っ暗になった。

ビエーヴは背を伸ばして手すりからすべり下りた。ソフロニアもあとに続いた。

「わかんない。鎧のように見えるけど、いったいなんのためのものだろう？　水中探査とか？」

「今回の旅に関係あるんじゃない？　ロンドンに行くのは、この発明品とあなたのおばさん、もしくはシュリンプディトル教授が関係してるような気がするわ」

ビエーヴが考えこんだ。「そうかもしれない。それなら学園がそっくり移動しなけりゃならない理由も説明がつく。きっとおばさんの実験室が必要なんだよ」

「さっきバルブのことで何か言ってなかった？」

「きみがくれたやつ、もう少し実験が必要だけど、メカやヘンテクリンに関係する部品とはどうしても思えない」

「調査を続けてくれる？」

「あたしが捕まったり、もっとおもしろいことが起こったりしないかぎりね」

ソフロニアはビエーヴがひどく嫌がるのを知っていて、わざとソープのまねをして友人の頭を軽く叩いた。「さすがは小さな発明家」

試験その六　招待獲得作戦

朝食室に入ると、郵便係が名前を読み上げて手紙を配っていた。飛行船が白くなったので、ナイオール大尉がスウィフル＝オン＝エクスまでひとっ走りして回収してきたらしい。教師たちは日ごろから〝大尉はお嬢さんがたの気まぐれな要求をなんでもきいてくれるお使い少年ではありませんよ〟と言っているが、ナイオール大尉は地面から離れられない体質と異界族特有の俊足を生かし、たまに地上任務を買って出てくれる。

郵便物がひとつもなかったソフロニアは、歓声を上げる少女たちを尻目に、充血した目でテーブルの端にぐったりと座っていた。学友たちは届いたばかりの装飾品を同じテーブルの男の子たちに披露し、故郷から仕入れた最新ゴシップに花を咲かせている。〈まつげぱちぱち〉があちこちで行なわれていたが、数時間しか寝ていないソフロニアはまつげを上げるのさえやっとだ。

フェリックスがこれみよがしに食器一式を抱えてソフロニアの隣に移動した。「どうしたの、かわいいリリア？　いつもみたいにつんつんしてないね」

「もう、あっちへ行って。今朝はお遊びにつきあう元気はないの」

フェリックスは口をとがらせた。「ぼくはきみにとってその程度のもの？　ただのオモチャ？　日光に踊る一片の塵？　そよ風に浮かぶタンポポの綿毛？」

「そう、そのとおりよ」ソフロニアはくだらない冗談に笑いをこらえた。ここで笑って調子に乗せることはない。

「冷たい人だな、きみって」

「そういうあなたはおバカさんよ、わかってる？」

二人の会話をさえぎったのは——それがねらいだったに違いない——金色の型押しのある手紙を読んでいたモニクの甲高い声だった。その奇声に、テーブルの上座にいるマドモアゼル・ジェラルディンまでが目を向けた。

不謹慎なほどソフロニアに接近していたフェリックスがあわてて身を離した。

「ミス・パルース、何かみなさんに公表するようなことでもありましたか？」と、マドモアゼル・ジェラルディン。

モニクは優雅に立ち上がり、慈悲深い笑みをたたえて朝食室を見渡した。天からの贈り物とばかりに金色に輝く手紙を手にした金髪娘は、さながら臣民に語りかける女王だ。しかもその日のドレスは、裾にいくにしたがって大きくなる金色のポンポンが正面にずらりとついた、ロイヤルブルーとバターレモン色の縦縞。まるで手紙に合わせたかのようだ。

「たいしたことじゃありませんわ、学長どの」モニクはかわいらしく頬をそめ、「街に着いたら、あたしの社交界デビュー舞踏会を開くとママが知らせてきただけです」

たちまち朝食の席は大騒ぎになった。ロンドンへ向かうという通達は驚きだったし、少年たちの乗船も大事件だったが、これはまさしく究極の一大事——舞踏会！

ドイツふうソーセージ、臓物ソテー、干しサーモン、マトンチョップの朝食が運ばれたが、みな上の空だ。なかには体液への影響を忘れ、うっかりサーモンを食べた子もいた——赤身の魚がヒステリーの発作を引き起こす要因であることは誰でも知っている。

ソフロニアはいつものように淡々とポリッジを口に運んだ。

少女たちは何やら口実を見つけてはモニクのテーブルに近づき、舞踏会に招待してもらおうと、嫌味なモニクのドレスやポンポンの大きさをほめそやした。

「まあ、なんてすてきなイヤリングかしら、モニク」

「ええ、かわいいでしょ？　パパがスペインで買ってきたの。とても高価だったんですって！」

「今朝は髪型がいつもと違うんじゃない、モニク？」

「いいえ、でも、とてもつやがあるでしょう？」

ピルオーバーがソーセージの皿から目を上げた。「吐き気がしそうな光景だ」

ソフロニアは心のなかでうなずき、同意のしるしにいつものポリッジをやめてソーセージを食べようかと考えた。

ときの大英帝国女王モニクは取り巻き連に気前よく褒美を取らせた。彼女のお仲間である上級生の大半は〝あなたたちが来てくれなきゃ何も始まらないわ〟とその場で招待され、二年生、三年生も数名が声をかけられたが、テーブルと部屋を同じくする一年生にはなんの誘いもなかった。

モニクの右側に座るプレシアが招待してもらおうと愛想笑いを浮かべた。「バターをまわしましょうか、モニク？　もう少し紅茶はいかが、モニク？」

アガサはおびえ、シドヒーグは無関心だ。この二人はもとより招待されたがっていない。ディミティはソフロニアのほうにちらちら目をやった――せめて話ができれば、今回の新たな展開について相談できるのにとでもいうように。

モニクの食事の相手ディングルプループス卿はすっかりモニクに魅了され、モニクもそれを楽しんでいた。かわいそうな、ディミティ。たとえあの手紙が偽物だったとはいえ、ディミティがディングルプループス卿に抱いていた望みはいまや完全に断たれた。

ようやく苦行のような朝食が終わり、生徒たちは立ち上がって出口に向かいはじめた。ソフロニアはかつての親友の背後にそっと近づいてささやいた。「あんな人なんかどうでもいいわ。そもそも〝レディ・ディミティ・ディングルプループス〟なんて語呂が悪すぎる」

ディミティは笑いをこらえ、いまにも話をしたそうに目をくりくりと動かした。とたんに、これまでのわだかまりが一気に吹き飛んだ気がしたが、そのときよりによってアガサがさっと近づき、ディミティと腕を組んで引きずるように廊下の奥に消えた。

その日、モニクの傲慢さはいよいよ度を増し、プレシアやほかの生徒に使い走りをさせては付け届けをさせるようになっていた。ある生徒に用事を言いつけ、本人がいないまに見かけの悪さや財産の少なさをあげつらい、その子がスミレの花束や大麦湯の入ったコップを持って戻ってくると満面の笑みで受け入れるという調子だ。

日没後、ブレイスウォープ教授の礼儀作法の授業が始まるころには、誰もが疲れを見せはじめた。少年たちは教室の前までエスコート役を買って出たが、本人たちはシュリンプディトル教授の授業を受けることになっていた。男子の前でモニクはますます調子に乗り、立ち去りかけたフェリックスの腕をつかんで言った。

「あたしを怪物の前に置き去りにする気、マージー卿？」

フェリックスはくすっと笑った。「やめてくださいよ、ミス・モニク、ぼくもそこまで口は悪くない。怪物なんてひとことも言ってません、捕食者と言っただけです」

「口がお上手ね」モニクは腕をつかんだまま作り笑いを浮かべた。

これを見たレディ・リネットが廊下で足を止めた。「ミス・パルース！　なんてはしたないまねを。いままで何を習ってきたの？　マージー卿、いますぐ手を放しなさい！」

フェリックスはモニクにつかまれたまま、ふてぶてしく壁に寄りかかった。「それを言うなら、マイ・レディ、彼女にぼくを放すよう言ってください」

「でも足首が、レディ・リネット。なんだか力が入らなくて」と、モニク。

「あら、そう？　寮母のところに連れていきましょうか？」

「いいえ、ご心配なく。それほどひどくはないわ」

「そのようね。さあ、いますぐ子爵どのから手を放して、正しいレディらしく振る舞いなさい！」

モニクはかわいらしく口を突き出すと、フェリックスから手を放し、足を引きずるそぶりも見せずに大股でブレイスウォープ教授の教室に入っていった。うまくモニクから抜け出したフェリックスがソフロニアにウインクした。ソフロニアはレディ・リネットの叱責とウインクの両方にほくそえみながらモニクのあとを追った。

モニクは先に寝椅子に座っていたプレシアの隣に座り、ソフロニアはすかさずモニクの隣に座った。何かたくらみがあったわけではない。たんなる嫌がらせだ。

最初モニクはプレシアとのおしゃべりに夢中で、ソフロニアが座ったことには気づかなかった。話題はディングルプループス卿のあごが細い事実が帝国にどんな重要な影響をあたえるかについてだ。ふと左を振り向いてソフロニアがすまして座っているのに気づいたとたん、モニクはびくっとして立ち上がりかけた。

だが、ちょうど授業が始まり、モニクはしかたなくソフロニアに背を向けた。ソフロニアはバンバースヌート小物バッグを床の絨毯の上に置き、たっぷりしたスカートに隠れるよう足の後ろに押しやった。

あとからたずねられたら、〝最初にプロトコルに組みこまないかぎり、メカアニマルを訓練して何かをさせるような工学的手段はない〟と説明しただろう。だから、このときバンバースヌートは、ソフロニアがまったく知らないうちにご主人様のスカートからモニクのスカートに移動したと言うしかなかった。まさかバンバースヌートがモニクのズロースに蒸気を吐き、ものすごく高級なピンクの子ヤギ革のスリッパに灰を排出するなんて、どうしてあたしにわかる？　わかるはずないじゃない。

モニクは見たこともないほど奇妙な表情を浮かべて押し殺した悲鳴を上げた。

それからさっと立ち上がり、振り向いて左隣をにらみつけた。犯人は明らかだ。「ソフロニア！」

どうやらバンバースヌートが何かしでかしたらしい。ソフロニアは片足でメカアニマルをスカートの後ろのもと置いた場所に戻し、なにくわぬ顔で怒れるモニクを見上げた。

武器を隠し持ちながら優雅に吸血群の屋敷を出入りする場面を実演していたブレイスウォープ教授がその声に振り向いた。シルクハットの帽子箱を積み上げた不安定な階段をのぼりおりしていた教授にとっては、喜ばしいことではなかった。次の瞬間、教授は吸血鬼にあるまじきぶざまさで箱をひとつ踏みはずした。

「いますぐ座りたまえ、ミス・パルース！」ブレイスウォープ教授がどなった。

「だってソフロニアがあたしのズロースに蒸気を吐き出したんです！」

ディミティがこらえきれずにくすくす笑った。ほかの生徒はそれぞれの性格に応じて驚いたり、おもしろがったりしている。

「は、は？　ミス・ソフロニアにそんなことができるとは思えない。さっきからまったく動いていないが」

モニクは言葉に詰まり、分が悪いと判断するや腰を下ろし、ソフロニアの耳もとで吐き捨てるようにささやいた。「舞踏会には絶対に招待してやらないから！」

ソフロニアはにっこり笑った。「あら、いとしいモニク、あたしは招待されたいなんて一瞬たりとも思ったことないわ」

「変な子！」モニクは教室の奥で手袋をした片手を口に当て、笑いをこらえて目をきらきらさせているディミティをにらみつけた。

「そしてあなたもよ、ディミティ！　あなたなんか招待するもんですか。あなたのご両親は何？　どちら側につくかも決められない、しがない科学者のくせに。それに何よ、そのドレス、まるで街のふしだら女みたい！」

たちまちディミティは目に涙を浮かべ、手で口を押さえたまま泣きそうな声を漏らした。すかさずソフロニアがディミティに味方した。「〝十八になってようやくデビュー舞踏会を開く、フィニッシュにぶざまに失敗した、たしか両親が商売をしている女の子とは違って〟ってこと？」

教室の生徒全員があんぐりと口を開けた。ブレイスウォープ教授でさえ、あまりの痛烈さにつかのま言葉を失った。

やがて教授は言葉を取り戻した。「きみたち！　お行儀はどうしたのかね、は？」

ソフロニアに「ありがとう」と言ったディミティをブレイスウォープ教授がじろりとにらんだ。

その後、生徒たちは落ち着きを取り戻したが、教室の雰囲気がさっきとは変わっていた。生徒たちが武器を隠しながらできるかぎり優雅にスカートを揺らして帽子箱をのぼりおりする横でディミティが近づき、決然とした表情でソフロニアの隣に立った。

ブレイスウォープ教授はディミティの態度に気づいて動揺の色を浮かべたが、そのまま授業を続けた。「吸血鬼は誰であれ、〝高貴なるかた〟と呼びかけるのがふさわしい。相手が貴族であれば称号で呼びかけてもいいだろう。女王はみな称号を持っている。すでに別の称号がなければ、准男爵と同等の身分があたえられるが、その慣例はもう何世紀も行なわれていない。変異嚙みに耐えられる女性はごくまれで、新たな女王の誕生はめったにないからだ。それゆえ、つねに女性ドローンは男性ドローンより数が少ない」

シドヒーグが手を挙げた。「だったらどうしてわざわざ？」

「は？　ああ、なぜ女性がわざわざドローンになりたがるのかということか？　それは測りしれないほどの見返りがあるからだ。不死は言うまでもなく、変異に耐えた女性は無条件に女王になる。だが、変異嚙みにいたるまでにも、いくつか利点がある。ドローンは吸血鬼に守られ、養われ、保護される。下働きの期間を終えたら、群の後援を得てそれぞれの目的を追求することができる。吸血鬼は概して裕福で力もあるから、とてもいい友人というわけだ。もちろん欠点はあるがね」ブレイスウォープ教授は高い襟におおわれた首に軽く手を触れた。

積み上げた帽子箱を何度かぴょんぴょんとのぼりおりしたあと、ソフロニアは思いきって質問した。「つなぎひもについて少し教えていただけませんか、教授？」

ブレイスウォープ教授はソフロニアとその質問の両方を吟味した。「つなぎひもか、は？　よろしい、今回は脱線を認めよう。ただしそれは、きみがわれわれの限界を理解しないかぎり永遠に吸血鬼のマナーも理解できそうにないからだ。吸血鬼女王は吸血群の屋敷を離れられず、群に属する吸血鬼は女王のそばを離れられない。どこまで移動できるかは主に年齢しだいだが、一般的にはひとつの町や区にかぎられる。はぐれ吸血鬼は通常、その都市全体を移動できるが、自分の屋敷に縛られることに変わりはない。彼らは招待されないかぎり群の縄張りに近づくことはないし、子飼いのドローンを女王に噛んでもらうとき以外は決して群の屋敷には入らない」

ソフロニアはますます興味をそそられた。「その習性は、あなたにはどう作用するのですか、教授？」

「わたしはこの船につなぎとめられているが、荒れ地を歩きまわるくらいはできる」

ソフロニアはさらにたずねた。「教授のほかに飛行船につなぎとめられている吸血鬼はいますか？」

「いや、われわれは社会的生き物だ。現在わたしは孤独な生活を送っており、わたしに続く者はいない。もっとも、きみたちのおかげで退屈はしていないがね、は」

「では、あなたのドローンは？」

「ああ、そこだ、きみたち。これで話は礼儀に戻った。それこそ今日の授業の目的だ。挨拶の一環であっても、好奇心からであっても、吸血鬼にドローンのことをたずねるのは無礼だ。ドローンの存在はいささか気詰まりなものでね。きみたちだって、レディに貯蔵庫のなかみと品質をたずねはしないだろう？」

教室の全員が激しく首を横に振った。

ブレイスウォープ教授はソフロニアに冷ややかな視線を向けた。ロひげが非難するようにこわばっている。「ほかに何か、ミス・テミニック？」

「吸血鬼がつなぎひもの限界を越えたらどうなるんですか？」ソフロニアは無礼と知りつつたずねた。

ブレイスウォープ教授は青ざめ、動きを止めた。もし吸血鬼に青ざめることができるとすれば。このときソフロニアは思った――自分の敬愛する先生がこれほどおびえるところは二度と見たくない。

教室が静まり返った。ふだん、あんなに鷹揚なブレイスウォープ教授が青ざめるなんて。モニクでさえ、つかのまデビュー舞踏会のことを忘れて教授を見上げた。

しばらくしてようやく教授は言った。「いいことは何もないよ、ミス・テミニック」

授業が終わり、生徒たちは黙りこくって小物バッグや帽子、パラソルやショールを集めはじめた。ほかの生徒が出ていくと、最後まで残っていたディミティがソフロニアの腕に手を置いて呼びとめた。

「ブレイスウォープ教授、ちょっとよろしいですか？」誰もいなくなったところでディミティが呼びかけた。「ソフロニア、ここにいて。あなたに関することなの」

「ああ、ミス・プラムレイ＝テインモット。なんだね？」

「レディ・リネットに言い渡された命令のことです。ご存じでしょう？」

ブレイスウォープ教授は二人の顔を見比べてからうなずいた。

「もう、これ以上は無理です。ソフロニアは大事な友だちです。こんなのフェアじゃありません」

「スパイはそもそもフェアではないよ、ミス・プラムレイ＝テインモット」

「だったら、わたしはスパイにはなれない人間です。なんなら退学でもかまいません。両親がなんと言おうと、わたしはここの生活には向いていないって、つねづね思ってました。わたしはスパイの本分より誠実さを選びます」

ブレイスウォープ教授は牙を見せてほほえんだ。「実におもしろい言いまわしだ、ミス・プラムレイ＝テインモット、その勇気にも感心した、は。きみは単独行動が苦手だと思っていた。これまではいつもミス・テミニックに引きずられている感じだったからね」

ディミティが顔を輝かせた。「今回の発言はいいことなんですか？　もしかしてレディ・リネットに黙っていてくれるとか？」

「そうは言っていない、ミス・プラムレイ＝テインモット」

ディミティはがっかりした。「判断はおまかせします、高貴なるかた」

ディミティは教わったばかりの呼びかけを使って機嫌を取ったが、ブレイスウォープ教授は軽く首をかしげただけだ。

ソフロニアは頭のなかで状況を考え合わせ、ディミティをまじまじと見た。「あたしをのけ者にするように指示されてたの？」

ディミティは恥ずかしげにうなずいた。

ソフロニアは目を細め、疑わしげにブレイスウォープ教授を見た。ほかの新入生も同じようにためしていたの？　それとも一人一人に違う指示をあたえたの？　あの仲間はずれもあたしに対する試験だったわけ？

ブレイスウォープ教授はソフロニアの探るような視線を淡々と受け止めた。「そう思っていたかね、ミス・テミニック？」

そこまでは考えなかったが、それを素直に認めるソフロニアではない。「みんながそろいもそろってあたしの高得点をねたむのは変だと思いました。ディミティまでが。女の子の策謀に無関心なシドヒーグまでが」そこでソフロニアははっとした。「あたしの成績は、この試験のために実際より高くつけられたんですか？」

ブレイスウォープ教授の口ひげが愉快そうに揺れた。「きみの考えそうなことだ。いや、そうではない。もっとも、ルフォー教授は仲たがいさせるためにきみの優秀さをことさらに強調したがね。さあ、急ぎなさい、次の授業に遅れるよ」

廊下に出ると、ディミティがすぐに腕をからめてきた。隣におしゃべりディミティがいるだけでほっとする。生徒で混み合う廊下を小走りで進むと、アガサとシドヒーグが二人を待っていた。

「さあ、話して」四人で廊下の隅に集まるや、ソフロニアが言った。

「わたしたちのせいじゃないの」ディミティがさっそく弁解した。

アガサがうなずき、帽子の下に顔を隠すようにうなだれた。シドヒーグはいつものようにどこ吹く風だ。ソフロニアにはシドヒーグの考えが手に取るようにわかった。〝ついさっきまでソフロニアには話しかけるなと言っておいて、こんどは話せってか？　まったく、つきあいきれねぇ〟

ディミティがべらべらと説明しはじめた。「だからね、試験のあと一人ずつ別々に呼び出されて、最高点を取った生徒を仲間はずれにするって約束させられたの」

「みんな、てっきり最高点はモニクだって思ったの」アガサがつぶやいた。

「モニクは前にも試験を受けたことがあるし、これまで四年間も訓練されてきた」と、シドヒーグ。

「そうなのよ」ディミティがその言葉に飛びついた。「わたしもそう思ったの。レディ・リネットは〝これは試験の第二部だ〟って言ったわ。言われたとおりにしなければ、成績表に不履修とつけるって」

「したがわないと退学だって言われて」アガサが苦しげに告白した。「ディミティに裏切らないよう言い聞かせたりもしたわ」

ディミティがうなずいた。「わたしたちが学校に残れるかどうかは、あなたに話しかけないことにかかってたの」

「これであたしら全員、退学させられるかもしれないってことだ」シドヒーグはうれしそうだ。

「友人を裏切るよりましよ！　それに、あなたたち二人は何もしてないわ。命令に背いたのはわたしよ」ディミティは〝場の勢いで行動を起こし、結果を正当化するしかなくなった人間に特有の覚悟〟を全身にただよわせ、喉もとで光るルビーと金のブローチをいじった。もちろん、鉛ガラスと金メッキでできた偽物だ。

ソフロニアは唇を嚙んだ。「去年、記録室に押し入ったことを白状して、あなたも一緒だったって話してみたらどう？　あなたがどんなにうまくやりおおせたかを証明するのよ。そうすれば成績がよくなるんじゃない？」

ディミティはためらった。「どうやって罪を隠蔽したかまで白状させられるかもしれないわ。モニクに罪をなすりつけたことまで。告白なんかしたら、かえって不利になるかも」

「えらくこんがらがった話だな」シドヒーグはうんざり顔だ。

「いつだってそうよ」アガサは悩める哲学者のようにうなだれた。

「あんなことやりたくなかったわ」と、ディミティ。「あなたがディングルプループス卿を追い払うまでは」

「あれはディングルプループス卿じゃなかったってば、ディミティ。どうか信じて。あれが誰で、なぜあなたをねらったのかわからないけど、でも彼じゃなかった、これだけは本当よ」

ディミティは困惑した。「彼もそんなふうに言ってたけど、わたしはてっきり悪い冗談の標的にされたとばかり。だったらあれは誰？」

プレシアが駆け足で近づいた。「お嬢さんがた、話は終わった？　シスター・マッティが、どうしてあなたたちがいないのかって」

周囲を見まわすと、四人のほかに廊下には誰もいなかった。

「レディ・リネットとの約束を破ったようね、ディミティ」と、プレシア。

ディミティが声を荒らげた。「あれはやりすぎだったわ。みんなでそろいもそろって「やらずに退学になっても知らないから」プレシア。

「そうなったとしても、友だちにひどい仕打ちをした報いだと受け止めるわ」ディミティは去ってゆくプレシアの背中に向かって強い口調で言った。「こんな気持ち、あなたにはとうてい理解できないでしょうけど、プレシア」

ソフロニアは小さく安堵のため息をついた。そのときまで、ディミティがそばにいない寂しさがこれほどとは思っていなかった。一人でもけっこう楽しくやっていると思っていた。でも、今ようやく胃のなかのしこりが取れ、ほっとして泣きたくなるような気分がこみあげてきた。

チーム・ソフロニアはかろうじて再団結にまにあった。モニクの舞踏会の招待獲得競争は交友関係に混乱を引き起こし、悪口と容赦ないひじ鉄が蔓延していたが、こうして四人で力を合わせればはるかに心強い。ディミティの揺るぎない決断に対し、教師陣からはなんの反応もなく、少なくともその件を心配するのはやめた。それ以外にも考えるべきことは山ほどある。

ソフロニアは秘密調査を進展させるべく、仲間に状況を説明した。

シドヒーグは人狼じこみの単純な思考回路で話をまとめた。「それについてはあたしも不思議に思ってた。ナイオール大尉は、吸血鬼がジファールの試験飛行に関係してるんじゃないかと言ってたけど。どうして？」

「ブレイスウォープ教授が飛行船で暮らせるのなら、ほかのはぐれ吸血鬼にも可能なはずでしょ」と、ソフロニア。

「なるほど。でも、なんで今さら？　あの教授はもう長年、空に浮かんでるんだろ？」

「ジファールの新型飛行船は吸血鬼にとってより安全なのかもしれないわ。ジファールが利用しようとしている新しい技術と何か関係があるんじゃないかしら？　今回の試験が成功したら、ほかの飛行船よりはるかに速く移動できる。きっと吸血鬼はそのスピードを手に入れたいのよ。あの人種が制限されるのを好むとは思えない」

ディミティがソフロニアを見た。「あなたはてっきり革新派だと思ってたわ」

「そうだとしても、今回のことは疑問よ。たしかにブレイスウォープ教授はいい人だけど、吸血鬼には抑止力が必要だと思わない？」

シドヒーグがうんうんとうなずいた。ディミティは肩をすくめ、アガサは床を見つめている。

「パパとママも似たような議論をするわ」と、ディミティ。「パパがそんなことを言うと、ママはパパを〝このピクルマン〟と呼ぶの」

ソフロニアはうなずいた。「あたしはまだ、どちら側につくか決めてないけど」

「まあ、敵味方があるの？」と、アガサ。

「どうやらそのようね。ご両親と言えば、ディミティ、最近、ご両親が誰かを怒らせたとかいう話を聞いたことない？　どこかの偉い人とか、権力者とか？　どちら側の人でもいいんだけど」

ディミティは眉を寄せた。「ないと思うけど、どうして？　ああ、あのディングルプループス卿の手紙事件のこと？　誰かがわたしを通じて両親に何かしようとしているとでも？」

「可能性はあるわ」

「よくわからないけど」そこでディミティは顔を輝かせた。「両親に手紙を書いて、直接きいてみるわ。それともピルオーバーに書かせようかしら？　あの子が、ついにラテン語の詩以外のことに興味を持ったと知ったら両親も喜ぶわ。本当のことを話してくれるかもしれない。両親はわたしが〈貸し馬車にハンカチを計画〉を宣言した時点でわたしのことはあきらめたみたいだから」

「何、それ？」と、ソフロニア。

「ロンドンの貸し馬車の御者たちはいつも貧しくて困ってるの」ディミティは鼻をすすった。「人は自分にできることをすべきよ」

「ええ、まあそうね。ピルオーバーに手紙を書かせるのはいい考えだわ」ソフロニアはディミティに優しくしようと心に決めた。ディミティがそばにいることを当然と思わないことにした。ディミティが〈マドモアゼル・ジェラルディン校〉で過ごす時間がもうすぐ終わるかもしれないと思うと、ますますその気持ちは強まった。たとえハンカチを使った軽はずみな慈善計画を考えるような友人だったとしても。

ソフロニアは昨夜、ビエーヴと二人でルフォー教授とシュリンプディトル教授をスパイしたことを思い出した。「どうやらモニクもこの件にかかわってるみたい。舞踏会のことを触れまわってるけど、ルフォー教授の実験に使いっ走りとしてからんでるのは間違いないわ。探りを入れたほうがいいと思う」

ディミティがうなずいた。ちょうどレディ・リネットの授業で〈挑発的行動の計画法〉を教わったばかりで、実践する絶好のチャンスだ。

「わたしが接近しても信用されないわ」と、ディミティ。

ソフロニアもうなずいた。「シドヒーグもダメね」長身のシドヒーグが自分の名前に顔を上げた。「あなたの性格がいきなり変わって舞踏会に興味が出るとはとても思えない。たとえあたしたちを裏切っても、舞踏会に呼ばれたくて裏切ることだけはありえないわ」

「ほめ言葉と受け取っとく」と、シドヒーグ。

「となればアガサしかいないわ」と、ディミティ。

ソフロニアとシドヒーグは不安になった。どうみてもアガサはいちばん心もとないメンバーだ。

赤毛のアガサは目に恐怖を浮かべて仲間たちの顔を見比べた。「ああ、また悪だくみね。仲なおりしたら、きっとこんなことになると思っていたわ」

ソフロニアが秘密めいたしぐさで顔を寄せた。「あなたしかいないのよ、アガサ。モニクのグループに潜入してちょうだい」

「待って！　えっ？　わたしが？」

「そう。とにかく本気で舞踏会に招待されたがっているふりをするだけでいいの。まずは周囲を探ってみて。モニクから目を離さないで」と、ソフロニア。

「そしてわたしたちに詳細を報告するの！」ディミティが勝ち誇ったようにつけくわえた。

「ああ、そんなこと、わたしにできるかしら」アガサは不安に大きく目を見開いた。

「何もしなくていい。見張るだけだ」シドヒーグが安心させるように言い聞かせた。「あなたのためにもなるわ、アガサ。あなたにも洞察力があることを先生たちに示すチャンスよ」ディミティはつねに前向きだ。

アガサが顔を輝かせた。「あら、そうかしら？」シドヒーグやディミティと違って、アガサは本気で〈ジェラルディン校〉にとどまりたがっている——パパを喜ばせるために。

「それに」ディミティが明るく言った。「ひょっとしたら本当に舞踏会に招待されるかも」

失言だった。アガサはそうなったときのことを想像して顔をひきつらせた。

ソフロニアがあわてて打ち消した。「大丈夫、モニクが招待するとは思えないわ——あなたが何をしようと。その心配はないって、アガサ」

「ああ、よかった」

「じゃあ、やってみる？」ディミティはどんなゴシップが手に入るかとうきうきしている。

アガサは背を伸ばし、戦いに挑むような表情を浮かべた。「がんばってみるわ！」

ソフロニアはさほど期待してはいなかったが、アガサは実に健闘した。驚くべきさりげなさでモニクの取り巻き連に加わり、食事のたびにテーブルの端にじりじりと近づき、モニクに〝宝石を貸しましょうか？〟と申し出た。アガサは上等の宝石をたくさん持っている。ディミティのと違って本物だ。

だが、残念ながら報告内容は満足のゆくものではなかった。「モニクの話は舞踏会のことばかり」アガサは言い、報告のたびに「いつやめていい？」とたずねた。

それから数日後の夜遅く、ソフロニアとディミティが寝る準備をしていると、扉を遠慮がちに叩く音がした。寝間着姿のディミティは悲鳴を上げてベッドにもぐりこんだ。服を着ていたソフロニアが扉を開けると、アガサが立っていた。

「ごめんなさい、こんな遅くに、でも……モニクがいなくなったの」

「なんですって？」

「あなたが言ったように、ネックレスを返してもらいたいふりをしてモニクの部屋に行ったの。プレシアはごまかしたけど、モニクは部屋にいなかったわ。抜け出したのよ。少し前に受け取った伝言と関係あるんじゃないかしら。メカがモニクに届けたんだけど、彼女、顔を真っ赤にしてた」

「ああ、なんてこと。ありがとう、アガサ！」

アガサはすり足で立ち去った。ソフロニアは扉を閉めるや、衣装だんすに駆け寄った。

「モニクを追うつもり？」と、ディミティ。

「あたしはこれまで何度も部屋を抜け出して、外壁をよじのぼって、煤っ子を訪ねて、先生たちを監視してすっかりいい気になってた——モニクが同じことをしてるなんて思いもせずに！　あの晩もモニクは自由に抜け出せたのよ。なのにあたしは、まさかモニクが同じようにこそこそ抜け出してるとは夢にも……」

「言わせてもらえば、モニクが煤っ子を訪ねるとはとても思えないけど」

「それはそうね。ああ、どれもダメだわ！」ソフロニアはたんすの扉をばたんと閉めた。

「シドヒーグの部屋に行ってくる。いまこそビエーヴ流を見習うときよ」

「いったい何を……？」

ディミティが質問を言い終える前にソフロニアは部屋を出ていた。

ソフロニアはアガサとシドヒーグの部屋の扉を叩いた。どうかプレシアが気づく前に入れてくれますように。シドヒーグが扉を開けると、ソフロニアは押しのけるように前をすり抜け、さっと扉を閉めた。

「シドヒーグ、服を貸して」

シドヒーグは目をぱちくりさせた。「いま？　夜なかの一時だけど」

「それがどうかした？」

「あんたのサイズに合うような服はないよ。あたしより背が低いし、身体つきも女の子らしいし」

「ドレスじゃないわ、バカね。男の子の服よ。あなたなら持ってると思って」

「なんだって？」

化粧台で髪をとかしていたアガサが目を上げた。「追いかけるつもり？」

「そうよ。モニクがよじのぼる気なら、あたしはもっと速くのぼらなきゃ。いまこそスカートを捨てるときよ。さあ、シドヒーグ。お願いだから急いで」

シドヒーグがにっと笑った。「たしかに合理的だ」シドヒーグは衣装だんすに駆け寄った。それはとんでもないありさまだった。扉を開けたとたん、麦わら帽子とパラソルとつぎはぎ(パッチワーク)のガチョウのぬいぐるみが頭の上に落ちてきた。シドヒーグはまったく意に介さず、群がるブヨを追い払うように帽子や手袋や片方だけの赤い長靴下を払いのけ、なかみをひっかきまわし、あきれるほど情熱的に背後に放り投げた。

アガサが苦しげなうめきを漏らした。アガサ側の部屋はできたてのペニー銅貨のようにぴかぴかだ。

「あった！」シドヒーグが勝ち誇ったように衣類の下から現われた。地方の名士が狩りのときにはくようなツイードの乗馬ズボンとしわだらけの男物のシャツを持って。

アガサがソフロニアのデイドレスとペチコートを脱がすのを手伝った。ソフロニアはズボンをはき、前ボタンをとめ、シュミーズをたくしこんだ。お尻のまわりがとんでもなく窮屈だ。それからシャツを着て袖をまくり上げた。一人で楽に服を着られたのは生まれて初めてだ。だからビエーヴは男の服が好きなのかもしれない。でも、あの子はいつも路上の少年のような格好だ。本物の紳士にはクラバットを手伝ってくれる従者が必要だわ。

シドヒーグが奇妙な目でソフロニアを見た。「コルセットはつけたまま?」

「当然じゃない! いくらなんでもそこまで無作法じゃないわ!」

シドヒーグは鼻を鳴らした。「コルセットってのは実に動きにくい。あたしがその格好をするときはつけないけど」

ソフロニアは口をあんぐりと開けた。「裸で着るの?」

「前にも話しただろう? あたしは人狼に育てられたって。彼らは変身する前、どうすると思う?」

アガサが息をのみ、それから小声でたずねた。「裸の男の人を見たことあるの?」

ソフロニアは水浴びする煤っ子をこっそり見たことを思い出し、顔を赤らめないよう平静をよそおった。

シドヒーグはまったく動じない。「当たり前だろ、バカだな」

アガサは深く息を吸い、我慢できずにたずねた。「どんなふうなの……その……ほら……?」

「変身のこと? ひどく気味が悪い。全身の骨が壊れて、狼の形に組み変わるんだ。たいていみんな痛みに泣き叫ぶ。呪いと呼ばれるゆえんだ」

シドヒーグはわざとアガサに言わせようとしているようだ。アガサがささやくような声できいた。「そうじゃなくて、男の人のあそこってどんなふうなの?」

「ああ」シドヒーグは鼻にしわを寄せた。「あんまりいいもんじゃない。言うなれば」——そこで自分のそのあたりを手で指し示し——「大きすぎるソーセージがぶらさがってるみたいなもんだ」

ソフロニアは驚いて目をぱちくりさせた。変身の描写より、こっちのほうがはるかにショッキングだ。いくらあたしでも煤っ子をそんなにまぢかで見たわけじゃない。「本当?」

「そう、袋にちゃんと収まっていないような。それに毛がもじゃもじゃだ」シドヒーグは二人が驚く様子を楽しんでいる。

アガサはてっきりからかわれていると思ったようだ。「嘘だわ」

ソフロニアは魅力的な会話をさえぎった。「二人とも手伝ってくれてありがとう。でも、もう行かなきゃ」ソフロニアはズボンにしては立派なお辞儀をすると、シドヒーグがもっとみだらなことを言う前に小走りで部屋を出た。

試験その七　爆発弾道蒸気ミサイル発射型プロングの行使

男装で飛行船の周囲をよじのぼるのははるかに楽で、ソフロニアはもっと早くためせばよかったと後悔した。たしかにペチコートのおかげで命びろいしたことはある。でも、この快適さといったら！　これぞ自由だ。ロンドンに着いたら絶対に上流階級ふうと下層階級ふうの男性服を買おう。それから、つけひげも。つけひげはロンドンのどこで買えるのかしら？　フリート・ストリート？　人前でつけるつもりはないけど、真夜中に煤っ子たちに会いに行くときならちょっとくらいふざけてもかまわない、でしょ？

居住区の外側をまわり、教室区を過ぎ、房飾り区の外側にやってきた。湿り気のある濃い白雲に包まれた飛行船をよじのぼるのは、少しばかり手こずった。ソフロニアは二度も足をすべらせ、紳士用の乗馬ブーツがほしいと思ったが、それはちょっとやりすぎだと思いなおした。なんといっても靴はその人の身なりを決定づける重要なポイントだ。

ソフロニアは先を急いだ。真っ白い雲のなかでは、真上にでもいないかぎりモニクの姿は見えない。そう思いながらバルコニーからバルコニーに飛び移ったとき、頭上で同じようにバルコニー渡りをするスカートがちらっと見えた。

モニクは教員区の前方上部右側に向かっている。ソフロニアはこのあたりの配置図を知りつくしていた——どのバルコニーがどの教師の部屋のものかまで。いつもなら慎重に避ける場所だ。

ソフロニアは引っかけロープを取り出し、頭上のバルコニーめがけて放り投げた。鉤はうまく引っかかった。身体を揺らしてロープを伝いのぼり——ズボンだとなんと楽なことか！——ホウレーをたぐりよせ、さっと手すりに手を這わせた。小さなこすれ跡と刻み目——古いものと新しいもの——がついている。前にも引っかけ鉤が使われた証拠だ。驚くには当たらない。なにせここはスパイ養成学校だ。ソフロニアはさらに上の階にロープを放り投げてのぼりはじめた。モニクより上にのぼっておけば、そこからあとをつけることができる。

モニクの登攀（とうはん）はそれほど優雅ではなかった。イブニングドレスの長い裾とスカートの厚みで動きにくそうだ。あたしなら、どんなに上品ぶっても丈がいちばん短くて、ペチコートが一枚かせいぜい二枚しかないドレスを選ぶけど。それでもモニクは、いかにもやり慣れたふうに決まった手順でのぼってゆく。あとをつけられていないかと周囲を見まわす様子はまったくない。やがてひとつのバルコニーで足を止め、手すりを乗り越えて扉を叩いた。あたりの部屋にはどれもステンドグラスをはめこんだ魅力的なフランス扉がついていた。ルフォー教授の扉の模様は灰色と青の歯車。レディ・リネットの部屋は赤とピンクのバラ。シスター・マッティの部屋は緑と黄色の蔓と花の模様だ。

だが、モニクが近づいた部屋の扉にステンドグラスはなく、舷窓には黒いおおいがかかっていた。ブレイスウォープ教授の部屋だ。吸血鬼は日光を嫌う。そして、雲の上高く浮遊する〈マドモアゼル・ジェラルディン校〉はイングランドじゅうでもっとも太陽の照りつけが強い場所だ。

扉が大きく開き、モニクはブレイスウォープ教授のねぐらに入っていった。

ソフロニアはあとを追った。危険だが、話を聞くには扉の隙間から盗み聞きするしかない。吸血鬼は恐ろしく耳がいいから、よほど静かにしなければ気づかれてしまう。どうかモニクがいつものように大声でしゃべってくれますように。

ソフロニアは引っかけ鉤を手すりにかけると、ホウレーの先についている手首ベルトをはずしてぶらさげ、ぶつかって音を立てないよう、そっとロープの動きを止めた。それから手すりを飛び越え、垂らしたロープを伝ってそろそろと一階下に下りていった。

週に一度のボイラー室訪問と自主的探険のおかげで、ソフロニアの両腕には上流階級の娘にあるまじき筋肉がつき、ほとんどのドレスの袖の縫い目を出さなければならなかった。これまでのところ誰にも気づかれていないが、シスター・マッティに知れたら食事内容を変えるよう長々と講義を聞かされるだろう。〈マドモアゼル・ジェラルディン校〉の生徒は決して太ってはならない。

ソフロニアはバルコニーに降り立ち、足音を忍ばせて扉に近づくと、補聴器を取り出し、蝶番のあいだの隙間に押し当てた。

「……あなたにも何かできることがあるはずよ！」相手を言いくるめるようなモニクの声が聞こえた。

「残念ながら無理だ。たとえわたしが群の吸血鬼だったとしても、彼女はわたしの女王ではない、は。はぐれ吸血鬼の言葉などなんの重みもない。レディ・リネットに退学の理由をあたえたのはまずかったな。きみはあの試作品の一件でしくじり、試験の点数も低かったのに強気に出過ぎた。評議員にも、きみの両親にも、弁解しようのない退学理由をあたえてしまった」

「何年もあたしの血をあげてきたのに！」

モニクがブレイスウォープ教授のドローン。なぜかソフロニアは驚かなかった。考えてみれば、ブレイスウォープ教授ほど完璧な支援者はいない。生徒の血を吸っていたなんて、ちょっとぞっとするけど。いや、あの牙が誰かの首に突き刺さると想像しただけでも恐ろしい。

「それについては、わたしにはどうしようもない、は。前にも言ったとおり、今回のジファールのバカげた試験が終わるまではいい子にしていることだ。成功すれば、わたしはすべての吸血群に対して優位に立てる。そしてきみは社交界にデビューすると同時に船を離れる。われわれ二人の契約はロンドンに到着した時点で終わりだ」

あたしたちがロンドンに向かう理由はブレイスウォープ教授かもしれない。そう考えればすべてつじつまが合う。ブレイスウォープは自力で移動できない唯一の先生だ。吸血鬼が移動するには校舎全体が一緒に移動しなければならない。なぜなら、この飛行船につなぎとめられているのだから。

ブレイスウォープ教授の口調が優しくなった。「現時点では、わたしよりきみのほうが彼女との結びつきが強いようだ、は。いずれにせよ、わたしにはあの試作品を誰かに渡す権限はなかった。彼女の要求を引き受けたのはきみだ」

「あの件では、あたしも彼らもあなたに邪魔されたわ」と、モニク。「彼らは、あたしにもあなたにも腹を立ててる」

ソフロニアは額（ひたい）をこすって頭のなかの歯車を回転させた。去年の秋、モニクが試作品を盗もうとしたとき、あたしはモニクが政府の指示で動いていると思った。でも、いまの会話からするとどうやら吸血群に雇われていたようだ。あのとき試作品をほしがったのが吸血群だとすると、いまもねらってるってこと？　ああ、ヘンテクリンから抜き取ったあの新型バルブがなんのためのものか、ビエーヴが突きとめてくれていたら……。あの小型バルブも長距離通信のためのもの？　それとも、もっとよからぬ目的のためのもの？

「だからわたしはジファールの試験を承諾したのだ」と、ブレイスウォープ教授。

間違いない。ブレイスウォープ教授はジファールの新型飛行船に合流するつもりだ。だから〈ジェラルディン校〉はロンドンに向かってるんだわ。

「どうやって彼らの機嫌を取るつもりかね？」ブレイスウォープが続けた。

モニクは無言だ。ああ、顔が見えたらいいのに。窓がない場所での盗み聞きは難しい。

しばらくしてモニクがつぶやいた。「わからないわ」

ああは言ってるけど——ソフロニアは思った——モニクのことだからすでに何かたくらんでいるに違いない。

「きみのことだからすでに何かたくらんでいるに違いない」と、ブレイスウォープ教授。

「そしてあなたは空腹で、たくらみを聞く気もないのね」

ソフロニアはそのときようやくモニクがいつも襟の高いドレスを着ていたことに思いいたった。よくシルクのショールやリボン首飾り(チョーカー)をつけていたことも。あれが噛み跡を隠すためだと、どうして気づかなかったのだろう？ これからは服装のそっちの面にもっと気を配らなきゃ。

「あるものか、マイ・ディア。いいか——わたしはもはやきみが何をたくらもうと関係ない」ブレイスウォープ教授が生徒にこんな厳しい口調で話すのを聞くのは初めてだ。「さあ、おいで」

ソフロニアはいつでもロープをのぼれるよう身構えた。

長い沈黙のあと、モニクがさっきより弱々しい声で言った。「これ以上あたしの面倒を見てくれないのなら、教授、これがあたしたちの最後の食事よ」

「もちろんだ、無理強いするつもりはない」

「誰か……代わりはいるの？」と、モニクのうらやむような声。

ソフロニアは頭のなかで四十五人の生徒を思い浮かべた。ブレイスウォープ教授の寵愛の跡を隠していそうなのは誰？

教授はモニクの問いには答えなかった。

ソフロニアは自分だったらどうだろうと考えてみた。吸血鬼の支援は大きな強みだ。でも何やら策謀のにおいがつきまとう。それに、考えただけで吐き気がした。それでも吐き気がするくらいにしか感じなくなったのだから、あたしも〈マドモアゼル・ジェラルディン校〉で過ごすあいだにずいぶん感化されたものだ。

「じゃあ、教授、あたしの舞踏会には出席してくれる？」

「残念ながら無理だ。会場はアケルダマ卿の縄張りのどまんなかだからね。わたしは船に残って中立地帯のハイド・パークあたりをただよっているよ、は」

「残念だわ」と、モニク。

「きみの魅力にロンドンじゅうが夢中になること間違いなしだ」ブレイスウォープ教授は

いかにも紳士らしくそうつけ加えた。彼は決して礼儀を忘れない。生徒たちに教えているゆえんだ。

「わたしの美貌で夢中にさせてみせるわ」モニクがきつく言い放った。

怒ったような足音が扉に近づき、ソフロニアはあわててあとずさった。物音を気にしている場合ではない。早く逃げなきゃ。ソフロニアはバルコニーの端にぶらさがるロープをつかみ、背中でたぐり寄せながらのぼりはじめた。

眼下の扉が勢いよく開き、ブレイスウォープ教授とモニクが出てきた。

「何か聞こえたぞ！」と、教授。

「誰もいないわ」モニクはあたりを見まわしたが、見上げはしなかった。

だが、ブレイスウォープ教授は上を見た。ソフロニアが上階のバルコニーの手すりを越えた瞬間、二人の驚いた視線が合った。

ブレイスウォープ教授が片目をつぶった。間違いなくウインクした——口ひげを意味ありげに逆立てて。「ああ、きみの言うとおりだ。ただの風のようだな、は？」

だが、風はまったく吹いていない。

モニクは自分のことで頭がいっぱいで気にもとめなかった。だからモニクは優秀なスパイになれないのだ。授業で習ったことを実践するのは得意だが、自分の目的以外のことにはまったく気がまわらない。

「信じられないわ」朝食の席でディミティが言った。同じテーブルの端にいるモニクにも聞こえそうな大声だ。

だが、さいわいモニクはプレシア、ディングルプループス卿、マージー卿、数人の上級生たちと飾りつけの相談に没頭していた。ロンドンでいちばんきれいな生花が買えるのはどこかしら？　舞踏会にはリボンとバラ飾りと吹き流しが必要なの？　それともどれかふたつだけ？

「彼がモニクの支援者なのね。というか、だった、のね。これで納得したわ。でも、彼ともあろう人が信じられない。B教授はもっと趣味がいいと思ってたわ。それに」そこでディミティはテーブルの端に気を取られた。「どうしてプレシアはあんなにはしたなく彼といちゃついてるの？」

ソフロニアは驚かなかった。ディミティの電光石火の話題転換には慣れっこだ。「ディングルプループス卿のこと？」

「決まってるじゃない！　わたしがマージー卿の話をすると思う？　彼はどうみてもあなたのものよ。ピルオーバーは論外だし。ピルオーバーはいつだって論外よ。このテーブルにいる男子はその三人だけなんだから」

「モニクがぼくといちゃつくくらい論外だね」ピルオーバーはポリッジの入った碗をむっ

つりと見つめた。ピルオーバーはシスター・マッティに食事制限を言い渡された。そのせいでさらに陰気になったようだ。

「マージー卿はあたしのものじゃないわ」ソフロニアはむきになって反論した。

ディミティが澄まして言った。「彼はそのこと知ってるの？」

「そんなことよりディングルプループス卿の話よ。あんな人、もうどうでもいいんじゃなかったの？　あごは細いし、質の悪い手紙は送りつけるし」

「そうね、でも、あの件はどう見ても彼じゃなかったわ。筆跡を比べてみたの。密会を申し出た手紙は彼の文字じゃなかった」

ソフロニアはうなずいた。「だとしても、もうかかわらないつもりじゃなかったの？」

「そのつもりだったわ――プレシアがすり寄って横取りするまでは」

「ディミティ！」

「あら、いけない？　どうせわたしは、どうしようもないぺらぺらの薄っぺらい人間よ」

ピルオーバーがポリッジに向かってうなずいた。

ディミティが弟に向きなおった。「それはそうと邪悪な両親から返事は来た？」

ピルオーバーはさらに不機嫌そうに首を横に振った。あまりに深くうなだれたせいで、顔がポリッジにつきそうだ。

ディミティはテーブルの端に視線を戻し、批判しはじめた。「まあ、見て、プレシアったら、ダイヤモンドのネックレスなんかちらつかせて！　朝食の席にダイヤモンドなんて、品がないわ。裕福な家の出でもないくせに」

「あの子、金持ちじゃないの？」ピルオーバーが目を上げた。「いかにも金持ちそうだけど」

「それこそ金持ちでない何よりの証拠よ。本物の金持ちは絶対にそんなふうには見えないわ。アガサを見てごらんなさい」

「アガサって？」と、ピルオーバー。女の子はみな同じに見えるらしい。

「赤毛の子」

ピルオーバーは、律儀にモニクの仲間のふりをしているアガサを見やった。帽子は後ろにずりさがり、髪はほどけかけ——またしても——レース襟を忘れている。

ピルオーバーが疑わしげな表情を浮かべたのも無理はない。

鈴が鳴るようなプレシアの笑い声がテーブルにさざ波のように広がった。黒髪で美貌のプレシアが片手をディングルプループス卿の腕に載せ、あがめるように見上げていた。首のダイヤモンドを強欲な瞳のように光らせて。

ディングルプループス卿はプレシアの大胆なしぐさに驚きの表情を浮かべた。ディングルプループス卿のクラバットの結びかたはみごとだ。あれほどうまければ、あごが細くても許せるかも。

「わたし、彼に詩を書いたの！」ディミティが言った。

プレシアはディングルプループス卿から手を放してしゃべりつづけている。若き貴族はプレシアの手があった場所をさっと手で払い、上着のしわを伸ばした。

「ねえ、ディミティ」ソフロニアは思いがけない告白におびえながらたずねた。「まさか彼に渡したんじゃないでしょうね？」

「まさか」

シドヒーグが椅子の背にもたれてにやりと笑った。「聞かせてもらおうか」

「ああ、やめて。いい考えとは思えないわ」と、ソフロニア。

だが、すでにディミティは小物バッグから一枚の紙切れを引っ張り出していた。紙を渡されたシドヒーグは真剣な顔で黄褐色の目をすばやく動かし、ソフロニアにまわした。

わたしの愛は赤い赤いバラ
ときどきあの人は赤い赤い鼻
　雪のなかでもわたしを暖めてくれる
　きっとすてきな足の指を持ってる

「ああ、ディミティ」ソフロニアはそれ以外に言う言葉がなかった。

こんな調子で朝の時間は過ぎていったが、いきなり校舎全体が激しく揺れてゴツンという音が響き、やがて落下してゆく感覚に襲われた。

少女たちは顔を見合わせた。

ディミティが疑わしげにソフロニアをにらんだ。「こんどは何をしたの？」

ソフロニアは大きく目を見開いた。「これはあたしじゃないわ、本当よ」

「いつもあんたじゃないか」と、シドヒーグ。

「沈んでるのか？　どうみても沈んでるみたいだけど」ディングルプループス卿が声を上げた。

「落ちているだよ、ディングルプループス卿」と、マージー卿。「海じゃないんだから」

「着陸体勢に入ったのか？」ディングルプループス卿は空から落ちるという考えが気に入らないようだ。

少女たちも当惑したが、それを口にするほど無作法ではない。テーブル上座に目をやり、教師たちの行動を見守った。シュリンプディトル教授以外は誰もあわてる様子はない。マドモアゼル・ジェラルディンさえも淡々とクランペットを食べている。太陽が出ている時間なので、ブレイスウォープ教授はまだベッドのなかだ。

生徒たちの空気の変化に気づいたレディ・リネットが立ち上がり、一同に呼びかけた。

「校舎は燃料補給と途中下船のために高度を下げています。みなさんには地上活動の一環として、戸外で昼食をとりながら敷布の上での正しい食事のしかたや求愛のしかたなどを学んでもらいます。日没後、お嬢さんがたはナイオール大尉の授業、紳士諸君は暗いなかでのバドミントンの授業があります。朝食が終わったら必要なものをまとめること。夕食まで船には戻れません」

マドモアゼル・ジェラルディンが言葉を継いだ。「みなさん、くれぐれもつば広の帽子を忘れないように。そばかすについては言わずともわかっていますね？」

この発表に生徒たちは色めきだった。野外授業？　しかも朝から晩まで？　なんてスリリング。それに、ピクニックは一般的に楽しいものだと考えられている。

少女たちはよそゆきドレスと帽子に替える時間を確保しようと大急ぎで朝食をすませた。

やがて生徒たちは蒸気駆動の折りたたみ式階段を小走りで駆け下り、小高い丘のてっぺんにある小さな森の近くの牧草地に降り立った。ソフロニアはふと不安になった――地元の人たちはふわふわと低空に浮かぶ雲を見てなんと思うかしら？　でも、雲のなかから下りてくる自分たちの姿を想像してみると、なかなかロマンチックだ。

「まるで雲の王女様みたいじゃない？」いつもの色鮮やかなドレスではなく、クリーム色と灰色のひだのあるシフォンドレスを着たディミティは、まさに雲そのものだ。

ブレイスウォープ教授とマドモアゼル・ジェラルディンを除く教師と生徒の全員が下船すると、飛行船雲は優雅に浮上し、ゆらゆらただよいながら木々の背後に見えなくなった。

雲ひとつない晴天で、ぽっかり浮かんだ飛行船雲はよけいに目を引いた。少女たちはまさに一枚の絵のようだった。春にしてはまだ寒かったが、みなかわいい花柄のモスリンや縞模様の薄地の綿（シャサッカー）のお出かけドレスを身にまとい、あたりにはパラソルと刺繍で縁取ったショールが咲き乱れ、羊飼いの少女のような帽子とイタリアふう麦わら帽が揺れている。もちろん、おしゃれなドレスは秘密道具がぶらさがるベルトや手首装着品、やけに重い飾り鎖によって武装され、ソフロニアにいたっては金属製のダックスフントに似た大ぶりの小物バッグまで抱えていた。

正直なところ、生徒たちは気もそぞろで、授業の成果はあまり上がらなかった。ソフロニアたち一年生は二、三年生の数名と滞在ちゅうの男子生徒と一緒に、レディ・リネットから〈ハイド・パークのそぞろ歩きかた〉の授業を受けた。そして、迷惑な求婚者を断わるさまざまなやりかたと、男性の腕にはどこまできつくつかまれるものか、また直射日光の下でスパイ活動を行なう最善の方法について多くの時間が費やされた。さらに生徒たちは秘密のスパイ石の配置と使いかたと実用性についても話し合った。

ピクニックは、ビーフソテー、ローストダック、ポーク蒸し煮パイ、冷製ポーチドチキンのクリームソース添え、野菜のピクルスと甘酢漬け、パリパリのフランスパン、煮フルーツにパンチ、最後に紅茶と洋ナシの三角パイ、ドライフルーツとスポンジ入りのキャビネット・プディング、アプリコット・マカロンというメニューで、生徒たちは湿った地面に座りながらも優雅に食べる方法を学んだ。会話はもっぱら、男子生徒の得意分野である邪悪な発明プロジェクトに若いレディたちが新しい利用法や応用術のアイデアを出すことに集中し、それがひとつのゲームのようになった。たとえばディングルプループス卿が口ひげのひねりかたとワックスの固めかたの技術を研究していると言えば、口ひげワックスが秘密文書の受け渡しに使えるかもしれない――それどころか口ひげのひねりかたそのものがメッセージになるかもしれないと少女たちが提案する、といった具合だ。議論はさらに、あごにメッセージを彫りこんだあとにひげを生やせば誰にも気づかれずに敵の陣地に秘密の伝言を運びこめるのではないかという興味深いテーマにまで発展した。でも、あごに一生消えない伝言を彫りこみたがる男がいるだろうか？　そこが問題だ。それに、あごひげをもじゃもじゃ生やしたうさんくさい男に、いったいだれが重大な陰謀のメッセージをたくすだろう？

「昔からあごひげは怪しいと思っていたわ」ディミティが断言した。

ソフロニアが思うに、ディングルプループス卿はあごひげを生やしたほうがいいかもしれない。ひげを生やせば、あごが細いことには誰も気づかないはずだ――モニクに脳みそがなく、プレシアにユーモアのセンスがないことに誰も気づかないように。

ピクニックのあと、生徒たちはさらに交流を深めた。誘惑はさりげなく奨励され、ディングルプループス卿とマージー卿はたちまちプレシアとモニクの罠に捕まった。ソフロニアとディミティは腕を組んであたりをぶらぶら歩きまわり、アガサは命令どおりモニクの取り巻きたちにくっつき、律儀に標的のあとをついてまわった。シドヒーグはうろうろしながら木やら何やらを棒で叩き、教師たちは丘の頂上近くに寄り固まって歓談する若者たちを見張っている。

ソフロニアとディミティは小さな森のなかに入り、狭い空き地を見つけると、バンバースヌートを地面に下ろして落ち葉のなかを嗅ぎまわらせた。〝決して火をつけてはいけない〟と厳しく言い聞かせたが、落ち葉は湿っていて火をつけたくても簡単にはいきそうにもなかった。

バンバースヌートは身体をキーキーきしませながら、ずんぐりした脚を枯れ枝に取られたり、耳をぱたぱたさせて煙を吐いたり、しっぽを前後に力強く振ったりしながらあたりを動きまわった。レースの衣装を巻きつけたまま、リボンやひもをずるずる引きずって動くさまは迷惑千万な花嫁のようだ。

二人はとりとめもない話をしながらメカアニマルのおどけた動作を見ていた。大きな木の枝と格闘しているが、のみこんでお腹の貯蔵室に入れたいのか、それとも小型ボイラーに入れたいのかはわからない。と、突然バンバースヌートは座りこみ、急を告げるかのようにシューッと蒸気を吐いて笛のような音を鳴らした。まるでヤカンの呼び笛のように。

ソフロニアとディミティはぎょっとした。バンバースヌートが——家具にぶつかってかちんと音を立てる以外に――音を出せるなんて今まで知らなかった。

数分後、三人の厚板のような男が木のあいだから現われた。一人がディミティ、一人がソフロニアをつかみ、三人めはこれから演説でもするかのように肘を張って腰に手を当て、立ちはだかった。

気がつくとソフロニアは経験したこともない無作法なやり方で動きを封じられていた。腕を両脇に固定され、たくましい腕を腰に巻きつけられ、助けを求めて叫ばないよう、もう片方の腕で口を押さえつけられている。

「少年はどこだ?」三人めがあたりを見まわした。「男の子もいるはずだ」

ソフロニアはブーツをはいた足を片方、蹴り出したが、重いスカートと何枚ものペチコートにはばまれ、たいした効果はなかった。

ディミティもがいていた。男の太い腕の上に、大きく見開いた薄茶色の目が見える。襲撃者から無視されたバンバースヌートは切り株の後ろに避難した。

こうなったら最後の手段だ。ソフロニアはしぶしぶ口を開け、汗まみれの男の腕に思いきり嚙みついた。

男は痛みに悲鳴を上げたが、手を放しはしなかった。ソフロニアの頭をぐいとのけぞらせ、口を押さえた手にさらに力をこめただけだ。

「少年も一緒にいるはずだ。きょうだいだからな」

ピルオーバー。ピルオーバーもねらわれている。

手荒にあつかわれるご主人様を見かねたようにバンバースヌートが切り株をまわり、ソフロニアをはがいじめにする男に近づいた。

口をふさがれ、命令は出せない。しゃべれたとしても、バンバースヌートが言葉の命令にしたがうことはまずない。あの子ったら何をするつもり？　何より心配なのはバンバースヌートが完全に破壊されてしまうことだ。悪党の鉄床サイズのブーツで一蹴りされたら一巻の終わりだわ。

ソフロニアはこれまでの授業を順に思い出した。だが、〈身体が大きくて力の強い敵から逃げる方法〉は習っていない。両肘は腰にきつく固定されているが、なんとか腰の飾り鎖には手が届きそうだ。鎖には〈邪悪な精密拡大レンズ〉が下がっている。これも使いかたによっては武器になる。レンズには届かなかったが、反対側の手首に手が届いた。

手首にはホウレーがついている。風呂に入るとき以外、はずすことはめったにない。ソフロニアは片手でホウレーの留め金をはずした。

バンバースヌートがさらに近づいた。

押さえつけている男に引っかけ鉤を向けることはできないし、ディミティを危険にさらすわけにもいかない。でも、さっき口をきいた男をねらうことはできる。ソフロニアは三人めの男に手首を向けて発射した。引っかけ鉤は男の肩を越え、戻る拍子に背中上部の肉にがしっと食いこんだ。男は悲鳴を上げ、両手で背中を引っかきながら振り向いた。「離せ、はずせ！」男が叫んだ。血がシャツを伝っている。男はジャケットを着ていなかった。ほかの二人もだ。なんて悪党っぽい！

同時にバンバースヌートがソフロニアの敵に忍び寄り、男の剝き出しの足首に熱い蒸気を吹きかけ、ひどい火傷を負わせた。長靴下をはいていないとどうなるか、これでよくわかったはずよ。

男は驚いて悲鳴を上げ、ソフロニアを放した。ソフロニアはさっと地面に身をかがめてバンバースヌートをすくい上げ、宙返りして敵から離れた。分厚いスカートをはいた状態での回転技はレディ・リネットからしこまれている。たっぷりの布地はたしかに宙返りの衝撃をやわらげたが、あまり遠くまでは離れられなかった。ホウレーで手首と悪党がつながっているからだ。

血を見たディミティが失神し、男の腕のなかでずしりと重くなった。男は毒づきながら抱え上げようとしたが、シフォンドレスはすべりやすい。しかもディミティはソフロニアと違って、いくつもの道具で武装する趣味がないため、男は身体をつかみそこね、森の地面にどさりと落とした。

流血男が引っかけ鉤から身を振りほどくのを待ってソフロニアは鉤を引き戻し、自由になった一瞬の隙にペーパーナイフを取り出した。〈ナイフ格闘〉の授業が始まってからすぐに持ち歩くようになったものだ。これでも充分、役に立つし、怪しまれることもない。なにしろレディはいつ手紙を受け取るかわからない。ペーパーナイフは必需品だ。ホウレーを身につけるようになってから、いざというときどちらの手でも使えるよう、左手でも投げかたの練習をしてきた。

悪党の一人はぐったりしたディミティを抱え上げようとあせり、一人は火傷した脚をつかみ、最後の一人は背中の血を押さえるのに必死で、このなかではソフロニアが誰より無傷だ。だが、それで安心するほどバカではない。三人の大の男に対して、こっちはバンバースヌートと首にバンバースヌートのリボンひもを巻いた自分だけだ。いますぐ走って逃げたほうがいいのはわかっていた。でも悪党の手にディミティを残してはゆけない！

男たちはソフロニアを警戒し、すぐには襲ってこなかった。何しろこの娘は飛び道具を持っている。ああ、手もとに拳銃があれば！ソフロニアはつくづく思った。こんなことがしょっちゅう起こるのなら、武器の授業は上級生だけに限定すべきじゃないわ。そのとき、これまで受けた授業が頭によみがえった。〝敵に話をさせよ〟

「目的は何？」ソフロニアは声が震えていないことにほっとした。

「気の毒だが、お嬢ちゃん、その手には乗らない」一人の男が言った。

別の男が仲間に言った。「この子を逃がすな。大声を上げるかもしれないぞ」

「いい考えね」ソフロニアはそう言うや頭をのけぞらせ、声をかぎりに叫んだ。

たちまち、そう遠くないところから木々のあいだを抜けて近づいてくる足音が聞こえた。ソフロニアはもういちど叫んだ。

この娘を黙らせるのが先決だと判断したらしく、二人の悪党が向かってきた。ソフロニアはふたたびねらいを定めてホウレーを発射したが、火傷男の胸にぶつかってはねかえされた。鉤は戻る勢いで目標物に引っかかるしくみだ。ソフロニアは思った――こんどビエーヴに頼んで、甲羅を発射すると同時にロープのまんなかあたりで鋭い先端が飛び出るように改造してもらおう。それでも男は驚いて悲鳴を上げた。バネじかけの射出力は強く、当たれば少なくともあざくらいにはなる。そのとき片方の男が飛びかかった。

ソフロニアはナイオール大尉じこみの〈小柄な人間が大柄な敵に対峙するときの理想的な防御の構え〉を取り、ペーパーナイフを振り上げた。男が近づいた。相手がかよわい娘で、格闘技のことなど何も知らないだろうと思いこんでいるのは明らかだ。ナイオール大尉から習った攻撃法はひとつだけだが、繰り返し何度も練習させられた。ソフロニアはナイフを振り下ろすと同時に男の腕を上から下まで切りつけた。

男はひるみ、あとずさった。

もう一人の男が足を止めて引っかけ鉤をつかみ、たぐり寄せはじめた。ロープの先にいるソフロニアが捕まるのは時間の問題だ。最初の男と闘うのに精いっぱいで、手首からカメをはずす余裕はない。ソフロニアは蹴りの構えを取った。この卑劣な戦法はナイオール大尉に教わったものではない。ソープからコツを習い、いざというときのために練習していた技だ。

だが、練習の成果を見せる前に森から助けが現われた。

「叫ばなかった、お嬢さん？」

「まあ、マージー卿、こんなところで何をしているの？」

「きみを追いかけてきたのさ、もちろん。何か困りごとでも？」

「ええ、まあ、ちょっと」

フェリックスはソフロニアの敵を興味深げに見やった。一人は意識のないディミティを抱え、一人は腕から血を流し、三人めは背中から血を流している。

「いとしいリア、ぼくの助けはほとんどいらないようだけど」

「ほとんどね」

「ぼくがどんなに腕の立つ女性に憧れてるか、言わなかったっけ？」そう言いながらフェリックスはコートのポケットに手を入れ、見たこともない道具を取り出した。小ぶりで、平べったく、コートに忍ばせても服のラインを乱すことはなさそうだが、見た目は実に恐ろしげだ。細長くて先端が尖り、付属品がごちゃごちゃついていて、ノズルから毒物らしきものが黒くしみ出ている。いまにも火を噴きそうで、なんともまがまがしい。ビエーヴが見たらさぞ魅了されるだろう。

三人の悪党もたじろぎ、足を止めた。

「彼女を下ろせ」と、フェリックス。

ディミティを抱えた男が身じろぎした。

フェリックスは貴族で、まわりがただちにしたがうことに慣れている。「いますぐに！」そう言って武器を男とディミティに振り向けた。「言っておくが、ぼくは腕がいい。確実におまえに当ててみせる──彼女ではなく」

「それはなんだ？」男が震える声で言った。

「ああ、これか？」フェリックスは気軽な口調で言った。「これは爆発弾道蒸気ミサイル発射型プロング。ぼくの最新の発明品で、人を殺すのがものすごく得意だ」

このひとことがきいた。ディミティを抱えていた男はその場でまたもや手を放し、ディミティはおとぎ話の眠れるお姫様よろしく地面に落ちた。

ホウレー攻撃を受けた男が仲間の二人に言った。「命がけでやるほどのカネはもらっていない」

二人も同意した。「やめとこう」

それだけ言うと、三人の悪党は一目散に森のなかへ逃げていった。

ソフロニアとフェリックスは顔を見合わせた。

「すてきなプロングね」しばらくしてソフロニアが言った。

フェリックスはにこりと笑い、いたずらっぽく眉毛を動かした。「ほめてくれてうれしいよ」

ソフロニアはすぐにぴんと来た。「つまり、〝爆発弾道蒸気ミサイル発射型プロング〟じゃないってこと？」

「そんなものはないよ、いとしいリア、でもいかにも怖そうな響きだと思わない？」

「だったら本当はなんなの？」

フェリックスは恐ろしげな物体を手渡した。「ああ、これは圧力制御粒子発射型携帯靴磨き装置――最高の輝きを実現させる装備品で、旅するおしゃれな紳士のためのものさ」

フェリックスは流行のズボンをはいた脚を見せ、野外でもブーツが最高の輝きを保っていることを証明した。

ソフロニアは恐ろしげな装具の胴体部を見ながら、うっかり引き金を引いた。霧のように細かい黒い靴磨き粉の粒子が顔に吹きつけ、ソフロニアはきゃあと悲鳴を上げ、ぺっぺっと唾を吐いて靴磨き器を落とした。

ソフロニアはハンカチを出して顔の汚れをぬぐった。靴磨き器は枯れ葉のなかに落ちたままだ。「自動靴磨き器？」

「靴磨きプ、プ、プロングさ」フェリックスは地面から道具を拾い上げ、ソフロニアに近づいた。

「ケガはなかった？」

ソフロニアはなおも顔をぬぐいながらうなずいた。

フェリックスはソフロニアの手からハンカチを取り、黒い粉をそっとふきとりはじめた。

ソフロニアはつかのま訓練のことも忘れ、フェリックスの手に身をまかせた。頭のなかがからっぽになり、この親密な状態からどうやって抜け出せばいいかもわからなかった。優しくされるのには慣れていない。

二人だけの会話は、小さな咳払いと落ち葉のこすれる音にさえぎられた。

ディミティが目を覚ましていた。

ソフロニアはフェリックスから黒ずんだハンカチを取り返し、ディミティのそばに駆け寄って膝をついた。

「何が起こったの？」と、ディミティ。

「あなた、失神したのよ」

「ええ、そのようね」

「それからフェリックスが……その……マージー卿が靴磨き器を持ってあたしたちを助けにきてくれて」

「ソフロニア、あなたの説明はいつも盛り上がりに欠けるわ。前にも言わなかった？」

「だって、いつもいちばんいいところで失神するんだもの」

フェリックスがゆっくりと近づいた。「気分はいかが、ミス・プラムレイ＝テインモット？」

「ええ、最高よ、マージー卿。わたしはいつだって最高なの。あなたは？」

「まあまあかな。そろそろみんなのところに戻ろうか？」

「そうね」ディミティはフェリックスの手を借りて立ち上がり、出された腕を取った。

フェリックスは反対の腕をソフロニアに出した。「リア？」

ソフロニアは無礼に思われたくなくて、素直にフェリックスの腕を取った。

「さて、お嬢さんがた、今回のことは誰かに報告するつもり？」フェリックスは〝話せと命じられるまで何も話さない〟という〈マドモアゼル・ジェラルディン校〉のしきたりを知らないようだ。

「今回のことって、なんのこと？」ソフロニアがとぼけた。

「わたしは気を失ってたから、なんのことかさっぱりわからないわ」と、ディミティ。

「ああ、なるほど。そういうことか」と、フェリックス。納得したかのような口ぶりだ。

ディミティとソフロニアは顔を見合わせた。ディミティがうなずいた。これで、誰かがディミティとピルオーバーをねらっていることがはっきりした。ディミティの両親が何かヒントをくれればいいんだけど。さもないと、本気で厳しい予防措置を取らなければならない。ソフロニアは早くも自分たちの寝室に罠をしかける方法を考えていた。

試験その八　煤っ子の挑戦

「ねえソープ、あたしたちをピクニックに降ろしてから、どこに行ってたの？」地上で過ごした日のどさくさにまぎれて、ソフロニアはその晩にボイラー室を訪ねた。

初級読本を声に出して読んでいたソープが中断して答えた。「追加の水と燃料と荷物、荷物を取りに行ってた」

「荷物って？」

「なかみまではわからない。でもはるばる遠まわりしたんだから、きっと大事なものじゃないかな」

ソフロニアは唇を噛んで考えをめぐらした。「それについてビエーヴは何か言ってた？」

「ビエーヴが何を言ってたって？」当のビエーヴがぶらぶら近づいてきた。

「校舎が積みこんだ物よ。ソープが言うには……ちょっと待って！」

「いや、おれは〝ちょっと待って〟なんて言ってないけど」と、ソープ。

ソフロニアはいつもと違うこと――というより、いつもと違う顔がビエーヴのあとからついてくるのに気づいた。いつもの、詮索好きな非番の煤っ子集団のなかに……。

「ディミティ！　どうしてあなたがボイラー室にいるの？」

「こんばんは、ソフロニア。まあ、なんだか薄汚いところね？」ディミティがばつが悪そうに集団のなかから出てきた。よそゆきドレスにシルクの花がいくつもついた帽子というでたちで。煤っ子たちも、ソフロニアやシドヒーグの地味な服は見慣れているが、こんな格好の女の子をボイラー室で見るのは初めてだ。

「しかたなかったんだ」と、ビエーヴ。「バンバースヌートの様子を見に部屋に立ち寄ったら、きみはもう出たあとで。それで、どうしても行きたいって頼まれて」

「なんと言って頼まれたの？」ソフロニアは驚いた。ビエーヴは、自分がやりたくないことはどんなに頼まれてもやらない子なのに。

ビエーヴは顔を赤らめた。「とにかく頼まれたんだ」

「帽子を使っておどしたの！」ディミティは満足げだ。

ソフロニアは首をかしげた。「ディミティ、こんなところになんの用？」

「小冊子を持ってきたの！」ディミティは小さな紙束を取り出した。禁酒運動の冊子をまねたお手製だ。

「なんの？」ソフロニアがなかの一枚を取った。

「恵まれない人たちの生活向上のお手伝いよ、もちろん。清潔を保つためのあらゆる方法が書いてあるの。ほら、見て？」ディミティは固形石けんの絵を指さし、煤っ子たちに紙を配りはじめたが、反応はかんばしくなかった。タバコを巻くのに使えないかと紙質を確かめた子が数人と、楊枝代わりに冊子の角で歯の掃除をした子が一人いただけだ。ソープがさっと紙を取り、声に出して読みはじめた。

「もう、ディミティったら、煤っ子たちは字が読めないってこと、忘れたの？」と、ソフロニア。

ディミティは顔を曇らせた。「忘れてた」

「おれは勉強ちゅうだよ」ソープがディミティに読本と小冊子を振ってみせた。

「すばらしいわ、ミスター・ソープ、とてもすばらしいことよ」ディミティは自分の慈善活動がソープの学習意欲を向上させたと思いこんでいる。

「許してあげて」ソフロニアが煤っ子たちに言った。「ディミティは、レディになるには慈善活動をすべきだって信じているの。それであなたたちをいけにえに選んだってわけ」

煤っ子たちが声を立てて笑った。ディミティはうれしそうではなかった。〝わたしはカブトムシ一匹だっていけにえになんかできないのに〟とでも言いたげだ。

ディミティはソフロニアの非難を受け流した。「どうかわたしの努力を〝偉ぶってる〟と取らないでちょうだい」

「ちっとも」と、ソープ。「これはおれが初めてもらった文書だ。これまで小冊子なんてもらったことなかったから。ありがとう」まんざら冗談でもなさそうだ。ソフロニアはソープをいつもと違う目で見た。ソープはいつだって幸せそうに見えた。でも、本当は自分のことを〝恵まれない〟と思っていたのかしら？

別の煤っ子が言った。「今回のじぜんかつどうにちっちゃいケーキはついてないの？」

「なあんだ」別の子が言った。「この子があのディミティ？」

お茶の時間のお菓子をくすねて煤っ子たちに配るように進言したのはディミティだ。ソフロニアはお菓子を配るたびに、これはディミティという友人の寛大さのおかげだと話した。だから煤っ子たちは、一度も会ったことはなくても、みなディミティの名は知っていた。彼らにとっては慈悲深きプディングの天使みたいなものだ。

ディミティは煤っ子たちからさっきより温かい視線を浴びて顔をほころばせた。「わたし、がんばる。慈善のための盗みこそスパイ術の価値ある活用法よ」

「まるでロビン・フッドね」と、ソフロニア。

「あら」ディミティが困惑顔でたずねた。「その人もスパイ？」

ソープがディミティと会ったのは記録室に侵入した晩だけだ。ソープはソフロニアを振り返った。「ディミティっていつもこんなふう？」

「そう、いつも」と、ソフロニア。

ソープは小冊子に注意を戻し、「てき・せつ・な、えい・せい」と読み上げた。「〃えい・せい〃って何？　動物か何か？」

「ううん」ソフロニアはくすっと笑った。「簡単に言えば〃清潔〃ってことよ」

「おれってバカだな」

「あなたは賢いわ！」ソフロニアは強い口調で言った。「これまで学ぶ機会がなかっただけよ。ごめんなさい、笑うつもりはなかったの」

「いいんだ。ほんとにおれのこと、賢いと思う？」ソープが当てにするような表情でたずねた。

「ほんとよ」ソフロニアは断言した。「本が読めるからって賢いとはかぎらないわ」

ソープはいつものように白い歯をちらっと見せてほほえんだ。

小冊子を配り終えたディミティが期待の目を向けた。「これでいいわ。それで、これから何をするの？」

「いつもは〈卑劣な闘いかた〉の練習よ。この子が手伝ってくれるの」ソフロニアはファーニヴァルを手招きした。

ファーニヴァル・ジョーンズはぼさぼさ頭の優しい少年で、シドヒーグお気に入りの格闘技の練習相手だ。ボイラーの近くにいるせいで眉毛がほとんどなく、いつもちょっと驚いたような表情に見える。

「なあに？」

「悪いけど、ファーニヴァル、少しだけミス・ディミティの相手をしてくれない？」

ファーニヴァルは怪訝そうにディミティを見まわした。

「えっ、わたし？」ディミティは格闘技が苦手だ。

「そうよ」

「うん、わかった」ディミティはきれいなスカートをたくし上げると、果敢にも火かき棒をつかみ、よろよろとファーニヴァルに向けた。

ファーニヴァルは尻ごみし、困りきった顔でソープを見やった。

ソープがうなずいた。

「頼りなさそうに見えるけど、ディミティもシドヒーグやあたしと同じように訓練されてるから」と、ソフロニア。

ファーニヴァルは遠慮がちに自分の火かき棒をディミティに向かって突き出した。

ディミティがさえぎった。

ソフロニアとビエーヴとソープはしばらく訓練の様子を見守った。ディミティはへっぴりごしだが、ファーニヴァルがうまく手加減している。ソフロニアの読みが間違いでなければ、ファーニヴァルはすでにディミティに魅了されたようだ。煤っ子たちの大半がそうに違いない。ディミティはとてもかわいくて、おしゃべりで、男の子なら誰だって圧倒される。男性の多くは過剰なおしゃべりに対応できない。だから結局おしゃべりな女性と結婚してしまうのだ。

ソープが二人に近づき、何やら言葉をかけた。ソープの指導を受けたディミティは少しばかり気骨を見せ、さっきよりしっかりと相手を突くと、ファーニヴァルがあわててブロックした。

ソフロニアはビエーヴのほうを向いた。「あの小型バルブについて何かわかった？」

ぶかぶかの新聞売り少年のような帽子をかぶったビエーヴは小さな顔に真剣な表情を浮かべ、ベストのポケットを探って多面体の水晶バルブを取り出した。「ほとほと悩まされてる。どうして通信装置をヘンテクリンのなかに入れなきゃならないんだろう？」

ソフロニアはビエーヴの手からバルブを取り、手のなかで転がした。「これって、間違いなく通信のためのもの？」

「そうだよ。この応用に関する仮説もいくつかあるんだ」

「なるほど。それで、あたしに話せるような仮説は？」

「いい？　ソフロニア」十歳児はいっぱしの教授きどりで言った。「仮説は実験をして初めて成り立つんだよ」

「そうね。きいたあたしがバカだったわ」

「二人で何をたくらんでんの？」ソープがディミティとファーニヴァルのゆるい突き合い

から戻ってきた。

「別に」ソフロニアとビエーヴは声をそろえた。

ソープは疑ぐるような視線を向け、ソフロニアの手から小型試作品を取り上げた。煤まみれの指が必要以上に手の甲をなでたような気がしたのは気のせい？　ソープは煤で汚さないよう、慎重にバルブをかかげた。「なんの部品？」

「それが問題なの」と、ソフロニア。

鳥のさえずりのような音があたりに響きわたった。煤っ子版・接近警報だ。ディミティの決闘ぶりを見守っていた少年たちがそわそわと動きだし、指示を仰ぐようにソープのほうを見た。とつぜん現われたヤマウズラに動揺するハトの群れのようだ。

「おやおや、これは驚いた」と、品のある男の声。

フェリックスがけだるそうな足取りでやってきた。ふだんから空飛ぶ女子校のボイラー室に入りびたっているかのような場慣れした雰囲気だ。石炭で汚れているところを見ると、どうやら外壁のハッチを通ってきたらしい。

ソフロニアはまず思った――なんてこと、フェリックスも飛行船の周囲をまわる方法を見つけたの？　次に、ああ今夜はドレスを着ていてよかった。そして最後にこう思った――フェリックスとソープが出会ったが最後、人生はやっかいなことになりそうだ。

ソープがそれとわからないくらいかすかに手で合図すると、たちまち険しい表情の煤っ子たちがフェリックスを取りかこんだ。ビエーヴは陰に身をひそめ、ディミティはソフロニアの隣に立った。

ソープは背を伸ばし、初級読本を置いてフェリックスに歩み寄った。フェリックスは位の高い貴族かもしれないが、ボイラー室ではソープが文句なしの王様だ——たとえ煤だらけの帝国だとしても。

フェリックスはまったく動じない。「きみは誰だい、煤っ子くん？　しかも誘導バルブなんか持って？」

ソープを侮辱する人は許せない。こみあげる怒りを感じつつもソフロニアはフェリックスの言葉を頭に刻みこんだ。あの小型試作品は〝誘導バルブ〟というらしい。ソフロニアはバルブを取り戻してソープの味方であることを示そうと前に出かかった。

ディミティがソフロニアを押しとどめた。純真そうな顔に似合わず、ディミティは意外に力が強い。「ソフロニア、ここは二人にまかせたほうがいいわ」

「でも——」

「ここは女性の出る幕でもなければ、スパイが出る幕でもないわ」と、ディミティ。

「ああ、でもあたし——」

「いいえ、ダメよ」

ソープはいつものように歓迎の笑みを満面に浮かべたが、今回ばかりはあまり親しげではなかった。「ああ、ご貴族どの、ぼくらの世界にようこそ。でも、もう少し礼儀正しく振る舞ってもらってもいいんじゃないかな」

「平民に対して？　そうは思わないけど」

「そこのハッチから今すぐ追い出すことだってできるんだ」

「それは不公平だな。けんか好きのきみたち大勢に対して、ぼくは一人だ」

「たしかに。でも、そっちがおれたちを紳士としてあつかわなければ、こっちもそんなふうにあつかうことはない、でしょう？」

「紳士の振る舞いを知っているとでも？」

するとソープは完璧な——子爵とみまがうような——お辞儀をした。「はじめまして。ぼくはフィニアス・B・クロウ」

まあ、ソープったら、本物の紳士みたい。発音のしかたをこっそり練習していたのね。いったいどこで覚えたのかしら？

意表を突かれたフェリックスは反射的にお辞儀を返した。「マージー子爵フェリックス・ゴルボーン」

「これはマージー卿、お噂はかねがね」ソープは答え、身を隠すように立っているソフロニアを見やった。

しかも貴族の名前の省略法まで知ってるなんて？

「変だな」フェリックスは、ソープがソフロニアに視線を向けたのに気づいた。「きみのことは何も聞いていないが」

「ぼくらは口が堅いんだ」ソープはこれみよがしにソフロニアにバルブを返した。

フェリックスが顔を赤くした。つまり、誘導バルブのことはうっかり口をすべらせたってこと？　それともソープとあたしが親しいのを見てうろたえてるの？

「気をつけて」ソフロニアはソープにささやいた。

ソープは片目をつぶり、フェリックスに向きなおった。

二人の少年が正面から向き合った。フェリックスはソープより頭半分ほど背が低いが、ソープより背の高い人間はそうはいない。完璧な身なりのフェリックスに対し、手首と足首が突き出たソープはサイズの合わない服をあわてて着こんだかのようだ。

「どういったご用件ですか、マージー卿？」と、ソープ。

「きみには関係ない」

「それはよかった。この船を浮かばせておくのに忙しくて、何もすることのない暇なしゃれ男の相手をする時間はないんだ」

フェリックスは皮肉を無視した。「ミス・テミニックに会いに来た」

「やれやれ、今夜は招かれざる客が次々に彼女に会いに来る日のようだ」と、ソープ。

「おや、本当に？」

ソープは詳しい説明をやめた。フェリックスが目的をはっきり口にしたからには、これ以上はぐらかすわけにはいかない。

「ミス・ソフロニア。この子が会いたいんだって」ソープはわざとフェリックスを子どもあつかいした。

フェリックスは上等のフロックコートの背中をソープに向け、ありったけの愛想をソフロニアに向けた。「こんなところで会うなんて奇遇だね、かわいいリア」

ソープが身をこわばらせた。

ここはフェリックスに調子を合わせたほうがよさそうだ。「まったくだわ、マージー卿、いったいどうしてこんなところに？　ベストにはしみがつくし、クラバットは灰色にくすんでしまうし。こんな場所は耐えられないんじゃなくて？」

「かわいいきみに会えるのなら千個のしみにも耐えてみせるよ」

「二人はいつもこんなふうにしゃべるの？」ソープがまわりに聞こえるようにディミティにたずねた。

「そうよ」

「吐き気がしそうだ」

「心配ないわ、ミスター・クロウ。ソフロニアは練習しているだけだから」

ソフロニアはフェリックスから目をそらした。「そしてこの人は演じているだけ。放蕩者になる訓練ちゅうで、あたしのかよわい心をもてあそんでいるの」そう言いながらも、苦しまぎれの言いわけにしか聞こえないことはわかっていた。ああ、どうしたらいいの？今フェリックスの言葉を無視したら、この気まずい雰囲気はなくなるかしら？

「ああ、リアったらひどいな。ぼくが誠実なのは、バラ園が美しいのと同じくらい明らかじゃないか」

「肥やしだらけのところも同じね」ソフロニアが間髪を入れずに答えた。

「まあ、なんて言葉を」と、ディミティ。感心したような口ぶりだ。

ソープは二人の冗談の応酬に感嘆と不快感を覚えたようだ。「おや、マージー卿、ミス・ソフロニアにはハートがないって、知らないんですか？」

顔には出さなかったが、このひとことはぐさっと来た。あたしはソープが大好きだ。冷たい人間だと思われたくはない。「マージー卿、どうやってあたしのあとをつけたの？」

フェリックスは答えなかった。どうやら裏がありそうだ。しょせんフェリックスは訓練ちゅうの邪悪な天才にすぎない。将来有望なスパイのあたしのあとをつけられるはずがない。

「あたしには知る必要があるわ、マージー卿。あたしの一生にかかわる問題かもしれないから」

ビエーヴが暗がりのなかから進み出た。「申しわけないけど、それもこっちの責任だ」

ふてぶてしい態度だ。「マージー卿によじのぼりかたと行き先を教えた。実際によじのぼっていくかどうかは本人にまかせたけど」

「どうしてそんなことを？」

「〈バンソン校〉の学長に口利きしてくれるって言ったから」

「どういうこと？」ソフロニアは困惑した。

「若き発明家ルフォーと契約を結んだのさ」と、フェリックス。「きみが毎晩どこに出かけているのかを教えてくれたら、彼が〈バンソン校〉に入れるよう働きかけてもいいって」

フェリックスはビエーヴが女の子であることを知らないようだ。腹いせにばらしてやろうかとも思ったが、ビエーヴのことだ——あたしの居場所を教えたのにはよほどの理由があるに違いない。情報は武器と同じだ。恨みを晴らすのに無駄に使うより、役に立つときが来るまで大事に取っておいたほうがいい。それに、フェリックスにあとをつけられたからといって、それほど重大な害がおよんだわけでもない。

それでも、わからないことがひとつだけあった。「どうしてあたしが夜なかにどこかに行ってるってわかったの？」

「ある晩、きみが部屋から出てゆくところを見かけた」

「あたしの部屋の場所を知ってるの？」ソフロニアは愕然とした。女生徒の私室は聖域のはずなのに！

フェリックスが唇をゆがめてほほえんだ。「飛行船型校舎の機関室を見るのは初めてだよ」

「わかったわ。どうもご親切に、ビエーヴ」

ビエーヴは懸命に釈明した。「いつまでもここでぶらぶらしてるわけにはいかないんだよ。ずっと前から自分には〈バンソン校〉のほうが向いていると思ってた」

ソフロニアは不実な友人に小型試作品を手渡しながらつぶやいた。「誘導バルブ」

ビエーヴがうなずいた。ビエーヴも部品の名前を聞きとめたようだ。

「シュリンプディトル教授の件はどうするの？」ソフロニアはシュリンプディトル教授がルフォー教授の古い知り合いであることをほのめかした。彼はビエーヴが女であることを知っている。

「その件はまだこれからだ。彼の配置転換については、きみの助けが必要になるかもしれない」

「あら？　それなのにあなたは今夜、ディミティとマージー卿にあたしの居場所をばらしたわけ？」

ディミティは男子と一緒くたにされて憤慨した。「ちょっと待ってよ！」

フェリックスはおもしろがるような目でやりとりを見ている。

ビエーヴにも気まずそうな表情を見せる程度のたしなみはあった。「うん、ていうか、取引できるんじゃないかと思って。ほら、〈バンソン校〉に行けば、もう妨害器は必要ないから」

ビエーヴはソフロニアの弱みを知っている。「まったく知恵のまわる子ね。わかった。〈評判を落とす方法〉を考えてみるわ」さっそくソフロニアはシュリンプディトル教授を邪悪な天才養成学校から叩き出す計画を練りはじめた。

ビエーヴは片手に唾を吐いてソフロニアに差し出した。「これで話は決まり！」

ソフロニアはため息をついて握手した。ボイラー室訪問用の黒い予備の綿手袋をはめていてよかった。

「一晩のお楽しみとしてはもう充分ね。戻りましょうか？」

「もう？」と、ソープ。

「四人そろって？」ビエーヴがいぶかしげにたずねた。

「あら、あなたはディミティと一緒に戻って。マージー卿とあたしは通常ルートを行くわ。マージー卿のお手並みを拝見したいから」

フェリックスは顔をひきつらせたが、すぐに気取った無表情に戻り、大股でハッチに向かった。見かけほどよじのぼりは得意ではないらしい。

ソフロニアは一瞬、足を止めた。「心配しないで、ソープ。ちゃんとこらしめておくから！」

ソープは顔をほころばせた。「ほんとに？　そりゃいいや。でも……えっと、なんで？」

「あなたを侮辱したからに決まってるじゃない。バカね」

ソープの表情が曇った。「待って、ソフロニア。それだけはやめて。きみにそんなことしてもらうつもりはないよ」

「でも、あなたは誇りを傷つけられたのよ！」

「誇りは上流階級のものだ。その点は彼の言うとおりだよ。おれはただのしがない煤っ子だ」

「でも――」

「だったら別の理由であいつをこらしめてよ」

ソフロニアは困惑した。侮辱する以外にフェリックスが何をした？

「きみをトーストに塗ってかじりたそうな目で見てた！」ソープは不快そうに声を震わせた。いや、それ以上に危険な何かが感じられた。

ソフロニアは言うべき言葉が見つからず、黙ってうなずくと、フェリックスのあとを追ってハッチをくぐった。

よじのぼりは少しもわくわくしなかった。ビエーヴ式船内移動のほうがずっと速くて楽だ。でも訓練にはなるし、心の底にはフェリックスによじのぼりの実力を見せつけ、恥をかかせたい気持ちもあった。

慣れた手つきでホウレーを放り、バルコニーからバルコニーをすいすいと移動するソフロニアに感心したとしても、フェリックスはそんなそぶりはおくびにも出さなかった。紳士が馬車に乗りこむ女性にするように手を貸そうとして貸しそびれたフェリックスは、ソフロニアが――スカートをはいているにもかかわらず――自分より身軽であることを思い知らされ、レディ・ファーストとばかりにあとをついてゆくしかなかった。

ソフロニアはぐんぐん先を行き、無礼と知りながら、フェリックスに揺れるペチコートを追いかけさせた。フェリックスは二人きりになれるチャンスと喜んでいたかもしれないが、そんな期待は無残にも打ち砕かれた。

「あなた、あの子といちゃつきすぎよ、恥ずかしげもなく」ソフロニアが部屋に戻ると、すでに寝間着に着替えてベッドに入っていたディミティがなじるように言った。

「変なこと言わないで！　マージー卿なんて好きでもなんでもないわ。あんな、自分のことしか考えないような人」

「当然でしょ？　公爵の息子で、家系にピクルマンがいるような代々続く邪悪な天才の血筋だもの。傲慢で当然よ。でも、わたしが言ってるのは彼のことじゃないの。あなたはマージー卿を冷静にそつなくあしらってるわ。レディ・リネットもさぞ喜ぶでしょうね。はっきり言って、モニクやプレシアの接近法よりはるかに上手（うわて）よ。相手を侮辱し、関心のないふりをよそおう——あんな戦法がうまくゆくなんて、いったい誰が思う？」

「マドモアゼル・ジェラルディンよ」ソフロニアは即答し、「さまざまな場面でのアプローチ法を教わったわ」と、胸をふくらませて学長をまねた。「〝おじょおひんなレディはつねにその気がないように見せかけ、どんなときも手が届かないと思わせなければなりません。紳士は狩りを愛するものです〟」そこで眉をひそめ、今の状況を思い返した。「ほんとのことを言うと、ディミティ、やろうと思ってやったわけじゃないの。でもマージー卿は生まれてからずっと女性に追いかけられてきたはずよ。違うタイプもいるってことをわからせるのも悪くないわ」

ディミティはベッドから出ると、ソフロニアのドレスの背中のボタンをはずした。「とにかく、わたしが言ってるのはミスター・ソープのこと。いずれあなたは彼を傷つけることになる。あなたよりずっとずっと下の身分なんだから。そこからは何も生まれないわ」

「傷つけるなんて！」痛いところを突かれた。「ソープのことは、まったくそんなふうには考えてないわ」

「ずいぶんそっけない言いかたね」

ソフロニアは顔を赤らめた。

「ともかく、彼をもてあそぶのはやめるべきよ」

ソフロニアは愕然とした。「もてあそぶなんて！　あたしは一度だってもてあそんだことなんかないわ！」

「誰が見たっていちゃついてるとしか思えないわ。前からそんな気がしてたけど、今回ボイラー室を訪ねてみて確信した。あれはまぎれもないいちゃつきよ」

ソフロニアは寝間着に着替えながら思った。たぶんディミティの言うとおりだ。あたしはソープの気持ちをもてあそんでいるのかもしれない。でも、ソープといてすごく楽しいのは本当だ。フェリックスのそばにいるよりだんぜん楽しいし、ほっとできる。それを言うなら、誰のそばにいるよりも。

「いつから人生はこんなに複雑になったのかしら？」と、ソフロニア。

「男の子が現われたときからよ」ディミティがそっけなく答えた。「おやすみなさい」

試験その九　室内装飾

くたびれはてたソフロニアが眠りに落ちかけたころ、かすかに居間の扉を叩く音がした。

ソフロニアはベッドから下りた。夜なかの三時に訪ねてくるような人は、あたしに用があるとしか思えない。フェリックスだったらどうしようと思ったとたん、胃が重くなった。

居間にはアガサがいた。

「あなたのお客さんじゃない？」と、アガサ。

「こんな時間まで起きて何をしているの？」

「眠りが浅いのはあなただけじゃないわ」

「い、いい、もしかして誰かを待ってたの？」アガサの性格を考えると、まず考えられないけど。

意外にもアガサは〝そのとおり〟と言いたげに見返した。

ソフロニアは小さく扉を開けた。

ああ、よかった――フェリックスじゃなくて。扉の外では、ビエーヴのこましゃくれた小さな顔が見上げていた。

「さっきの〈紳士協定〉をもう果たしに来たの？　まだ計画も立ててないのに！」と、ソフロニア。

　ビエーヴは首を横に振った。「違うよ、ああいう作戦には時間がかかるってことくらい知ってる」

「小型試作品のことで何かわかったとか？」

「それもまだ。もう少し実験する必要がある。でも、マージー卿が〝誘導バルブ〟という名前を知っていたところを見ると、たぶんピクルマンがらみだと思う」

「ああ、またなの？　ピクルマンとくれば、おそらく吸血鬼も？」

　ビエーヴは肩をすくめた。〝ピクルマンと吸血鬼は技術革新には必ずからんでくる――何を今さら騒ぐの？〟とでも言うように。「その話じゃなくて、飛行船がわざわざ遠まわりして積みこんだ物を見たいんじゃないかと思ってさ」

　うっかり忘れていた。「そうよ！　ソープが特別な荷物だって言ってたわ」

　ソフロニアがビエーヴのあとから部屋を出ようとすると、聞き耳を立てていたアガサがおずおずと声をかけた。「まさか寝間着で出てゆくつもり、ソフロニア？　誰かに見つかったらどうするの？」

「シドヒーグの服を貸してくれない？」と、ソフロニア。「シドヒーグが怒ったら、あたしが責任を負うから」

アガサは不満そうに頬をふくらませたが、うなずいて寝室に消え、見慣れたシャツとズボンを持って戻ってきた。アガサもここぞというときは度胸がある。ソフロニアは服を身につけ、髪をうなじで縛った。毎晩カール布で髪を巻くように言われているが、そんな時間はほとんどない。しかもカール布の使いかたがうまいのはモニクだけだ。どんなにレディ・リネットにしつこく言われようと、モニクに頼む気なんかさらさらない。

ソフロニアはビエーヴのあとについて飛行船後部の下層階に下りていった。巨大プロペラのブーンという振動音に合わせて倉庫室が低くうなっている。

この倉庫は、ソフロニアが何も知らない秘密候補生として初めて〈良家の子女のためのマドモアゼル・ジェラルディン・アカデミー〉にやってきたときに通った場所で、生徒や荷物を積み下ろしするための大きなハッチと可動式のガラスのプラットフォームが備えつけてあった。洞穴のような倉庫室は暗く、誘導装置室で点滅するオレンジ色の光が羽目板ごしに射しこむだけだ。誘導室のプロペラ用ボイラーとエンジンの前では、特別に訓練された煤っ子と修理工、火夫たちが働いていた。

プロペラ音のおかげで足音を気にする心配はない。それでも二人は壁にそって進んだ。倉庫のいちばん奥のプロペラ室の近くに小さな物置小屋があった。いつもは掃除用具がしまわれているが、今は外に積み上げてある。小屋のなかではガスライトが灯り、静かな話し声が聞こえた。

ソフロニアはビエーヴを引きとめた。プロペラ音はうるさいが、なかにいるのがブレイスウォープ教授だったら、においで気づかれる恐れがある。

しばらくしてソフロニアは意を決し、そろそろと小屋に近づいた。裸足なので足音はほとんど聞こえない。ビエーヴもソフロニアにならってそっと近づいた。小屋の外壁まで来ると、ソフロニアは補聴器を取り出して這いつくばるようにしゃがみ、壁と床が出会う狭い隙間に押し当てた。

「……これが遅れたのはまずかったな。数カ月前にこの情報が届いていれば……」ブレイスウォープ教授の声がした。「それにしても連絡員はよくもこれだけ溜めこんだものだな？」

「彼女は空強盗（フライウェイマン）に潜入する機会を優先したの。伝言はずっと届いていたけれど、彼女は浮かんでいたから、わたしたちに警告できなかった。荷物が届いていないことに気づいて、ようやくこちらから取りにいくことにしたのよ」ブレイスウォープ教授と話しているのは、驚いたことにシスター・マッティだ。

「荷物は全部、彼女からのものか？」

「いいえ、彼女はうちの精鋭だけど、さすがに全部ではないわ」

「しかし、報告の内容はどれも同じではないか、は？」

「たしかにそうね。問題は――何人がかかわっているのかということよ」

ブレイスウォープ教授があきらめまじりに言った。「そして〝なぜか〟ということだ。彼らはわれわれが実験結果を公表することを知っているはずだが」

「何かを見落としているのかしら、アロイシアス？　これは本当に技術だけの問題？」

「これまでにそれだけだったことがあるか、は？」

「となれば、そろそろベッドに戻りましょう。とくに新しい情報はなさそうだわ」

ビエーヴとソフロニアは小屋の背後にさっと隠れて身をちぢめた。

二人の教師が出てきた。シスター・マッティは片手でカンテラを高くかかげ、ブレイスウォープ教授が小屋にカギをかけるあいだ、そばに立っていた。戸締まりを終え、カギをベストのポケットに入れてシスター・マッティに片腕を出したとたん、ブレイスウォープ教授が首を傾け、鼻をうごめかせた。「誰だ？」

ソフロニアとビエーヴは息を殺した。

「出てきたほうが身のためだぞ」

二人はおびえた視線を交わしたが、やがてビエーヴが決然とした顔で言った。「隠れてて。きみには借りがある」

ビエーヴは手首から妨害器をはずしてソフロニアに渡すと、シャツのピンの先端で指を刺して血を出した。ソフロニアはぴんと来た。ビエーヴはあたしのにおいを消そうとしているんだわ。吸血鬼の嗅覚は新鮮な血のにおいに惑わされる。ビエーヴは両手を乗馬ズボンのポケットに突っこむと、帽子を目深に引き下ろし、ゆっくりと小屋の背後から出ていった。

「これはこれは先生がた」ビエーヴが陽気に声をかけた。四六時ちゅう飛行船内をうろついていて、たまたままずいところに居合わせたとでもいうように。ソフロニアに言わせれば、まさにビエーヴはそんな子だけど。

ブレイスウォープ教授はいかにも不愉快そうに顔をしかめた。

「まあ、誰かと思えばジュヌビエーヴちゃん」シスター・マッティがほっとした声で言った。はっきり言って、シスター・マッティはもう少し感情を隠す術を学んだほうがいい。まあ、たしかに芝居はレディ・リネットの十八番だけど。

「このいたずらっ子め、は？」ブレイスウォープ教授は少しもほっとしてはいなかった。

「何を聞いた？」

「たいしたことは何も」

「生香草はケガのもとよ」シスター・マッティがしたりげに言った。

「生兵法だと思うけど」と、ビエーヴ。

「いいえ、生香草よ」シスター・マッティが断言した。こと香草に関するかぎり、誰にも文句は言わせない。

ブレイスウォープ教授は――たとえこれが昼の日なかだったとしても――目にも止まら

ぬ速さでビエーヴの耳をつかんだ。

「いたっ！」

「何を聞いた？」ブレイスウォープ教授が吸血鬼らしい声で繰り返した。ブレイスウォープ教授にあんな声が出せるなんて知らなかった。口ひげまでが憎々しげに震えている。

「技術に関することとか、関心があるかどうかとか、何人かとか」

「ほかには？」

シスター・マッティが舌を鳴らしてたしなめた。「まあまあ、教授、そう手荒にしなくても」

ビエーヴがもがきはじめた。ブレイスウォープがビエーヴの耳をつかんで引っ張り上げると、ビエーヴは腕を振りまわして脚を蹴り出した。「やめて！ほかには何も聞いてないよ、本当だって」

変だわ――ソフロニアは思った。十歳の女の子の振る舞いとしては変ではないが、ビエーヴが普通の十歳児のように振る舞うことはまずない。

ビエーヴは泣き声を上げ、ブレイスウォープの胸もとを引っかくように激しくもがいた。

「放してったら、痛いよ！」

たいした熱演（ショウ）だけど、あれは間違いなく見せかけ（ショウ）だ。ビエーヴの芝居下手（べた）はシスター・マッティに勝るとも劣らない。いったい何をたくらんでるの？

「今回の違反はおばさんに報告しなければならない、わかっているな？」ようやくブレイスウォープ教授がビエーヴを下ろした。

ビエーヴは引っ張られた耳をむっつりとこすった。「わかってる」

「あら、わかるの？　あなたの歳でルール違反を理解するのは無理なんじゃないかしら。さあ、このハンカチで指を巻いて、ついてらっしゃい」

二人の教授は嫌がるビエーヴを連れて倉庫室の長い床を横切り、扉を閉めて出ていった。

血のにおいとプロペラ音とビエーヴの泣きまねのおかげでソフロニアはまったく気づかれなかった。この作戦は人狼にも通用するかしら？　異界族の能力の限界についてはもっと学ぶ必要がありそうだ。ソフロニアは心のなかでビエーヴに感謝した。これで、あたしがボイラー室に通ってることをディミティとフェリックスにばらした罪は帳消しだ。

それにしてもビエーヴはどうしてあんなかんしゃくを起こしたのだろう？　ソフロニアはブレイスウォープ教授がビエーヴを揺すっていたあたりの床に手を這わせた。思ったとおり、指先に物置小屋のカギが触れた。教授は小屋のカギをベストのポケットにしまった。ビエーヴはあたしにカギを渡すためにわざと暴れて教授のポケットからカギを落としたんだ。やられた――ソフロニアは思った。ビエーヴはあたしより一枚うわてだ。こんどはあたしのほうに借りができてしまった！　こうなったらビエーヴが邪悪な天才になれるよう、いよいよ本気でシュリンプディトル教授追い出し作戦を考えなきゃ。

ソフロニアはカギを小屋の扉に差しこみ、ゆっくりとまわした。閂がカチッとはずれたが、なかの荷物がそれほど重要なら、カギだけですむとはとても思えない。目を凝らすと、小屋の内部はレディの居間のようにしつらえてあった。低いカウチが数台。付属品がすべて真鍮製で、クリーム色の綾織り生地の豪華な寝椅子が一台。そして、ゆうに五十個はありそうな小型クッションの山。扉のそばにはティーポットと小ケーキの皿が載ったティーワゴンまで置いてある。マドモアゼル・ジェラルディンのコレクションに違いない。だが、そんな凝った内装に惑わされるソフロニアではない。何かをごまかすのでないかぎり、物置小屋をこんなふうに飾りたてるはずがない。出入口あたりに罠があるのかも。ソフロニアはしかけ線がないかと、側柱の両脇と扉中央の下にそって手をすべらせた。何もない。変ね。

ソフロニアはそろそろとなかに入った。

と、いきなり小屋の奥の豪華な寝椅子が綾織りのひだ飾りの下から蒸気を吐いて動きだした。やけに攻撃的な態度だ。まるで母親ガチョウが部屋じゅうに散らばる派手な小型クッションの卵を守ろうとでもするかのように。

寝椅子が襲いかかった。ソフロニアはさっと脇によけてカウチに飛び乗り、武器代わりにクッションをひとつつかんだ。

寝椅子は房飾りを浮き上がらせながら一本の脚で回転した。金ぴかの飾りと綾織りの生地の下には複雑な連動装置が隠れているらしく、寝椅子は左右に横すべりしながらふたたびソフロニアに対峙した。さすがにジャンプして追いかけることはできず、突進してカウチを破壊する気もないらしい。

ソフロニアは寝椅子に向かってクッションを振ってみた。

すると寝椅子は背中の羽目板から煙を吐き、いかにも恐ろしげに二本の房飾りを揺らした。

さいわい、メカメイドのように警笛を鳴らす機能もメカ兵士のようにらっぱを鳴らす機能もなさそうだが、ソフロニアを小屋の外に出す気もなさそうだ。

おそらく〝侵入者が現われたら、誰かが素性を確かめるまで決して逃がしてはならない〟というプロトコルが組みこまれているのだろう。下手をすると一晩じゅう寝椅子の相手をするはめになりそうだ。

ソフロニアは周囲を見まわした。入ってきた扉以外に出入口はなく、唯一の扉は寝椅子によって封じられている。怒れる寝椅子に武器らしきものが搭載されている様子はない。はっきり言って、見た目は――自力で動くとはいえ――座りごこちのよさそうなただの寝椅子だが、ソフロニアが扉に向かおうものなら体当たりしてきそうな気迫に満ち満ちている。しかも見るからに俊足で、重量もありそうだ。

ホウレーを発射し、サーカス曲芸のように寝椅子を振りまわそうかとも思ったが、鉤を引っかける場所がない。そもそも、そんなことをするためにここに来たわけではない。目的はブレイスウォープ教授とシスター・マッティがこの部屋からどんな情報を入手したかだ。小屋の内装のどこかに伝言が隠してあるに違いない。

ソフロニアと寝椅子は膠着状態におちいった。

ソフロニアが左に動くふりをすると、寝椅子も左に動いた。右に動こうとすると、寝椅子も床の上で右に動く。クッションを投げるふりをすると、寝椅子は憤然と煙を吐き、怒った馬のように短い後ろ脚で立ち上がり、前脚で空を掻いた。

ソフロニアは眉を寄せて考えた。これまでさまざまな〈秘密の伝達法〉を教わってきた。そのなかにはキルトや編み物、かぎ針編みやレース編みを暗号がわりに使ったものもあった。もしかしたら小クッションの刺繍に〈ジェラルディン校〉で訓練を受けた現役スパイからの情報が隠されているのかもしれない。もしロンドンからの公式文書が含まれているとしたら、たしかにこれは重要な荷物だ。

持ち場を死守する獰猛な寝椅子を無視し、ソフロニアは手にしたクッションに目をすがめた。暗くて刺繍の模様は見分けられない。暗号は模様だけでなく、糸の色や太さに隠されている可能性もある。対応する暗号表がなければ解読は不可能だ。たぶんシスター・マッティは暗号を覚えていて、だからあの場にいたんだわ。いずれにしても、あたしがクッションを盗んでも意味がない——たとえどんなにそそられても。

そのとき、ビエーヴが妨害器を貸してくれたことを思い出した。軌道のないメカにも効果があるのかどうかわからないが、ためしてみる価値はありそうだ。ソフロニアは警戒する寝椅子に無言の一撃を放った。とたんに寝椅子は凍りついた。いかにも混乱した様子でこの屈辱に耐えている。ソフロニアはクッションを落としてカウチから飛び下り、寝椅子が息を吹き返す前に別のカウチに飛び移った。

やがて寝椅子はシューッと怒りの煙を吐いて動きだし、場所を移動したソフロニアに襲いかかろうとした。

ソフロニアはふたたび妨害器を発射しては同じ手順を繰り返し、ようやく扉の真横にあるティーワゴンの上に危なっかしくつかまった。

そして、最後の一撃で寝椅子を凍らせているまに側柱をつかむと、大きく旋回して両足で扉を蹴破り、倉庫の床に片膝を着いて着地した。

寝椅子はカタカタと音を立てて動きだし、侵入者を追いかけたが、大きすぎて小屋の外には出られない。扉で動きを封じられた寝椅子はソフロニアをにらみ、おどすように房飾りを振り立てた――目のない物体ににらむという表現が可能ならば。ソフロニアはちょっとかわいそうになったが、けばけばしい家具をなだめるために捕まる気はなかった。

翌朝、〈マドモアゼル・ジェラルディン校〉は本拠地のダートムアを離れ、人口の多い地域をゆらゆらただよいはじめた。朝食の席でシスター・マッティが生徒たちにさりげなく〝飛行船の住人はおまるを外に投げてはなりません〟と注意した。この露骨なひとことにマドモアゼル・ジェラルディンは大いに顔をしかめたが、どうやらこれは、わけ知り顔でにやにや笑う男子生徒を牽制するためのものだったようだ。

身を隠すための雲の大半を吹き飛ばしてしまったため、もはや日中にプロペラを動かすことはできなくなった。飛行船は速度を落とし、ロンドンに向かう風をとらえるべく、日がなぷかぷか浮かんでいる。ジファールの研究がなぜこれほど取りざたされるのか、そのときソフロニアはようやく理解した。恐ろしく高いところにあるエーテル流に乗れば、飛行船は速くかつ誰にも気づかれずに移動できる。いまのところ、飛行船が目的地に向かってプロペラをまわせるのは曇った日と夜だけだ。

ダートムアを離れた初日、中段キーキーデッキではシスター・マッティによる〈正しい毒薬の投げかた〉の授業が行なわれ、生徒たちは小さな香水瓶に入れた水で練習していた。ソフロニアは〝投げたときに飛び散らないよう、毒にゼラチンを混ぜてゼリー状にしたらどうなりますか？〟と質問した。

シスター・マッティはゼラチン化した毒の性質がどれだけ変わるかについて長々と講釈し、生徒たちは十五分ものあいだ立ったまま無言で先生を囲み、見つめていた。

そのとき、「そこ、どいて！」かすかにフランスなまりのある、せっぱ詰まった声が聞こえた。

日ごろの訓練どおりに生徒たちはさっと輪を解いた。デッキの端にすばやく駆け寄る者……横転してよける者……。そしてソフロニアは手すりを飛び越え、飛行船の外側にぶらさがった。バルコニーを知りつくした少女らしい鮮やかな手並みだ。ジャンプとひねりの合わせ技でデッキを振り返ると、ちょうど正面にデッキの奥から突進してくるビエーヴが見えた。

十歳児は両足にスケート靴のようなものをくくりつけていた。スケート靴と違うのは、いくつもの車輪と小型プロペラのようなものがついていることだ。片手で握っている大きな球が操作盤らしく、あっちに傾け、こっちに傾けして無線操縦しているが、どうみても予想以上の速度が出ているようだ。ビエーヴは左右に激しくカーブを切りながらデッキじゅうを暴走したあげく、肉づきのいいシスター・マッティに激突した。

ビエーヴはやせたお尻で尻もちをついた。スカートやペチコートで守られていないせいで衝撃は大きく、スケート靴をはいた両足を宙に突き出して仰向けに転がった。靴の車輪はなおも激しく回転している。

シスター・マッティも尻もちをつき、「ぐふっ」と声を上げた。

まっさきにソフロニアが駆けつけた。

シスター・マッティは〝フランス製小型弾丸〟の攻撃を受けて混乱していた。「おやおや、まああ、あらまあ。ああ、なんてこと！　いったい誰？　これは何？」

ビエーヴは足から装置をはずせないらしく、両足を空に向けたまま床に寝転がっている。

「やっほー、シスター・マッティ」ビエーヴが陽気に言った。「ごめんなさい。新しい発明品を試験走行させていただけです」

ソフロニアはそっとシスター・マッティに手を貸し、立たせて埃を払った。「大丈夫ですか、シスター？」

「ああ、どうもありがとう、ミス・テミニック。驚いただけで、ケガはないわ」

「お水か、嗅ぎ塩を持ってきましょうか？」ソフロニアはシスター・マッティが大好きだ。

「いいえ、けっこうよ、気がきくわね」ずんぐりむっくりのシスター・マッティがビエーヴをにらんだ。

ほかの生徒たちがゆっくりと戻ってきて、倒れたビエーヴを取りかこんで見下ろした。

「本当にどうしようもないやっかい者ね」と、モニク。

「どうしてレディ・リネットはあなたみたいな子を乗せてるのかしら」と、プレシア。

「ルフォー教授は有能な先生だけど、あなたなんかいる価値ないわ」モニクが続けた。

「この役立たず」と、プレシア。

ビエーヴはきゅっと唇を結んで見上げた。容赦ない言葉にショックを受け、緑色の目を大きく見開いている。無視されることには慣れっこだが、こんなふうに攻撃されることはめったにない。

ソフロニアは黙ってはいられなかった。「もう充分じゃない？　科学に失敗はつきものよ。自分たちだって授業が中断されて喜んでるくせに、怒ったふりなんかしないで」

思いがけない反撃にプレシアは言葉を失った。

だが、モニクはよほどのことでないかぎり言葉を失うことはない。「まあ、見て！　ビエーヴはすっかりソフロニアのかわいいペットね」

「みなさん！」シスター・マッティがいつもの冷静さを取り戻した。「はい、そこまで」そしてビエーヴを振り返り、「ミス・ルフォー、その靴をどうにかして、さっさとここから出てゆきなさい。今回のことはおばさまに報告しますよ」

ソフロニアは首をかしげた。これがビエーヴの目的とは思えない。自分をできるだけやっかい者に見せようとしたの？　〈バンソン校〉に潜入することをルフォー教授に納得させるため？　使っていないキーキーデッキはほかにもふたつある。わざわざここでなんといいいかかんとか靴をためす必要はなかったはずだ。

「プスプス・スケート」ビエーヴが言いなおした。

「なんですって？」

「プスプス・スケート。靴じゃない」

ソフロニアはさりげなく探りを入れた。「なんだか男の子が喜びそうなしろものね」

ビエーヴが目を輝かせてソフロニアを見上げた。「そうなんだ」そうしてプスプス・スケートがデッキに触れないよう、背中でうまくバランスを取りながら上体を起こし、手を伸ばして小さなレバーを引いた。スケートはその名のとおりプスプスと音を立てて停止し、車輪もようやく回転を止めた。

「思うに」ビエーヴが誰にともなく言った。「安全遮断器を組みこむ必要がありそうだ」

「あら、そうかしら？」ディミティがからかった。

ソフロニアは手を出してビエーヴを立たせた。

ビエーヴはおとなしくなったプスプス・スケートをはいたまま、かろうじてバランスを取った。

「シスター・マッティ、ソフロニアに上まで連れていってもらってもいいですか？一刻も早く授業を再開したいシスター・マッティはそっけなく手を振った。「そうしてちょうだい。ミス・テミニック、悪いけれどミス・ルフォーの面倒をみてあげて」

ソフロニアはビエーヴの骨張った肩をつかみ、ゴロゴロとデッキを移動させた。誰にも聞かれない場所まで来ると、ビエーヴは操縦に使っていた球をソフロニアの手に押しつけた。「これを見て」

球は革と金属製で、片側に取っ手がついている。ソフロニアが開けると、なかに小型試作品——正確には水晶誘導バルブ——が入っていた。

「これはエーテル粒子を通してプロトコルを送信するんだよ！」ビエーヴは嬉々として言った。「あたしはそう思う。最初の試作品は離れた場所でやりとりする長距離通信のためのものだった――無線電信みたいにね。でも、この小さいやつは離れた場所から装置に命令を送ることができるんだ。理論的には標準大気のなかのエーテルを使うんだけど、それがエーテル層内だとたぶんもっとうまく作動するんだよ。もっと速く、もっと遠くまで」

ソフロニアは息をのんだ。「ジファールはこれを使ってエーテル飛行をもくろんでるの？」そこで一瞬、言葉を切り、「飛行船をエーテル流みたいなとんでもない場所で飛ばそうと思えば、あらゆるところからものすごい速さで反応が返ってくる必要があるってことね」

ビエーヴが目を輝かせてうなずいた。「この誘導バルブはエーテル層でより効率的に作動するように設計されてる。だからジファールは待たなきゃならなかったんだ。〈ジェラルディン校〉はこの技術を開発して彼に渡す必要があった。エーテル飛行船は何年も前にできていた。でも操縦法がわからなかったんだよ」

「ルフォー教授は誘導バルブをヘンテクリンでためしていたのね。でも、あたしがはずしたから正しく装置を停止できなかった」

「そのとおり。たぶん、おばさんの設計ミスだね。おばさんは信号をバルブに送ろうとしてたけど、あたしは逆にやってみた。それに、この学校はかなり上空に浮かんでるからエーテル粒子が豊富でしょ？　どういうことかわかる？　応用法はそれこそ無限だよ。制御中枢部にいくつかバルブがあれば飛行船じゅうの装置を操作できる。理論上はメカを遠隔操作できるってこと。あたしとしたことがバカだったよ——去年の秋は、てっきり人と人との伝達に使われるものとばかり思ってた。でも違った。これはプロトコルを送信するためのものなんだ！」ビエーヴはスケートを見下ろした。「もちろん、操作はオンとオフだけ。あたしの場合はオフが作動しなかったけど。でもすごいアイデアだ！」

「五十パーセントは成功ってわけね？」ソフロニアは考えた——誰がこの技術をコントロールしているの？〈マドモアゼル・ジェラルディン校〉には謎の支援者がいる。その人物がかかわっているの？　英国政府は？〈バンソン校〉にはピクルマンの後ろ盾がある。彼らは最初の試作品をほしがっていた。そして、あの大量のクッション。ブレイスウォープ教授とモニクの会話に出てきた吸血鬼の話も忘れてはならない。

二人は階段にたどり着いた。これ以上ぐずぐずと引き伸ばして話す時間はない。シスター・マッティが見ている。ソフロニアはビエーヴに誘導バルブを返した。「それはそうと、昨夜はどうもありがとう。昼食の時間に部屋に寄ってくれる？　ひどい頭痛がしそうだから今日の午後は休むことにするわ」

「サンドイッチをくすねてくるね」と、ビエーヴ。

「最高」

試験その十　運勢判断

「これから成長するのに、どうやって〈バンソン校〉でやってくつもり？」ソフロニアは自分のコルセットの正面あたりをさりげなく示しながらビエーヴにたずねた。

「代々ルフォー家の女性はがりがりのやせっぽちだから心配ないよ。きみだって言われるまで気づかなかったでしょ？」

「そうだけど、〈バンソン校〉のなかにはあなたが女だって知ってる人がいるんじゃない？」

「知ってるのはシュリンプディトル教授だけだ。だから、きみがなんとかしてくれれば大丈夫。あとはおばさんが黙っていさえすればなんの問題もない」

「まあ、あなたがそう言うんなら」

「そう。それに、本物そっくりの口ひげがあるから、あと何年かしたらつけはじめようと思ってる。これなら誰だってだまされるよ。だいたい口ひげなんてそんなもんだ」

「とんでもないスパイになりそうね」ソフロニアはあきれた。

るかに向いてる」

「わかってる。だから〈バンソン校〉にもぐりたいんだ。あたしの性格には、ここよりはるかに向いてる」

「でも両校は連絡を取り合ってるでしょ？　ばれるんじゃない？」

「〈バンソン校〉と〈ジェラルディン校〉の関係は一時期よりはよくなった。でも……」

ビエーヴは言いよどみ、小さい顔に思案げな表情を浮かべた。

「両校の友好関係は長くは続かないってこと？」

「仕える相手が違うから」

ソフロニアはその言葉にはっとした。「〈ジェラルディン校〉の支援者が誰か知ってるの？」

ビエーヴは首を振った。「ううん、でもピクルマンじゃないってことは知ってるよ。ピクルマンは〈バンソン校〉の屋台骨だからね。ピクルマン派でない人間は肩身が狭い。だから……」ビエーヴは結論を言う代わりに肩をすくめた。

ソフロニアに言わせれば、ピクルマンは信用できない。「それなのに本気で〈バンソン校〉に行くの？　邪悪な天才の養成学校はほかにもあるはずよ」

「〈バンソン校〉ほどレベルの高いところはないよ。最高の大学――芸術・技術学校（エコール・デザール・エ・メティエ）の学生の大半は〈バンソン校〉の出身なんだ。それに、ピクルマンの一人や二人どうってことないよ。彼らは資金を持ってるし、工学にも関心がある。あの晩、ブレイスウォープ教授が小屋のなかで〝技術をほしがっている〟とか言っていたのはピクルマンのことかな？」

「そうに違いないわ。シスター・マッティは〝連絡員が空強盗（フライウェイマン）に潜入した〟って言ってた。ピクルマンとフライウェイマンは似たようなものよ。それに……ちょっと待って、あなたがいなくなったらバンバースヌートはどうなるの？　誰が世話をするの？」

ビエーヴは肩をすくめた。「そろそろきみもメカアニマルのお手入れ法を覚えたら？　オモチャみたいにどこにでも持ち運びたければ」

ソフロニアはレースとひだ飾りをつけて長椅子の端に寝そべるメカアニマルに笑いかけた。「あら、本人は気にしてないわ、そうよね、バンバースヌート？」

バンバースヌートは同意するかのようにしっぽをチクタク、チクタクと動かした。

「さあ、おいで、かわい子ちゃん」ビエーヴはバンバースヌートをすくい上げ、小物バッグ服を脱がせた。「クリーニングとオイルの差しかたを教えてあげる。道具もいくつか置いていくね。あたしがいなくなる前にやってみて。わからないことがあるといけないから」

ソフロニアはビエーヴの講義を受けることにした。ビエーヴがどうしても出てゆくと言うのなら、技術的なことは自力でなんとかしなければならない。考えてみれば変な話だ――以前はあたしも物を分解するのが大好きだったのに。

「あらあら、仲よしこよしがこんなところで何をしているの？」モニクは部屋に入ってくると、レディらしからぬ動作で肘かけ椅子にどさりと座りこんだ。

「ひどい頭痛がするんじゃなかったの、ソフロニア？　ちっとも具合が悪そうには見えないけど」モニクのあとから現われたプレシアが言った。

続いてシドヒーグ、アガサ、ディミティが居間にやってきた。

「あら、プレシア、よく言うわね？　昼食のあいだじゅうマージー卿を一人じめしていたくせに」と、ディミティ。

ビエーヴは身なりのいい少女たちをぐるりと見渡し、これみよがしに小さくお辞儀をすると、荷物をまとめてそそくさと出ていった。

「あんなちびっ子と仲良くする気が知れないわ」モニクが言った。「年上のレディが年下の子とつきあうなんて」

誰も答えなかったが、全員がそろって眉を吊り上げた。そういうモニクは落第させられて一日の大半を年下の子たちと一緒に過ごしている。このなかでいちばん年上のソフロニアでさえ、モニクより三歳も下だ。

モニクは失言に気づいて鼻にしわを寄せ、あわてて話題を変えた。「ねえ、プレシア、こう思ってるのはあたしだけかしら？　なんだかこのロンドン旅行がひどく退屈になってきた気がしない？」

「そんなこと言わないで、モニク。あなたにはいろいろと計画を立てなければならない大事なパーティがあるじゃないの」プレシアは楽観的だ。

モニクが顔を輝かせた。「ああ、そうだったわ、パーティよ。あたしったら、あんな大事なことを忘れるなんて。軽食のメニューは何がいいかしら？」

それから十五分のあいだプレシアとモニクはきたるべき舞踏会のお楽しみについてしゃべりつづけた。二人以外、ここにいる誰も味わえないことを強調するかのように思いつくかぎりの余興やごちそうのことを並べ立てた。

そんな話にアガサは涙ぐましい努力で興味があるふりを続けた。はっきり言ってアガサは先生たちが思っている以上に優秀なスパイだ。

ソフロニアとシドヒーグはモニクとプレシアの嫌味にも惑わされず、編み物をするディミティの横でおはじき遊びを始めた。編み物好きのディミティは目下、バンバースヌートのために小さな黄色いブーツを編んでいた。本人に言わせれば、これも将来、慈悲深いレディになるための練習だそうだ。あんなものをはかせられたら床じゅうつるつるすべって歩けないんじゃないかと、ソフロニアはひそかに不安だった。そもそも、どうして金属犬に暖かいブーツが必要なの？　とはいえ、気は心だ。

やがてプレシアとモニクのおしゃべりは男の子たちの品評会に変わった。「マージー卿は文句なくパーティの華ね。彼が出席するだけで舞踏会の格が上がるんじゃないかしら」

モニクは自信たっぷりだ。「マージー卿はきっと来るわ。それからディングルプループス卿も。若いミスター・ヴァルリンクは当然お断わりよ。昨夜の食事のマナーときたら。魚料理にナイフを使うなんて考えられる？ それからミスター・プラムレイ＝ティンモットも論外ね」

プレシアがわけ知り顔でうなずいた。「幼すぎるから？」

「血筋が悪いからよ」モニクはわざとらしくディミティを見た。

ディミティが毛糸針から顔を上げた。「さぞ喜ぶわ。あの子はパーティが嫌いだから」

「あら、よかった。来てほしくない人がパーティ嫌いだと聞くといつもほっとするわ」モニクがあざけるように言った。次の授業が始まるまで、この調子で憎まれ口が続くのかと思ったとき、接近警報が鳴りひびいた。

ディミティが編み物を置いた。

少女たちは言いつけどおり居間にとどまった。何かあると校舎の外壁に飛び出して真相を確かめたがるソフロニアでさえ動かなかった。人工雲に包まれている状態では、接近者を見分けることはできない。そこが人工雲の最大の難点だ。そして、もし雲で隠れている飛行船が発見され、攻撃されるとしたら、敵はよほど高度な技術を持っている違いない。

生徒たちは息を殺し、校舎が大砲の震動で揺れて気球が致命的にかしぎ、ぐらついてしぼむのをいまかいまかと待った。だが何も起こらない。材木の裂ける音が聞こえるのではないかと耳を澄ました。やはり何も聞こえない。やがて警報は鳴りやんだ――船からもメカからも乗務員からもなんの反応もないまま。

「誤報だったようね」ディミティが警報のあとの静けさのなかでぽつりと言った。

少女たちはほかにすることもなく、次の授業の準備を始めた。モニクでさえ、この奇妙なできごとに神妙な表情を浮かべていた。


次の授業はレディ・リネットの〈外国語と読唇術〉だった。男子生徒がいないところを見ると、紳士に外国語は必要ないらしい。それからマドモアゼル・ジェラルディンの〈お茶とごまかし〉の授業に移った。学長は自分の学校の本質を知らないから、何をごまかすのかはつねに別の教師によって指示される。ところがレディ・リネットは〝今回の課題はその場に行けばわかります〟とだけ告げた。

謎めいた言葉にわくわくしながら廊下を急ぐと、房飾り区にシュリンプディトル教授が立っていた。後ろには不機嫌そうなディングルプループス卿とマージー卿、ピルオーバーが並んでいる。総勢十名はぞろぞろとマドモアゼル・ジェラルディンの部屋に入った。

前と同じように壁の棚は作り物のお菓子でおおわれていた。学長は立ち上がり、お茶セットがそろった大きなテーブルの奥から歓迎の声をかけた。十二人ぶんのセットが並んでいるところを見ると、いつもより大人数になるのを予想していたようだ。大きく開いた胸もとがうれしそうに上下した。マドモアゼル・ジェラルディンは来客が大好きだ。

学長の隣に一人の老女が座っていた。この年齢にしては過激な身なりだ。灰色のざんばら髪に、空賊さながらの色鮮やかなスカーフを巻いた額。光りものが好きなディミティも顔負けの、大量の金とブロンズの装飾品。肌は良家の子女が決して許されない褐色で、目のまわりには厚くコールを塗り、派手な色合いのスカーフを何枚も巻きつけただけのようなドレスを着ている。

ディミティが目を輝かせて息をのんだ。「占い師!」

「なんと深遠な、マドモアゼル・G!」ディングルプループス卿は社交クラブで仲間を見つけたかのように嬉々として近づき、なれなれしく学長の肩を叩いた。マドモアゼル・ジェラルディンがつぶれたスフレを見るような目で見ると、ディングルプループス卿はあわてて引きさがった。

少女たちは興奮に忍び笑いを漏らした。めったなことでは喜ばないピルオーバーさえ目を輝かせている。

校舎はこの人を乗せるほど低くは降下しなかったはずだ。どうやって乗船したのかしら?

「鋭いわ、ミス・プラムレイ=テインモット。そのとおり、今夜は占い師においでいただきました」

「警報を鳴らしたのはあなたですか?」と、ソフロニア。

占い師が鋭い目で見返した。

ソフロニアは、いまの質問で必要以上に自分の性格を暴露したことに気づいた。手相を見てもらえることより、乗船方法が気になったのはあたしだけだ。

「紳士淑女のみなさん、さあ、席について。今夜はマダム・スペチュナがみなさんの運勢を判断してくださいます」マドモアゼル・ジェラルディンは十代の生徒に似合いそうな、薄黄緑色にクリーム色の縦縞が入った薄手のモスリンドレスを着ていた。縦縞の一本一本にピンクのバラが飾られ、袖全体がフリルでおおわれ、胸もとはマドモアゼル・ジェラルディンの長所を最大限に強調すべく深く四角く開いている。その長所は本人が息を吸うたびに大きく上下し、シュリンプディトル教授はいまにも失神しそうに見えた。

「全部で十人です。ゆっくりみてもらう時間はありません。さっさと要点だけをまとめてもらいますから、堅苦しい礼儀はなしにしましょう。ミス・パルース、お茶を注いでくださる？　では、ミス・バス、あなたが最初に」

プレシアはいそいそと占い師にいちばん近い席に座った。

マダム・スペチュナはプレシアを見やり、「そうね、あなたはトランプ、選んで、黒髪のお嬢さん？」なまりのある口調で言った。

プレシアが一組のトランプのなかから五枚のカードを選び、ダマスク織りのテーブルクロスの上に注意深く並べると、マダム・スペチュナは満足のゆくパターンになるまで何度か並べなおした。

どうやらこれが今日の〈ごまかし〉の課題らしい。占い師が授業の本質をマドモアゼル・ジェラルディンに決してばらさないよう、うまくごまかせというわけだ。ソフロニアはビスケットをかじりながら椅子の背にもたれ、なりゆきを見守った。占い師はここで生徒たちがやってることを知っているの？　それともマドモアゼル・ジェラルディンと同じように――たとえ空に浮かんではいても――普通の花嫁学校(フィニシング・スクール)だと思っているの？

「ああ」マダム・スペチュナは息を吐き、「これはおもしろい。実に興味深い。お嬢さん、よい結婚相手に恵まれます。一度ならず。すばらしい人生、待っています――あなたが目のつまった巣を編みつづけるかぎり、小グモちゃん」そう言うと、カードを集め、〝終わり〟というようにトランプの山のなかに戻した。

プレシアは終了の合図と見て立ち上がった。占い師の予言にことのほか満足したらしく、数枚のコインを渡し、マダム・スペチュナにていねいにお辞儀した。

マドモアゼル・ジェラルディンが扇子で顔をあおいだ。「あらまあ、なんてことかしら、ミス・バス。くれぐれも未亡人になることを祈りましょう」――そこで声をひそめ――「一度ならぬ結婚が離婚の結果でありませんように」

プレシアは腰を下ろし、陶器のカップから紅茶をひとくち飲んだ。「心配ありません、学長どの。ほぼ間違いなく未亡人になると思います」

マドモアゼル・ジェラルディンはこの言葉にほっとしたが、プレシアの未来の夫たちが聞いたら、さぞぎょっとしたに違いない。ふだんは周囲のことに無関心なディングルプループス卿さえ、この美しい黒髪の少女を不安げに見ている。プレシアはディングルプループス卿に不敵な笑みを向け、はにかむようにまつげを伏せた。

うまくやったわね、プレシア。ソフロニアはおそるおそる学長を盗み見たが、マドモアゼル・ジェラルディンはすでに次のいけにえを手招きしていた。

「あなたのファッションセンス、とてもすてきです」ディミティが席に座り、心酔しきったように言った。

マダム・スペチュナが髪を一房、耳にかけると、イヤリングが見えた。しかも三個も！

ディミティの目が輝いた。

「あなたは手のひらを」と、マダム・スペチュナ。

ディミティが大きく目を開いて両手を広げると、マダム・スペチュナは顔を近づけ、指に何個もつけた指輪をきらめかせて手相をなぞった。

モニクがプレシアにささやく声が聞こえた。「あんな薄汚い平民に触られたくないわ！」

マダム・スペチュナは聞こえたようなそぶりはまったく見せなかった。「あなたは単純な人生を望んでいる、おしゃべりカササギちゃん。でも、それは手に入らない。あなたは忠誠と平穏のあいだで何度も選択を迫られる。むごい選択を」マダム・スペチュナは黒い瞳で悲しげにディミティを見上げた。「気の毒に」

ディミティは丸い顔に真剣な表情を浮かべてうなずいた。「いいんです、マダム・スペチュナ。そうなるんじゃないかって、いつも思ってました」

小物バッグを忘れたディミティは手首にじゃらじゃらつけたブレスレットから一本をはずし、占い師に渡した。二人は心の通じ合った者どうしの笑みを交わした。

マドモアゼル・ジェラルディンがモニクの名を呼んだ。モニクは傲慢な表情に興奮を隠して腰を下ろし、マダム・スペチュナが何も言わないうちにトランプを選んだ。

「トランプに惹かれたのね、月の光さん？　けっこう。トランプはつねに人を惹きつけるものよ」

金髪のモニクがつんとした顔で五枚のカードを選ぶと、マダム・スペチュナは顔を近づけ、しばらく見つめてから言った。「あなたは自分が思うほど重要な人物には一生なれない。以上です」

「あなたに何がわかるの、おばあさん？」モニクはせせら笑いを浮かべて立ち上がり、礼も言わずにその場を去った。

モニクが自分の席に座ると、マドモアゼル・ジェラルディンが扇子でモニクのこぶしを強く叩いた。「お行儀はどうしたの！」

モニクは無言で占い師にお辞儀をすると、紅茶とプレシアとのひそひそ話に戻った。

次はアガサの番だ。赤毛の少女はおずおずと〝わたしの運勢はほかの人に聞こえないように教えてもらえませんか？〟とたずねた。ソフロニアは、〝それではごまかしにならないから、レディ・リネットが認めない〟と警告しようとしたが、その時間はなかった。マダム・スペチュナはうなずいた。

アガサもトランプを渡された。テーブルにカードを並べると、マダム・スペチュナはアガサの耳もとで何やらささやいた。それがどんな内容だったにせよ、ぽっちゃり娘を元気づけるものだったようだ。アガサはうきうきした様子で、感謝のしるしにマダム・スペチュナにとてつもない大金を渡した。

あたしも占い師になりたい――ソフロニアは思った。人の不安をあおるのにこれほど有効な手はない。たとえばシュリンプディトル教授が相手なら、それらしいことを吹きこんで〈バンソン校〉に不信感を抱かせられる。でも、それならいっそのこと……運命を買うにはいくらかかるのかしら？　手持ちの資金はほんのわずかだ。アガサがよたよたと席に戻るあいだ、ソフロニアは小物バッグから紙切れと石墨のかけらを取り出し、〝〈バンソン校〉の学長がS教授を信頼していないとほのめかしてくれたら三シリング〟と書いた。暗号文を作る時間はなかった。マダム・スペチュナが察してくれることを祈るだけだ。

シドヒーグは威勢よく席につくと、言われる前に両手を突き出した。

けた。

「前にも占ってもらったことがあるわね、狼の子？」マダム・スペチュナが鋭い視線を向
シドヒーグがうなずいた。

「わたしの言うことは前と変わらない。あなたは自分の運命を知っているし、そこから逃れることもできない。なぜいつまでもこんなところで、おとなしくなったふりをしてぐずぐずしているの？」

シドヒーグはうなずき、立ち上がって自分の席に戻った。シドヒーグのお辞儀はおざなりだったが、占い師は気にしなかった。まるでシドヒーグのお辞儀はいつもおざなりだと知っているかのように。

ついにマダム・スペチュナがソフロニアに手招きした。

ソフロニアはいそいそと近づいた。占いなんて、なんの根拠もないたわごとだけど、こんなにわくわくするたわごとはない。ソープも占ってもらえたらいいのに。きっと喜ぶわ。

マダム・スペチュナはソフロニアをしげしげと見つめた。「あなたは手のひらね」

ソフロニアは両手を広げた。

占い師が手首をつかんだ。マダム・スペチュナの指は柔らかく、乾いていて、異国の香辛料のにおいがした。どこの国かはわからない。もっと嗅覚を鍛えなきゃ。こうした情報は重要だ――とくにそれが敵や情報提供者のもののときは。

「あなたはいまもゲーム感覚でしか考えていない。あなたは選ばれた子よ、小鳥ちゃん。それとも、オコジョ？」マダム・スペチュナは身を乗り出し、ソフロニアの手のひらをさらにじっと見つめた。あまりに近すぎて相手の息が感じられるほどだ。「心を賢く使いなさい」そこで手のひらの一本のしわを長々と見つめ、「ああ、お嬢さん、あなたは今ある世界を終わらせる運命にあるわ」マダム・スペチュナはごくりと唾をのむと、ソフロニアの両手を返して手のひらを下にし、テーブルに置かせた。それから身を乗り出し、テーブルクロスにソフロニアの両手を押しつけた――いま見たものを消し去ろうとでもするかのように。

なんてみごとなパフォーマンス。ソフロニアは拍手を送りたくなった。誰もが畏怖にかられて言葉を失っている。フェリックスを見やると、若き子爵は顔をしかめていた。

やがてモニクがくすっと笑った。「オコジョですって。まさにソフロニアはオコジョね」

マドモアゼル・ジェラルディンが平静を取り戻した。「まあ、なんて謎めいた運命かしら、ミス・テミニック。ゲームって、いったいなんのこと？」

「ああ、学長どの。ここ数晩、ずっとトランプのルーをやっているんです。そのことじゃないでしょうか？」ソフロニアはよどみなくごまかした。

マドモアゼル・ジェラルディンはほっとした表情を浮かべた。「ああ、きっとそうね。

さあ、紳士のみなさん、次はどなた？」

ソフロニアは小物バッグに手を入れ、占い師に一シリングと紙切れを渡した。金銭のやりとりはつねに恥ずべきものと見なされているから、心づけに関しては、みな見て見ぬふりをした。

ソフロニアは立ち上がりながらスカートが椅子に引っかかったふうをよそおった。長い袖を揺らして前につんのめり、テーブルのティーカップをひっくり返しそうなそぶりをしているあいだに、マダム・スペチュナは紙を開いてなかみを読んだ。

ソフロニアが体勢を立てなおし、椅子の位置を正したときには——マドモアゼル・ジェラルディンにはレディらしからぬ無作法をとがめられたが——紙切れは消え、マダム・スペチュナが奇妙な目で見ていた。

ソフロニアは片眉を上げた。もう何日もこの表情を練習している。実にスパイらしいしぐさで、これだけはなんとしても会得したい。眉毛はかすかにぴくっと動いただけで優雅な弧を描きはしなかったが、それでも言いたいことは伝わったようだ。

マダム・スペチュナはそれとわからないほどかすかにうなずいた。

ピルオーバーが席に座った。「こんなのバカげてるのはわかってるけど」

マダム・スペチュナはカードを選ばせ、こう言った。「〝全体は部分の総和に勝る〟」

ピルオーバーは疑わしげに自分の太った体型を見下ろした。ソフロニアは驚いた。身体じゅうにスカーフを巻いた女性がアリストテレスの言葉を引用するなんて。

マダム・スペチュナが続けた。「そしてあなたは一生、父親を喜ばせることはできない。やるだけ無駄ね」

ピルオーバーはうなだれた。

次にディングルプループス卿が座った。「これはなんとも楽しみだ！」

「勝つために賭けなさい、ご貴族どの、負けるためではなく」

「言うことはそれだけ？」

「それ以上、賭けても得るものは何もありません」

「ずいぶん謎めいた言葉だな。おい、フェリックス、次」

フェリックスはいつもの尊大な態度で椅子の背にもたれた。フェリックスの態度はつねに投げやりだ。すべてがどうでもいいとでもいうような。

「あなたはお父上の過ちを繰り返さない。あなたは新しいものを作り出す、自分の力だけで」

「実に意味深ですね、マダム・スペチュナ。もっとも、若者はみな多かれ少なかれ父親とは対立するものだ」フェリックスは疑わしげに目を細めた。

マダム・スペチュナはフェリックスを見やり、肩に巻いた赤と金色のショールを整えただけだった。

フェリックスは前かがみの姿勢でソフロニアの正面——モニクの隣——に座ると、モニクではなく、あえてソフロニアに向かって言った。「神秘学(オカルト)めいたたわごとだ」

ソフロニアはまばたきし、緑色の目でまっすぐに見つめた。「それで、そうなの、マージー卿？」

「そうって何が？」

「お父様と対立してるって？」

「ようやくぼくに関心を持ってくれたと思ったら、リア、そんなことか、小鳩ちゃん？」

フェリックスはほほえみ、モニクと話すべく身体の向きを変えた。

ようやくフェリックスを黙らせることができたとソフロニアはほくそえんだが、何か大事なことをつかみそこねたような気もした。あたしにはもう少し相手の話を聞き出すテクニックが必要だ。もしかしてフェリックスは女性に同情されたいのかしら？

気がつくとマドモアゼル・ジェラルディンはシュリンプディトル教授にも運勢占いを勧めていた。真面目な教授は気乗りしない様子だったが、マドモアゼル・ジェラルディンの長所には逆らえない。しかたなく席に座った。

占い師は教授の片手をつかんで言った。「学校に問題があるようね？　あなたの学長、あなたの貢献を評価していないのでは？　この旅であなたを遠ざけ、出世の道を閉ざそうとしている」

シュリンプディトル教授は動揺した。「どうしてそんなことがわかる?」

「霊は嘘をつかない」

「霊など存在しない。科学で証明できない。ゴーストはもちろんいるが、霊は存在しない」

「それでもあなた、真実を告げるわたしを恐れている」

シュリンプディトル教授は生徒たちの手前、それきり口をつぐんだ。だが、これで疑惑の種はまかれた。

ソフロニアは取引を完了させるべく、三シリングを握りしめた。

マダム・スペチュナがさらに口を開きかけたとき、扉を叩く音がした。

「いったい誰かしら?」と、マドモアゼル・ジェラルディン。「わたくしが大事な会を催していることは、みな知っているはずなのに」

まるでこのお茶の時間が英国議会の会議とでも言いたげだ。

「どうぞ」マドモアゼル・ジェラルディンが答えた。

ビエーヴが顔を突き出した。「お邪魔してすみません、マドモアゼル・ジェラルディン、でも、ちょっと小耳に……あ、ほんとだ! すごい! 占い師だ! みてもらってもいいですか?」

「あら、でもそんな時間は――」

シュリンプディトル教授が立ち上がり、さりげなく学長をさえぎった。「さあ、どうぞ。わたしの代わりに」

「わあ、ありがとう、教授」

ビエーヴはとことこ駆け寄り、椅子に座って短い脚をぶらぶらさせた。

マダム・スペチュナはビエーヴを見まわし、さっと両手を見て言った。「あなたは幼すぎて、まだ完全に形成されていない。言えるのはひとつだけ。あなたは頭に関しては幸運だけど、心に関しては不幸になる運命ね」

ビエーヴはにっこり笑った。「ちょうどいいや。心より頭のほうが大事だもん」

占い師は悲しげに首を振った。「それこそ幼すぎる証明です。さて、疲れました。マドモアゼル・ジェラルディン、次の会の前に少し休ませていただいても？」

「もちろんですわ、わたくしの部屋はそこです。どうぞ、なんでも自由にお使いになって」

マダム・スペチュナは生徒たちに会釈もせずに部屋を出たが、ソフロニアの脇を通るとき、ソフロニアが背中でさりげなく持っていた三枚のコインをすくい上げた。こうした秘密のやりとりを長年やってきたかのような手際のよさだ。うわ、玄人っぽい。

ソフロニアは去ってゆくマダム・スペチュナの背中を見つめた。小柄で緩慢な動作。あの手の服は変装にもってこいだ。こんど色つきのスカーフを買おう。あたしの必需品リストは長くなるばかりだ。ついでに占いの基礎も学んでみようかしら？　今日の様子を見るかぎり、占いというのは本当かもしれないと思わせる程度に言葉をぼかす、もしくは想像もつかないほどはるか遠い未来を予言することのようだ。


その晩遅く、少女たちはさっきの予言に満ちたお茶の時間について話し合った。全員の運勢をじっくり分析したあと、ソフロニアは占い師本人を話題にした。

「どうみてもあの人は本物の占い師じゃないわね」

「あら、そう？」アガサは、それがどんな内容だったにせよマダム・スペチュナから告げられた言葉を信じたいようだ。ソフロニアがどんなになだめすかしても、アガサは何を言われたか教えてくれなかった。

「あの人、あたしたちの仲間じゃないかしら？」ソフロニアはさりげなく主張した。「なんらかの危険な事態に関して、みずから報告しに戻ったとか」

「まあ」ディミティが驚いた。「変装したスパイだって言うの？」

ソフロニアはうなずいた。

「どうしてわかる？」と、シドヒーグ。「あの人はあたしが前にも占ってもらったことを言い当てた。本物だと思ったけど」

賄賂とシュリンプディトル教授のことを話すつもりはなかった。人格を傷つけるのは卑劣な行為だ。その技術も少しは教わったが、レディ・リネットさえ〝汚いやりかたです〟と言った。〈中傷術〉は、する側もされる側も精神的ダメージを受ける。あたしには手にあまる行為だ。友人たちが聞いたら非難するに違いない。しかも標的は大の大人だ。モニクならまだしも、相手が先生だなんて知れたら！

いずれにしてもあの占い師はただ者ではなさそうだ。スカーフのあいだに隠れていたブローチはタマネギの形だった。しかも、校舎が浮かんでいるあいだにこっそりと乗船した。シスター・マッティの、クッションを送りそびれたスパイの話を考え合わせるとますます怪しい。〝彼女はフライウェイマンに潜入する機会を優先したの〟——シスター・マッティはそう言った。フライウェイマンはとても迷信深いという噂だ。となれば、スパイが潜入するのに占い師ほどふさわしい隠れみのはない。

試験その十一　贈り物を優雅に受け取る方法

翌朝、朝食の席には郵便物が届いていた。ロンドンに向けて地上を移動するナイオール大尉が途中の宿屋に転送された郵便物を回収しているらしい。大半は伊達男たちからの流麗な手紙で、なかに何通か家族からの手紙が混じっていた。ピルオーバーを注意深く見ていたソフロニアは、ピルオーバーが何やらすごみのある黒い手書き文字で書かれた手紙を受け取ったのを見てほっとした。

入学六カ月後の成績が送られたらしく、同級生はみな両親からの手紙を受け取った。アガサは手紙を読んで涙を浮かべた。シドヒーグはふんと鼻を鳴らし、そばにあったロウソクで手紙をめらめらと燃やした。

ディミティは肉太の字で書かれた手紙に唇を噛んだ。「ああ、やっぱりママはがっかりしてるわ」

ピルオーバーが自分の手紙から目を上げた。「何をやらかしたの、姉さん？」

「問題は何もやらかしてないことよ」

ピルオーバーは浮かない顔で臓物パイを見つめた。「親の反応には一喜一憂しないことだね。ぼくがパパとママの仕事に興味を示しても、まだ文句を言うんだから」

ディミティが肩ごしに弟の手紙をのぞきこんだ。「何か重要なことは？」

二人の言い合いが注目を集めているのに気づき、ソフロニアは横目でたしなめた。「それはあとで！」

モニクの放校を両親がどう思ったにせよ、モニクはなんの反応も見せず、みんなに聞こえる声でプレシアに話しかけた。「ほら、見て？　パパが学園理事にレディ・リネットの指導力を疑う文書を送ったらしいわ。どういうことになるか楽しみね。まあ、見て、ママがあたしのデビュー舞踏会に〈ワルシンガム・ハウス・ホテル・ティールーム〉を借りたんですって！　思っていたほど豪華な会場じゃないけど……」

「あら、でもあそこはとても美しくて、なにより街のどまんなかにあるんじゃない？」

「ええ、ええ、そうなのよ、プレシア。メイフェアはファッションの中心地なの」

ソフロニアはモニクがそれとは別に二通の手紙をこっそりしまうのを見た。封蠟が割れていたから、すでに封が開けられていたということだ。手紙を小物バッグに押しこんだモニクの手は震えていた。

ソフロニアは家族からのお祝いの手紙を期待していたが、何もなかった。あたしがヘンテクリンの試験で好成績を修めたことは伝わっているはずなのに。

朝食を終えて居間に戻ると、ドレスの入った大きな荷物が二個、届いていた。

モニクが歓声とともに飛びついた。「舞踏会の新しいドレスがもう届いたのかしら！ああ、楽しみ。あら。ソフロニアあて？ まさかあなたに新しいドレスが届くなんて。夢にも思わなかったわ」

それを言うなら、あたしもだ。

ひもをほどいて上の箱を開けると、母親の几帳面な字で書かれた手紙が入っていた。

〝あなたの試験結果には父さんも母さんも大喜びよ。あなたが服に興味を持つようになったこともうれしいわ。寸法が合うといいけれど〟

箱のなかにはロイヤルブルーと黒の綾織りのデイドレスが入っていた。ふくらんだ袖にひかえめな黒い房ひだがついているが、それ以外はなんの飾りもない。シンプルなデザインが生地の美しさを際だたせ、高い襟がなんとも大人っぽい。思うに、母さんはこのドレスを自分用に注文したけれど、派手な色合いが気に入らなかったのだろう。そもそも母さんがこんなドレスを娘に着せたがるはずがない。そう考えるとソフロニアはますますこのドレスが気に入った。

ソフロニアはみんなに見えるようドレスをかかげた。

「うわあ、すてき」ディミティが感嘆の声を上げた。

「いつも母さんが送ってくるものとはずいぶん違うわ」ソフロニアはわざと不満げな顔を

した。

「あら、お母様があなたのために出費するのはめずらしいってこと?」プレシアもわれ知らずドレスの美しさに魅入られている。

モニクは鼻にしわを寄せた。「大人っぽすぎるわ」

「黒いビロードのリボンで前身ごろに軍人ふうの飾りをつけたらどう? 少しは華やかになるわ」と、ディミティ。

ソフロニアはシンプルなほうが好きだが、装飾好きなディミティの夢を壊したくはない。

「そうね」

ディミティはうれしそうに手を叩いた。「もうひとつの箱も開けてみて!」

下の箱はさらに大きい。ソフロニアがなかから引っ張り出したのは、一枚でもなければ二枚でもない、実に三枚もの胴着(ボディス)と、ふわりと広がった二枚のスカートだった。生地は薄手で柔らかい、セイジグリーンのモスリンで、オーバースカートはカーテンのようにひだがたっぷり。アンダースカートは少し色の濃いグリーンで縁(へり)は波形模様(スカラップ)。裾には縦縞の生地をあしらい、ごていねいに刺繡がたっぷりほどこされている。幅広のベルトつきで、ソフロニアの見立て違いでなければ、オーバースカートなしでもすっきり着られそうだ。三枚のボディスのうち、一枚は房飾りがごてごてついた、中央にきれいな留め金のある伸縮ベルトつきの襟ぐりの広いイブニングタイプ。二枚めは訪問用で、細身の袖に前ボタン。

三枚めは胸もとで交差させるタイプで、イブニングドレスの上にショールのように羽織ることもできれば、寒い日のお出かけドレスの上に前を交差させて着ることもできそうだ。

「一枚のドレスで三通りか」見たこともない奇妙なデザインに、シドヒーグでさえ思わず感想を漏らした。「なんて実用的な」

「倹約的の間違いじゃない？」と、モニク。

ソフロニアは気に入ったが、プレシアの前では言わないことにした。あの子に知られたら、着た初日にラズベリーリキュールをスカートにこぼされるのがおちだ。だから、あえてこう言った。「でも、色がどうかしら？」

ディミティは思ったとおりを口にした。「あなたの目の色にぴったりよ。それに、このドレスのことは知ってるわ。〝転換ドレス〟と言って、パリの最新流行ですって」モニクに当てつけるような口ぶりだ。

「舞踏会に使えるドレスまで送るなんて、ずいぶん甘いお母様だこと」モニクがにっこり笑った。

「モニクの言うとおりよ」ソフロニアはディミティに向きなおった。「あのボディスを着るかどうかは別にして、母さんがあたしのことを考えてくれたことには本当に感謝しなきゃ。自分のドレス代をあたしにまわしてくれたに違いないわ」

まわりの少女たちがぎょっとして息をのんだ。

「ソフロニア、そんなはしたないこと言っちゃダメよ！」アガサがそっとたしなめた。アガサは誰より裕福なのに、お金をひどく恥ずべきものと思っている。

あたしがスパイになったらアガサにスポンサーになってもらおうかしら？　もちろん、本人がスパイにならないと決めた場合だけど。

寝室に戻ったソフロニアは新しいドレスを大事そうに衣装だんすにしまった。

「ほんとは気に入ったんでしょ？」と、ディミティ。

「あれに隠しポケットと銃ケースを縫いつけて、布ベルトから飾り鎖をぶらさげる方法を見つけたら、もっと気に入るわ」

「やっぱり気に入ったんだ」ディミティはにっこり笑ってベッドの上で飛び跳ねた。ディミティは友だちの幸運をわがことのように喜ぶ、心の広い、おめでたい性格の持ち主だ。

「モニクが受け取った手紙には何が書いてあったと思う？　朝食のときにモニクがバッグに隠したやつ」

ディミティがにやりと笑った。「モニクが受け取ったときはすでに開封されて読まれていた手紙のこと？」

「あなたも見た？　モニクは誰か別の吸血鬼のドローンになろうとしてるのかしら？　いずれにしてもモニクとブレイスウォープ教授は契約を解消したわ」

「あれって契約関係なの？　わたしは〝吸血鬼がドローンを追い求める〟って聞いたけ

ど」ディミティが腕輪をもてあそびながら言った。

「舞踏会の出席を断わる手紙だったのかも。ピルオーバーの手紙を見た？」ソフロニアは新しいドレスをしまってたんすの扉を閉め、夜の授業のために姿見の前で身なりを整えた。次はブレイスウォープ教授の授業だ。身なりには手を抜けない。

「ええ。ママは相変わらずエーテル通信、パパはメカ用のプロトコルに取り組んでるみたい。ひどく退屈な内容だったわ。わたしがこの学校に入る前からずっとその仕事にかかりっきりなの。これって何か関係ある？」

ソフロニアははじかれたようにベッドの上に座りなおした。「関係あるかって？　おおありよ！」考えてみれば、モニクが最初に試作品バルブを手に入れたのはあたしの家に来る前――つまりディミティの家を訪れたあとだ。モニクはディミティの両親からバルブを手に入れたに違いない！　試作品を制作したのはディミティの両親だ。

「あらそう？　よかった！」

「ねえディミティ、ビエーヴが言うには、あなたのご両親がやってることは、きたるべきジファールの試験飛行に関係してるんじゃないかって。ご両親はエーテル流を制御するための新しいメカプロトコルを開発したのよ。姉さんの舞踏会で起こった試作品をめぐる大騒動を覚えてる？」

「もちろんよ。モニクがあなたにチーズパイを投げつけた」

「たぶん、あれがご両親の発明品だったのよ。そしてジファールの飛行を成功させるために誰かがあの小型版を利用しようとしてる」

ディミティは目をぱちくりさせた。「そして、それを阻止しようとまた別の誰かがわたしを誘拐しようとしてるの？」

ソフロニアはうなずいた。「ピルオーバーもよ、忘れないで」

「かわいそうなピル。あんなに小さくて、ろくに訓練も受けていないのに」ディミティが心配そうに言った。本当は弟が好きなのかもしれない。

「手紙にはご両親が誰に雇われてるか、書いてなかった？」

「ううん。そんなこと、二人は絶対にピルオーバーには話さないの。大人の事情は子どもには理解できないって」

「どちらかが吸血鬼に雇われている可能性は？」

「ママならありうるわ」と、ディミティ。「パパはありえないけど」

「じゃあピクルマンは？」

「逆ね――パパはありうるけど、ママはありえない」

「じゃあ英国政府は？」

ディミティは顔を赤らめてうなずいた。「恥ずかしい話だけど――あなたと二人きりだから言うのよ？――それは報酬しだいだと思うわ」そこで声を落とした。「わたしたちは自然に生まれたんじゃないの。苦労して勝ち取られた存在なの」

ソフロニアはさりげなく話を核心に向けた。「ご両親は政治的立場が違うってこと？」

「それこそ〈バンソン校〉の生徒と〈ジェラルディン校〉の生徒の結びつきが歓迎されない理由よ。いちゃつくのはいいけど、あくまで訓練のためだけ。わたしたちは結婚してはいけないの。ママとパパは道をはずしたのよ。ロミオとジュリエットみたいに。ただ毒が少なかっただけ。というか、おたがいに盛る毒が少なかったのね」ディミティは誇らしげに言った。「噂によれば、パパはママへの愛をつらぬくために高位のピクルマンになるのをあきらめたんですって。すごくロマンチックだと思わない？　〈ガーキン〉の地位にすらなれたかもしれないのに」

ソフロニアは話に引きこまれた。「つまり、あなたたちは〈バンソン校〉の生徒と〈ジェラルディン校〉の生徒のあいだに生まれた唯一のきょうだいってこと？」

ディミティがうなずいた。

「でも、それではどの陣営がご両親に圧力をかけようとしているかはわからないわ」

「パパとママはどんなに怪しげな集団とでも手を組む可能性があるわ――それ以外のグループをみな敵にまわしてでも。つまり、わたしたちを誘拐しそうな邪悪な人間はごまんといるってわけ」ディミティが哲学者めいた口調で言った。

「なんてややこしい」と、ソフロニア。「どうしてご両親は邪悪な天才になったの？　善良な天才なら、もっとわかりやすいのに」

「一流の天才はみな邪悪よ」ディミティは自信たっぷりに答え、「あら、いけない、授業に遅れるわ。このこと、先生に話すべきかしら？」

ソフロニアは首を振った。「誰があなたたちをねらっているかの証拠も確信もないのに？　悪いけど用心してもらうしかないわ、ディミティ。ピルオーバーからも目を離さないで」

ディミティはため息をついた。「フィニシング・スクールに入って何がうれしかったって、弟と過ごさないでよくなったことだったのに」そう言って立ち上がると、髪がきちんとまとまっているか、ボタンが全部はまっているか、レース襟がよじれていないかを姿見の前でチェックした。

ソフロニアも立ち上がり、言うことをきかない髪をなんとか縁なし帽に押しこんだ。

「今夜の授業は何？」

「まあ、ソフロニア、あなたブレイスウォープ教授の読書課題をやってないの？」

「遅くまで外に出てたから」

「〈近代貴族社会の一端をになう吸血群と人狼団の発展史〉」そう言ってディミティは《イブニング・チアラップ》紙の一部を振ってみせた。「この二十年間のゴシップ欄から六つの記事を読むのが宿題よ。上流階級紙を読み解いて異界族がどんなふうにあつかわれてきたかを発表するの」

ソフロニアはディミティの手から新聞を取った。「全員が同じ記事を読むの？」

「もちろんよ」

「誰が二十年のあいだ、六つの時期の同じ新聞を何部も集めて保管しておいたわけ？」

「偽物だって言いたいの？」

ソフロニアは片眉を上げた。このしぐさもだんだん板についてきた。「それともブレイスウォープ教授の隠れた趣味？」

「ときどきあなたの勘ぐり癖が嫌になるわ」

教室に向かう途中、ディミティはソフロニアが歩きながら読めるよう腕を取って誘導したが、誘導はあまりうまくいかず、ソフロニアは壁にぶつかり、ニンフ像にぶつかり、最後はフェリックスにぶつかった。ソフロニアが思うに、最後のはディミティがわざとぶつからせたようだ。ディミティはソフロニアよりもはるかにフェリックスを高く買っている。

「まあ、マージー卿、こんばんは。ご機嫌いかが？」ディミティはソフロニアをつねって注意を向けさせた。

「こんばんは、ミス・プラムレイ＝テインモット。ミス・テミニック、大丈夫？」

古い新聞記事に気を取られていたソフロニアが顔を上げた。「ああ、謝らなくてけっこうよ、マージー卿。悪いのはあたしだから」

「謝ってないけど」

「え？　ああ、あたし、読みながら歩いているときは不調法なの」ソフロニアは上の空ながら、かわいい笑みを浮かべた。

「そんなに心奪われるような記事？」フェリックスはソフロニアのいつにない愛想のよさを警戒しながらたずねた。

困惑したときのフェリックスは嫌になるほど魅力的だ。「ええ、そうなの。ウェストミンスター吸血群のことはご存じ？」

「もちろん。そうでない人がいる？　まあ、ぼくはつきあいはないけどね、ミス・テミニック」フェリックスはかすかに唇をゆがめた。

「ロンドンには吸血群がたくさんあるのかしら？」

「吸血群はひとつでも多すぎるくらいだよ、かわいいリア」

「ブレイスウォープ教授にたずねてみるわ。あなたは参加しないんでしょう？」

「それは許されないよ、ミス・テミニック」

「残念ね、とても楽しい先生なのに。ではごめんあそばせ」ソフロニアとディミティはお辞儀をしてブレイスウォープ教授の教室に向かった。

「こんどは何をたくらんでるの、ソフロニア？」フェリックスに聞こえないところまで離れたとたん、ディミティがささやいた。

「あたしがなんですって？」二人は席につき、ソフロニアはふたたび新聞を読みだした。

ブレイスウォープ教授が教室に現われた。ビロード地のスモーキング・ジャケット。完璧に結んだインド更紗のクラバット。そして病的なまでに不安定な口ひげ。「ようこそ小さな詐欺師諸君、ようこそ。今日はきわめて興味深いテーマを取り上げよう、は。だが、まずは読んだ感想を聞かせてもらおうか？　ミス・パルース？」口ひげがモニクのほうを向いた。

モニクがぞんざいな所見を述べた。次に立ったプレシアもいいかげんな感想だ。

口ひげが垂れ下がった。「いいか、きみたち、これは上流社会を生き抜くために不可欠な情報だ。まんいちきみたちが保守的な一族といつわりの契りを結ぶとしても、政府のどの席に誰が座っているかは知っておかねばならない。誰がどの家系の出身で、どの吸血群や人狼団の一員であるかはもちろんだ。誰か、記事を読み解いた者は？　ミス・テミニック？」ブレイスウォープ教授が口ひげをソフロニアに向けた。

ソフロニアはディミティと並んで座る二人がけの肘かけ椅子から小柄で表情豊かな教授を見上げた。「これらの記事は、大衆紙に紹介される印象を通して、吸血鬼がロンドン社交界にしだいに受け入れられていった過程を示していると思います。古い記事では、吸血鬼のおぞましい性質や食習慣、訪問時間などが強調されています。ある個所では〝ぎょっとするほど夜が遅い〟、また別の個所では〝嘆かわしいほどずるずる音を立てる〟と書かれています。こちらの記事には、某氏がわずか三回ダンスを踊っただけで嚙まれた話が詳しく書いてありました。いっぽう最近のコラムでは、肌の色とドレスにあたえる吸血鬼の影響力——なかでもウェストミンスター吸血群のナダスディ伯爵夫人とかいう人——に焦点が当てられています。自分の屋敷から一歩も出ない世捨て人ながら、なおファッションに絶大なる影響力を持っているとか」

「すばらしい、ミス・テミニック」ソフロニアの解釈を無言で聞いていたブレイスウォープ教授が言うと、口ひげも賛同するかのように揺れた。

「ウェストミンスター吸血群について、もう少し教えていただけますか?」ディミティが無邪気そのものの表情でたずねた。完璧なタイミングだ。ディミティが薄茶色の大きな目をブレイスウォープ教授に向けているあいだ、ソフロニアはモニクを見ていた。モニクは身じろぎもせず、まったく表情を変えない。これこそ何よりの証拠だ。

ブレイスウォープ教授との関係を絶ったいま、おそらくモニクは吸血群のドローンの地位をねらっている。そしてモニクならウェストミンスター群を選ぶに違いない。何しろ、とびきりファッショナブルな群だ。これだけは間違いない。大金を賭けてもいいわ。

モニクは小物バッグを探ってゴルフボールくらいの大きさの白い粉っぽい物を取り出し、こっそり口に放りこむと、無理やりニンジンを食べさせられた猫のような表情でのみこんだ。

ブレイスウォープ教授はディミティの興味に熱っぽく答えた。「ウェストミンスター吸血群の女王ことナダスディ伯爵夫人は、高齢で、卑劣で、賢い女性だ。だが、新たな吸血鬼誕生の成功率は、ほかの女王と比べてもさほど高くはない。当然、不死の呪いをさずける確率も低い。ドローンは変異の過程で死ぬことが多く、結果として女王は彼らを殺すことになる。このため吸血鬼女王は少しばかり頭に変調をきたす場合が多い――ドローンを殺すせいで」ブレイスウォープ教授はわざとらしくプレシアに目をやり、それからウェストミンスター群に所属する男性吸血鬼の年齢や称号、陰の職業、技術に対する関心、地位などをこまごまと説明した。

この授業を受けて六人の少女が思ったのは、ウェストミンスター吸血群とはよほどうまくつきあうか、もしくは一切のつきあいを避けたほうがいいということだった。

それから授業は〈宰相〉の勢力範囲に移った。〈宰相〉とは、はぐれ吸血鬼ながら多大なる権力を持ち、ヴィクトリア女王の〈陰の議会〉の要職にあって、帝国運営について陛下に助言する立場にある人物だ。

生徒たちの目がどんよりしてきた。あまりに情報が多すぎてとてもついてゆけない。

「ロンドンにはもう一人、有力なはぐれ吸血鬼がいる。いかに見た目が軽薄でも、あなどってはならない。アケルダマ卿はおしゃれになみなみならぬ情熱を持った、非常に地位の高い唯一無二の人物で――ミス・パルース？　ミス・パルース、どうした？」

ていた。

モニクの顔は、授業が進むにつれてアガサのドレスの色と同じような薄黄緑色に変わっていた。

「汗をかいているようだが、ミス・パルース、は？　良家の子女は汗をかくものではない！」

「ああ、教授、大丈夫じゃなさそうです」モニクはよろよろと立ち上がったかと思うと、そのまま気を失い、派手に前に倒れた。

日ごろから〝失神するときはつねに後ろです〟と教えられている少女たちはぎょっとして息をのんだ。前に倒れるのは、どう考えても本物の失神だ！　ふりで前に倒れるなんて聞いたこともない。プレシアがラベンダー色と青色のスカートを美しく広げ、モニクに顔を近づけた。

ブレイスウォープ教授は人間特有のひ弱な行動にあわてふためき、たじろぎながら小走りで教室を出て叫んだ。「寮母！　寮母はどこだ、は？」ソフロニアとディミティがあとを追った。

この声に数名の教師が教室から顔を出した。シスター・マッティが丸い柔和な顔を心配そうにしかめている。「教授、どうしました？」

「ミス・パルースの具合が」

シスター・マッティが急ぎ足で駆けつけ、教室に入った。

男子生徒をしたがえたシュリンプディトル教授が突き当たりの教室から現われた。「何ごとだ？」

すかさずソフロニアはディミティを送りこんだ。「シュリンプディトル教授に〝ブレイスウォープ教授の授業ちゅうに一人の生徒の具合がひどく悪くなった〟と告げてきてくれない？　ブレイスウォープ教授のせいだとほのめかすような調子で」

ディミティは怪訝そうな表情を浮かべながらもうなずくと、跳ねるように廊下を進み、シュリンプディトル教授ににこやかにほほえんで何やら耳もとでささやいた。ディミティの情報収集力はたいしたことないが、情報をまきちらすほうはうれしくなるほどうまい。

シュリンプディトル教授は少年ぽいハンサムな顔を赤くし、ブレイスウォープ教授をにらみつけた。にらまれたほうは病人の介抱に手がいっぱいで、そんな怒りの視線には気づいていない。

シスター・マッティは駆けつけた寮母とともにパラソル数本で担架をこしらえ、意識を失ったモニクを教室から運び出した。

そのころには噂が広がり、授業の大半が中断した。各教室の扉には好奇心旺盛な生徒たちが群がっている。これも日ごろの教育の賜（たまもの）だ。廊下をうろつく生徒もいて、ディミティはそのあいだを抜けながらようやく戻ってきた。そこへビエーヴがひょいと現われ、モニクが運ばれてゆくのをじっと見ていたかと思うと、シュリンプディトル教授のそばをうろうろしていたピルオーバーとふたことみこと言葉を交わした。

「あの吸血鬼は生徒に何をしたんだ?」シュリンプディトル教授が大声でどなった。

「バカなことを、アルゴンキン」ルフォー教授が冷ややかにたしなめた。「失神しただけです。アロイシアスのせいではありません!」

「吸血鬼に年ごろの娘たちをあずけていいはずがない」シュリンプディトル教授はなおも憤然としている。

ピルオーバーがビエーヴに何か言うと、ビエーヴは笑い声を上げ、いま来た廊下を小走りに戻っていった。どうやらピルオーバーも〝ビエーヴ〈バンソン校〉潜入計画〟に引きずりこまれたらしい。何しろピルオーバーもビエーヴの素性を知っている。ビエーヴったら、いったいどうやってピルオーバーを説得したの?

生徒たちは突然の病人騒ぎのあと、神妙な顔で教室に戻った。

「驚いたわ、前に倒れるなんて!」プレシアが青ざめた顔でささやいた。

モニクは何を食べたのかしら? これは調べる価値がありそうだ。シスター・マッティにたずねてみよう。もしかして発汗作用のあるアヘントコン散薬? そもそもどうしてモニクはそんなものを飲んでまで授業を抜け出そうとしたの?

夕食の席でピルオーバーはビエーヴ潜入計画に同意した。〝教授たちの目をごまかして女の子をかくまうのは邪悪な行為で、ぼくはまだ本当に邪悪なことを何ひとつやっていない〟というのがその理由だ。「ぼくがかかわっていることが知れたら表彰ものだ。喜んで手を貸すよ」そう言いながらも表情は冴えなかった。かわいそうなピルオーバー――彼にとってはすべてが試練だ。本当は温厚な性格なのに邪悪であることを強いられている。ディミティが〝おできみたいにあつかいにくい子〟と言うのも無理はない。

ピルオーバーと内緒話をするソフロニアをフェリックスが怪訝な表情で見ている。ソフロニアはフェリックスに会話の内容を聞かれないように気をつけた。

モニクは失神したあととはとても思えなかった。きっと秘密の手紙を読みたくて仮病を使ったのだろう。戻って来ると同時にいつもと違う態度に出たのが何よりの証拠だ。

モニクはプレシアと男の子のあいだではなく、ディミティとアガサのあいだに座り、ぎこちなく話しかけた。「ディミティ、今夜はとてもかわいいわね」

「あら、ありがとう、モニク」ディミティはお世辞に皮肉が隠れているに違いないと、警戒しながら答えた。

ソフロニアとピルオーバーは話をやめ、この意外な展開を見守った。

「なんてすてきなブレスレットかしら」モニクはほほえんだが、心にもないセリフに顔がこわばっている。なにせ今日のディミティのブレスレットは人造アメジストのついた安っぽい金細工だ。

ディミティはあきれたように鼻を鳴らし、「それはどうも。何か頼みごとでも、モニク？」

「そうなのよ。実は少し人数が足りないみたいなの。それで、あなたとかわいい弟さんにあたしのデビュー舞踏会に出席してもらえないかと思って」

ピルオーバーは飲んでいたカレークリームスープを喉に引っかけ、少量を鼻から吹き出した。ディミティが困りきった目でソフロニアを見た。

ソフロニアはかすかにうなずき、自分を指さした。

ディミティがうなずいた。「ええ、もちろん親切なお誘いはうれしいけど、ソフロニアが一緒でなければ無理だわ。ほら、わたしたちは何をするにも一緒だから」

モニクが顔をしかめた。

「それとシドヒーグも。アガサも」当の二人が目を上げた。アガサはいかにもうれしいふりをし、シドヒーグはなんとか顔をゆがめまいとしている。ソフロニアはほころびそうになる口もとをうまく隠した。

モニクは歯ぎしりしつつ言った。「そういうことなら全員を招待するわ。あなたたちが舞踏会にふさわしいドレスを持っていればいいけど」かわいそうなモニク——どんなときもひとこと嫌味を言わないと気がすまないらしい。

「おかげさまで送ってきたドレスがあるわ」と、ソフロニア。まあ、減らず口もこれくらいにしておこう。あたしたちを誘っただけでもたいした変わりようだ。秘密の手紙のなかにディミティとピルオーバーを招待せざるをえない何かが書いてあったに違いない。誘拐未遂の件を考えれば、おそらくよからぬことだ。

フェリックスがソフロニアのほうを向いた。「きみに最初のダンスとディナーダンスを申しこむよ、かわいいリア」

ソフロニアははにかんでみせた。「よくばらないで。三曲めのダンスはお受けしますけど、ディナーダンスは考えておくわ」

「つれない人だな」

「言われなくてもわかってる」

ディミティに「からかわれてるだけよ」と言われ、ソフロニアはむきになった自分が恥ずかしくなって口をつぐんだ。

「ちょっと、あれを見て」急にモニクの舞踏会に出席することが決まっても一人だけまったく興味を示さず、会話もろくに聞いていなかったシドヒーグが、教師たちが並ぶテーブルの上座を指さした。

端に座るシュリンプディトル教授は食事のあいだじゅうブレイスウォープ教授をにらみつけていた。薄茶色の髪はかきむしったかのように乱れ、青い目は睡眠不足でうるんでいる。まわりを不安にさせるただならぬ様相に生徒たちも緊張を感じ、決まりの悪い表情を浮かべていた。どんなに相手が気に入らなくても、それを隠す努力くらいはするべきじゃない？　感情を露わにして楽しい食事の時間を台なしにするなんて、礼儀知らずもはなはだしいわ！

女性教師たちは不機嫌な客人にも平静をよそおっていたが、ルフォー教授だけは無礼な男性を前にした女性が取りそうな憤然とした態度で黙々とスープを口に運んだ。

シドヒーグは遅れて現われたマダム・スペチュナを見ていた。食器が並べてあるところを見れば、もともと数には入っていたようだが、スープにはまにあわなかった。テーブルに向かうマダム・スペチュナをマドモアゼル・ジェラルディンがじろりとにらんだ。マドモアゼル・ジェラルディンは何よりも時間厳守を重視する――入浴よりも、知力よりも、息をするよりも。

ソフロニアは占い師と二人きりになって、スパイかどうかを確かめてみたかった。いっそ記録室に押し入り、この女性に関する書類を探してみようかとも考えたほどだ。

マダム・スペチュナはブレイスウォープ教授の隣に座った。教授は何も食べず、ポートワインをちびちび飲んでいる。楽しげに会話する二人を見て、シュリンプディトル教授はますます顔をしかめた。

「シュリンプディトル教授は吸血鬼を前にするとやけに感情的になるのね」ソフロニアが言った。「少しおかしいんじゃない？　吸血鬼を好きになれとは言わないけれど、これからも共存してゆくわけだから、少なくとも礼儀は払うべきよ」

この言葉に、同じテーブルの三人の若者はそれぞれ困惑の表情で見返した。

「大丈夫だよ、シュリンプディトル教授は」と、ピルオーバー。そのときソフロニアはピルオーバーが今回、乗船した男子生徒のなかでは最年少で、〝この旅行は成績のいい生徒に対するご褒美のはずなのに、なぜぼくが連れてこられたのかわからない〟と言っていたことを思い出した。

シュリンプディトル教授がピルオーバーを同行させたのは、ピルオーバーを危険にさらすため？　教授はピクルマンに雇われているの？　だとしたら、ディミティとピルオーバーを誘拐しようとしたのはピクルマンってこと？

ソフロニアは唇を噛み、考えをめぐらしながら上座を見つめた。シュリンプディトル教授の目的がなんであれ、ビエーヴの計画は実行に移さなければならない。「どうみてもあの先生の態度は変よ。ポートワインの飲みすぎかしら？　吸血鬼に対するあの拒否反応は度を超していると思わない？」

「何が言いたいの？」フェリックスが問いつめた。

「あたしが？　何を言いたいかって？　いいえ、別に何も。ただ、信条や収入を隠そうとしている可能性もあるってことよ」

この言葉に意外にもモニクが反応した。「異界族を毛嫌いしているふりをして本当は進歩派だってこと？　彼のような科学者にも演技ができるのかしら？」

実にみごとな罠だ。ソフロニアはしかけてくれたモニクに思わず感謝した。これであたしがやる必要はなくなった。いまやテーブルの男の子たちは、伝統にしたがって自校の先生を——よしんばその先生が正気を逸していても——弁護するか、もしくは女生徒たちに〝シュリンプディトル教授は〈バンソン校〉の道徳基盤に背いている〟と思わせておくしかなくなった。

だが、少年たちはどちらの道も取らなかった。彼らは恐るべき道具の使いかたは訓練されていても、人をおとしめるようなほのめかし術は知らない。全員が——フェリックスでさえ——困惑している。ソフロニアは〝シュリンプディトル教授は信用できるのか？ 本当の政治的立場はなんなのか？ 彼は正気を失いつつあるのか？〟という噂が広まることを祈った。

さらにシドヒーグがだめ押しした。「そういえばこの前あたしたちが地上に降りたとき、ナイオール大尉がシュリンプディトル教授と話してるのを見たな」

三人の少年はますます困惑した。

「ナイオール大尉というのは」ソフロニアが言った。「人狼よ」

「まさか！」と、ディングルプループス卿。「シュリンプディトル教授にかぎってありえない！」

アガサもほのめかしに挑戦した。「それに、シュリンプディトル教授が子猫をかわいがってるところも見たわ」

誰もがきょとんとした顔でアガサを見た。

アガサはビーツのように真っ赤になり、ささやくような声で言った。「だってほら、邪悪な天才らしくないでしょ？」

これを機に夕食の会話は別の話題に変わったが、ソフロニアは確信した。就寝時間になるころには学校じゅうがシュリンプディトル教授の目的をめぐる噂で持ちきりになるに違いない。

ソフロニアの脳みそはうなりを上げて回転していた。解くべき謎の糸が多すぎて今にもからまりそうだ。シュリンプディトル教授のことだけではない。クッションに隠された情報。どうしてあれを届けることがそんなに重要だったの？　マダム・スペチュナがかかわっているの？　クッションが警告していた人物は誰？　ピクルマン？　吸血鬼？　それとも別の組織？　それがディミティ誘拐未遂事件とどうかかわっているの？　すべては新型飛行船の技術に関すること？　そして、謎の中心にあるのは誘導バルブ？

ほかの生徒たちがおしゃべりする横で、ディミティとソフロニアとピルオーバーの三人がテーブルの端に取り残された。

ソフロニアがピルオーバーをまじまじと見た。「今回の誘拐未遂をどう思う？」

ピルオーバーがいつものむっつり顔を輝かせた。「最高だね。休暇がほしいくらいだ」

ディミティが話をまとめた。「モニクの突然の心境の変化と舞踏会招待のこと？　それが誘拐と何か関係あると言うの？」

「もちろんよ」

「じゃあ断わってもいい？」ピルオーバーが訴えるような声で言った。

ディミティが弟にくるりと振り向いた。「断わるわけないじゃない！　これは敵を追いつめるチャンスよ！　そうでしょ、ソフロニア？」

ソフロニアはこめかみをもんだ。「頭が痛くなりそう」

「きみ、好きでやってるんじゃなかったの？」と、ピルオーバー。

「ある程度はね。でも中傷計画との同時進行は楽じゃないわ」

「そういえば、このシュリンプディトル教授の一件はいったい何なの？　あの先生に何かひどいことをされたの？」と、ディミティ。

「あら、ディミティ、あたしは根に持つタイプじゃないわ」

「それはどうかしら」

「二人して何をたくらんでんの？」と、ピルオーバー。「別にシュリンプ先生のことは好きじゃないけど、はっきり言ってそこまでひどい先生じゃないよ」

ソフロニアは頬をふくらませた。「個人的な恨みじゃないの。でもシュリンプディトル教授は知りすぎてる。だから、どうしても今の地位を去ってもらわなきゃならないの」

ピルオーバーはぴんと来たようだ。「ビエーヴか！　あの子は〈バンソン校〉に入りたがってる。でも、ミスター・シュリンプはビエーヴが女だってことを知ってるんだ」

ディミティは愕然とした。「ああ、ソフロニア、そんなの無理よ。入れるわけないわ。見つかったらどうするの？　なんてはしたない！　そんなバカげた計画、おばさんが受け入れるはずないわ」

「ビエーヴが誰にも知られずに潜入できたら、ルフォー教授は許可すると言ってるの。おそらくルフォー教授は〈バンソン校〉が女性の邪悪な天才を正式に認めないことが気にくわないのよ。あなたのお母様を見れば、それがどんなに腹立たしいかわかるでしょ？」

ディミティは信じたくなさそうだ。「ルフォー教授はしごくまともな人だと思っていたのに」

「フ、フ、フランス人だよ」と、ピルオーバー。すべての非常識はこのひとことで説明できるとでも言いたげだ。

「ビエーヴはどうやってあなたを計画に引きこんだの？」と、ディミティ。

ソフロニアはにやりと笑った。「あの子がここを出てゆくとき、道具を譲ってもらうことにしたの」

ディミティがため息をついた。「マージー卿に教えてあげようかしら――あなたの心をつかみたかったら侵入用の装置をちらつかせるのがいちばんだって」

ソフロニアは身震いしてみせた。「やめて！　あたし、あの人が困るのを見るのが好きなの。うろたえているときの彼はとてもハンサムよ」

ピルオーバーが顔をしかめた。「ああ、まったく女の子ってやつは！」

試験その十二　完璧な中傷術

もうあとひと押しでシュリンプディトル教授は失脚する――ソフロニアは手応えを感じた。おりしも、ついひと月前にシスター・マッティから〈肌ぞめごまかし術〉を習ったばかりだ。ソフロニアはこれをもとに計画を練った。紳士の寝室に押し入ることになるが、シュリンプディトル教授が熟睡するタイプであればさほど難しくはない。

もちろん、シュリンプディトル教授の睡眠タイプを知るすべはない。〈中傷術〉には通常、実行前の綿密な調査が必要だ。だが、そんな時間はなかった。〃シュリンプディトル教授はワイン好き〃という事実をもとに熟睡型であることを祈るしかない。

妨害器さえあれば教員区に忍びこむのは簡単だ。ビエーヴはあっさり貸してくれた。ソフロニアが妨害器を使うのは例の計画のためだと知っている。ソフロニアは途中でメカメイドを停止させてから、ふと足を止め、消灯後の校内徘徊にすっかり慣れている自分に気づいた。油断してはならない。違法行為は、簡単だと思ったときがもっとも見つかる危険が大きい。

シュリンプディトル教授の来客用寝室は赤い房飾りの立ち入り禁止区域にあった。ソフロニアはみんなが寝静まる――もちろんブレイスウォープ教授は別だ――深夜を選んだ。廊下の角を曲がったところでメカ兵士に出くわし、妨害器で動きを止め、それからこっそり角を曲がったとたん、息をのんだ。先客がいる！

エメラルド色の綾織りの長い寝間着とそろいの縁なし帽をかぶった人物がブレイスウォープ教授の部屋に入ってゆくのが見えた。しかもノックもせずに！　性別はわからないが、ブレイスウォープ本人でないことは確かだ。彼にしては背が高すぎる。あんなに特徴のない服では見分けがつかない――コルセットの上に半ズボンと男物のシャツといういでたちのソフロニアは思わず毒づいた。いまもモニクが血を飲ませてるの？　考えられるとすればモニクしかいない。

先に進みかけると、こんどはあろうことかシスター・マッティがマドモアゼル・ジェラルディンの部屋から現われ、急ぎ足で廊下の奥に消えた。メカが動きだす前のうなりが聞こえ、ソフロニアはふたたびメカ兵士を凍りつかせた。

計画を中断しようか？　これではいつ見つかっても不思議はない。でも、ずらりと並んだ扉の下から漏れるガスライトの明かりは、ブレイスウォープ教授の部屋以外ではすべて消えていった。教授の部屋からは低いつぶやき声が聞こえる。客人は教授と話しこんでいるようだ。ソフロニアは廊下に敷かれた毛足の長い絨毯に感謝しながら足音を忍ばせ、突き当たりの部屋に向かった。

シュリンプディトル教授の部屋の前に来ると、まず解錠具で扉を開け、次に側柱にひもや鈴、ベタベタ物質や罠がしかけてないかを反射的にチェックした。何もない。シュリンプディトル教授は疑うことを知らない性格のようだ。ソフロニアは後ろ手に扉を閉め、白くかすむ淡い月明かりに目を慣らした。大きないびきが聞こえる。さいわいぐっすり眠っているようだ。

ソフロニアはベッドに近づき、胸もとから小さな香水瓶を取り出した。なかには濃縮クルミ染料とビーツ汁を合わせたものが入っている。この染料は永久的ではないが、一日かそこらならばごしごしこすっても皮膚から取れない。数時間――たとえば眠っているあいだ――放置したあとなら、なお定着がいい。

ソフロニアは教授の首に、香水瓶の栓の細い先端をできるだけそっと押し当てた。二度。出来ばえを確かめてみる。吸血鬼の嚙み跡そっくりだ。染料が乾くまで、どうか教授が動きませんように。激しく動いたら、にじんでかすれる恐れがある。ソフロニアは祈るような気持ちで扉に駆け戻り、部屋を出た。これで無事、任務終了だ。

「おや、おや、こんなところで何をしているの？」

ソフロニアは喉まで出かかった悲鳴をかろうじてのみこんだ。ここで叫んでいたら、飛行船の前方区で眠る全員を起こしていただろう。振り向くと、マダム・スペチュナが腕を組んで立っていた。夕食時よりスカーフの枚数が減り、言葉のなまりも少ない。それに若く見えた。

しかたなくソフロニアはお辞儀した。「こんばんは、マダム・スペチュナ」

自称・占い師はソフロニアが閉めた扉に目をやった。「シュリンプディトル教授の部屋？　こんなところにいったいなんの用？」

ソフロニアは答えなかった。

「しかもさっきは、わたしにでまかせを吹きこませたわね。いったい何をたくらんでいるの、小さな秘密候補生さん？」

この人、秘密候補生のことを知ってるの？「それを言うなら、あなたのたくらみも教えてもらわなければなりません、マダム・スペチュナ」

「痛いところを突くわね」

二人は暗闇のなかで立ったままにらみ合った。

「メカアニマルを持っているそうね」ついに占い師が口を開いた。

「どうしてそのことを？」あたしが秘密候補生だと知っているのはいいとしても、バンバースヌートのことは先生たちに知られないよう気をつけていたのに。

小柄な占い師は頭を傾け、片眉を吊り上げた。

もしこの人が〈ジェラルディン校〉の出身で、予想どおりの優秀なスパイなら、先生たちが知らない情報を知っていても不思議はない。「それがあなたになんの関係があるの？」

「取引しましょう。わたしにメカアニマルをくれたら、あなたが房飾り区に忍びこんだことは黙っていてあげる」マダム・スペチュナは片手で暗い廊下を指し示した。

「どうしてメカアニマルが必要なの？」

「〝それがあればメカアニマルの所有者たちと対等な立場に立てる〟とだけ言っておくわ」

ソフロニアは考えをめぐらした。「そんなことを望むのは、空盗賊（フライウェイマン）とかピクルマンの信頼を得たい人だけじゃありませんか？　彼らはメカアニマルが大好き、でしょう？」

またしても沈黙がおりた。

「メカアニマルは渡せません」ソフロニアは言った。

マダム・スペチュナは目を細め、怒ったオンドリが威嚇するように首をかしげた。首に巻いた肉垂れのような赤い房つきショールのせいで、ますますオンドリそっくりだ。

「でも、しばらく貸すことならできます」と、ソフロニア。「そうね、一週間以内に返してくれるのなら取引してもいいわ」

マダム・スペチュナは考えこむように唇をすぼめた。「ひと月」

「二週間」

「三週間」

「いいわ。あたしが知りたいのは、あなたが何を報告するために戻ってきたのかってことです。持ち場を離れて、あの刺繍つきクッションをすべて残していかなければならないほど重要なことって何？」

「おやまあ、なかなか知恵のまわるお嬢さんだこと」マダム・スペチュナは覚悟を決めた。「わたしが戻ったのは、フライウェイマンが空中会議を召集していることを報告するためよ。こんなことはこの五十年、一度もなかったわ。しかも彼らは正式にピクルマンと手を組んだの」

「だからバンバースヌートが必要なのね。これは、あなたがフライウェイマンのなかでより重要な地位を手に入れるチャンスってわけね」

「バンバースヌート？」

「あたしのメカアニマル」

マダム・スペチュナは首をかしげた。

「どうしてフライウェイマンが集結しているの？」

「ジファールの飛行船のせいよ。彼にエーテル飛行ができれば、自分たちにも可能だと思っているわ」

ソフロニアは鼻にしわを寄せた。「フライウェイマンはあたしの友だちディミティを誘拐しようとしているんじゃないの？」

マダム・スペチュナは心底、困惑しているようだ。

ソフロニアは一人でうなずいた。つまり、フライウェイマンにおけるマダム・スペチュナの地位はそれほど高くはない。もしくはピクルマンが同盟者のフライウェイマンに誘拐計画を秘密にしているか、それともピクルマンのしわざではないかだ。もしピクルマンでないとしたら、吸血鬼？

「いつメカアニマルを渡してもらえるかしら？」と、マダム・スペチュナ。

「明日の夜、ボイラー室で」と、ソフロニア。

「了解」

「あなたがバンバースヌートを盗まないという保証は？」

「保証はないわ」

二人は別れた。一人残されたソフロニアはほっとして達成感を覚えたのもつかのま、急に心細くなり、しおれたホウレンソウのように打ちひしがれた。あたしとしたことが侵入現場を押さえられるなんて！　ショックで胃がよじれそうだ。自信を失ったソフロニアはやっとの思いで部屋に帰りついた。

それでも翌朝には自分を取り戻し、ソフロニアは朝食前のわずかな自由時間にビエーヴを探しに行った。

問題は、あのいたずらっ子が自分の好きなときにしか現われず、一日の大半をどこで過ごしているのか誰も知らないことだ。だからこっちから探そうとしても、まず見つからない。ソフロニアは人間の職員の一人である広間係にビエーヴを見かけたら教えるようにしつこく迫り、その後はしばらく探しただけであきらめた。

一時間後、ビエーヴはうれしそうにえくぼを浮かべ、朝食に向かうソフロニアと並んで歩いていた。二人はモニクのからかいにもめげず、わざとのろのろ歩いて、すばやく言葉を交わした。フェリックスが近づいて腕を取りたそうにしている。ソフロニアは〝もうエスコートは足りている〟とばかりに強く首を横に振った。いかに無礼なマージー卿もそこに割りこむほど無礼ではない。それでも見るからに不満げな表情だ。

「急いで」ソフロニアがせかした。「あなたの〈バンソン潜入作戦〉のせいでひどくやっかいなことになってるんだから。占い師にバンバースヌートを貸す約束をしたの」

ビエーヴは精いっぱいばつの悪そうな顔をした。

ソフロニアはだまされなかった。どんな状況であれ、ビエーヴが反省することはまずない。「あの子に時限爆弾をしかけられる？　持ち逃げされないように、三週間後に作動する時限装置をセットしてくれない？」

「詳しいことはきかないほうがよさそうだね」

「そのほうがいいわ。ねえ、できる？」

ビエーヴは鼻にしわを寄せた。「爆弾は得意じゃないんだ。十歳児が理解するにはとんでもなく難しい。でも、バンバースヌートのもともとの機能と何かを連結させて圧力をかければ、油の粘着性を利用してゆっくり作動させることはできるかも」そう言って額にしわを寄せた。「早く戻してもらったら、機能を停止させて爆弾を取り出してやってね」

「やりかたを教えてくれる？」

「もちろん」

「じゃあ、今夜ボイラー室で」

ビエーヴはうなずき、すばやく走り去った。

朝食の席では、目を真っ赤にして取り乱した様子のシュリンプディトル教授がやけに首の高い位置にクラバットを巻いていた。


その晩、ボイラー室に現われたソフロニアを見てソープが歓声を上げた。「やあ、ひさしぶり、もうおれたちのことはすっかり忘れたのかと思ってたよ」ソープの笑顔に、ボイラー室はまさに明かりが灯ったように明るくなった。

ソープは驚くほど身なりがよく見えた。新しい服？　まあ、正確にはいつも、より新しいだけど。「まさか。今回の旅のあれこれで忙しかっただけよ」

「それと、あの紳士たちのせい？」ソープがさらりとたずねた。

「ねえ、ソープ。あなたはいつだってあたしのいちばんよ。わかってるくせに」

ソープは照れたように片方の耳を引っ張った。「ああ、うん、わかってる」

ソフロニアがバッグ変装用の布をはずして床に置くと、バンバースヌートはうれしそうにしっぽをチクタクと動かしながら石炭のかけらをかじり、黒い煤のなかを嗅ぎまわった。

「それで、何があったの？」

ソフロニアはソープに進行ちゅうの計画の一部を——当たりさわりのないところだけを選んで——話して聞かせた。ビエーヴの移籍計画、シュリンプディトル失脚作戦、占い師のスパイ、ディミティとピルオーバーに迫る誘拐の脅威。そして、これらがジファールの夢の新型飛行船技術と、かつて試作品だった誘導バルブとどうつながるのかについて。

それはまるで子どもに冒険物語を話すようなものだった。ソフロニアは自分の活躍を実際より大げさに脚色し、〈寝椅子攻撃〉の一幕を英雄戦記のように詳しく語った。

ソープとまわりに集まってきた煤っ子たち小集団はすっかり話に引きこまれ、ここぞという場面で期待どおり息をのんだ。ビエーヴがやってきてバンバースヌートを抱え上げても誰も気づかない。ビエーヴは腰を据えてメカアニマルを分解し、あれこれ調整と改造を加えた。お腹の貯蔵室のなかにいかにも恐ろしげな丸いクモ型の物体を入れ、それを何本ものケーブルで体内の小さな蒸気機関につないでいる。

ソフロニアが話を終えたころ、バンバースヌートの改造も完了した。話が終わったと見るや、煤っ子たちは解散した。

ビエーヴはソフロニアに改造個所を説明した。

「はずすときは、ここをこんなふうに」ビエーヴはボタンを押したり、つまみをひねったりするような要領でクモの脇を軽く叩いた。

ソフロニアは手順を頭に入れた。

「これが爆弾を無力化する唯一の停止方法だよ。こうやって無力化しないかぎり、いつ爆発するかは内部の温度しだいだ。それより前にはずそうとしても爆発するようになってる。これをバンバースヌートのボイラーとつながるように改造しておいた。これで、温度が上がってじわじわとタイマーが進むってわけ。バンバースヌートの貯蔵室にはもともと過熱防止のための温度計がついてる。計算が正しければ、バンバースヌートは今からきっかり二十四日後に爆弾を吐き出すはずだ。吐き出された爆弾は数分以内に爆発する。このタイミングはかなり繊細で、バンバースヌートの標準的な活動量を想定してるから、ものすごいスピードでなんども走りまわったりしたら、それだけ早く吐き出すことになる」

「何か爆発を知らせる警告みたいなものはある？」ソフロニアはバンバースヌートの頭をなでながらたずねた。

「しっぽの振りかたがだんだん速くなる。ハチドリのはばたきみたいに速くなったら、やがて吐き出すしるしだ」

「バンバースヌート自身はどうやって爆発域から逃げるの？」と、ソフロニア。愛するペットがこなごなになるのは忍びない。「それに、どうやって取り戻したらいいの？」

ビエーヴは〝そこまではわからない〟というように肩をすくめた。

「ああ、それがメカアニマル？」

マダム・スペチュナがどこからともなく現われ、誰もがぎょっとした。いつもは自分たちの聖域に侵入する者をいち早く見つける煤っ子たちさえ気づかなかった。

「あんた誰？」ソープがとがめるような口調で言った。

「ああ、ソープ。こちらはマダム・スペチュナ。さっき話した占い師よ」

「ああ、はじめまして」ソープも興味を引かれたようだ。

マダム・スペチュナはそっけなくうなずいた。煤っ子を相手にする時間はないらしい。

ソフロニアはビエーヴと目を見交わした。「これがバンバースヌート。バンバースヌート、こちらはマダム・スペチュナ。これから数週間、この人と暮らすのよ」

バンバースヌートは耳をだらりと垂らし、問いかけるようにお腹の下から小さく蒸気を出した。

「悪いことをした罰じゃないのよ、バンバースヌート。これはあなたの秘密任務なの」

バンバースヌートは納得できないようだ。

「勇気を出して、バンバースヌート、あなたもあたしみたいなスパイになりたいんでしょ?」ソフロニアはバンバースヌートの頭をぽんぽんと叩いてマダム・スペチュナに渡した。マダム・スペチュナは物欲しそうにバンバースヌートをなではじめた。

「ここにいるビエーヴが爆発グモを組みこんだわ。切断方法はあたしたち二人しか知らない。爆弾をはずして持ち逃げしようとしても無駄よ。はずしたらたちまち手のなかで爆発するから。三週間以内に返さなかったら、この子が爆弾を吐き出して爆発するようになってるわ」爆発のタイミングが三週間より少し先であることは言わなかった。バンバースヌートを盗むのがどれだけ危険かをわからせなければならない。ソフロニアはさらにだめ押しした。「もしこの子を空中にポイと捨てたりしたら、フライウェイマンにあなたの本性をばらすわ。言っておくけど、あたしは記録室に侵入したことがあるの」

「あなただったの?」マダム・スペチュナは感心したようだ。「なかなかやるわね、お嬢ちゃん。でも、当然ながら今の話には嘘があるかもしれないし、わたしにそれを知るすべはないわ」

ビエーヴが生意気そうに言った。「保証するよ――嘘なんかついてないって」

ソープはこのやりとりを疑わしげに見ていた。ソープにとってもバンバースヌートはかわいいペットだ。「大丈夫なの?」占い師がバンバースヌートを小脇に抱えて小走りで立ち去るのを見てソープがたずねた。

ソフロニアはマダム・スペチュナの背中を見ながら不安そうに唇を噛んだ。「いいえ、心配よ。あとはマダム・スペチュナとフライウェイマンが行動をともにすることを祈るしかないわ。彼らがジファールの試験飛行を追っているのなら、あたしたちと同じようにロンドンに向かうはずよ」

ビエーヴは自信たっぷりだ。「大丈夫。最後にはすべてうまくいくって。考えてもみてよ、ソフロニア、あたしの道具がそっくり手に入るってだけでもすごいことだよ」

ソープが口をすぼめた。「それが取引の条件ってわけ？」

「すべては道具のためよ」と、ソフロニア。

ビエーヴの発明品が好きなソープが、なるほどという顔でうなずいた。「そうとなれば、いつでも言ってよ——あの子を取り戻すのに手を貸してほしいときは」

「ソープ、それってどういう……？」

「まさかフライウェイマンの大型飛行船には煤っ子がいないとでも思ってんの？」ソープはにやりと不敵な笑みを浮かべた。「おれの仲間はどこにでもいるさ」

「ソープ、だからあなたはあたしのいちばんなのよ」ソープのひとことでバンバースヌートに対する心配が少しだけ小さくなり、ソフロニアは気持ちが軽くなった。

ソープは足もとを見下ろし、煤のなかで足をもぞもぞと動かした。「ああ、またそんなことを」

ソフロニアはつま先立ってソープの煤だらけの頬にキスした。「ありがとう。さすがはあたしのいちばんね」

翌朝、マダム・スペチュナは朝食の前にバンバースヌートを連れて飛行船を離れた。ソフロニアはバンバースヌートがいない寂しさを痛いほど感じた。こんなにもあの子があたしの生活に入りこんでいたなんて。朝、顔を洗っているときは足もとをぱたぱた歩きまわり、ルームメイトと噂話をする横では家具にぶつかり、夜の着替えのときは落ちている手袋をぱくりとのみこみ……。肩にレースひものついた犬型小物バッグの重みがないと、裸になったような気分だ。でも、そんな寂しさもほんの数日だった。〈ジェラルディン校〉がついに大都市ロンドンに到着したからだ。

三月半ばのよく晴れた木曜日の真夜中ごろ、大きな雲がロンドン西部のハイド・パークにふわふわ近づき、雲らしからぬ動きでぽっかりと静止した。雲はしばしためらったあと、決然と水晶宮の敷地――ロンドン大博覧会の建物が解体されている場所――に向かうと、中央柱のてっぺんに触れるほど降下した。少し前まで、この巨大建造物には産業の原動力となった品々が収められていた。

この奇妙な雲に気づいたのはジンで酔っぱらった二人の紳士だけだった。二人は雲がゆっくりと切れ、なかからまぎれもない大型飛行船が現われるのを見た。

「今夜おれたち、どこかのアヘン窟に行ったか？」片方の男が連れにたずねた。目の前の幻覚を説明するのはそれしかない。

「くつ？　いつ？」もう一人の男がクワの茂みに足を取られた。

二人の紳士はよろけながらたがいに寄りかかり、飛行船が次々に変形するのを呆然と見つめた。黒い影が次々にキーキーデッキに群がったかと思うと、大きな気球の表面によじのぼり、縄ばしごを使ってあちこち這いまわりはじめた。だが、泥酔した見物人の目には四本脚のアリの大群のように見えた。

やがてアリたちは中央気球の端から端まで届く帆布地の横断幕を広げた。横断幕には**ブレナム建築&保安監督社。女王陛下と国家のため**と書いてある。さらにアリんこたちは飛行船のデッキから地面まで足場を組んだ。こうして飛行船は、どこから見ても水晶宮解体工事の一部になった。

ハイド・パークで空中校舎ほど巨大なものを隠そうと思えば、方法はひとつしかない。日雇い労働者によって成り立つ建設業者のふりをすることだ。なんだろうと気になっても、上流階級の人間は恥ずかしさにたちまち目をそらす。社会的地位の高い人々は建物の建設や解体には無関心だ――あまりに剝き出しという理由で。上流階級にとって、建設にかかわることはなんであれ、きわめてはしたないことと考えられていた。

翌朝、ソフロニアはデッキに駆け出して頭上を見上げたが、横断幕の文字は読めなかった。それはやがて朝食の席で正式に発表された。

数人の生徒たちから怒りの声が上がった。建設業の関係者と思われたくないのは、〈ジェラルディン校〉の生徒たちも、ハイド・パークをそぞろ歩く貴族たちと同じだ。なかでもモニクの憤慨ぶりは激しかった。「こんなところにいるのを見られるわけにはいかないわ――でかでかと広告をかかげた飛行船に乗ってるなんて！　なんてはしたない！　下船するところを人に見られたらどうするの？」

「だったら見られないように気をつけることね。いずれにせよ、看板のあるなしにかかわらず若いレディは建築現場の近くにいてはなりません。しばらくは決して外に出ないこと。わかりましたか？」こうしたことになるとマドモアゼル・ジェラルディンは厳しい。

全員がうなずいた。

もし抜け出すなら誰に扮したらいいかしら――ソフロニアは想像をめぐらした。どう考えても建設作業員は無理だ。そこまで筋肉はない。

「どうしてもあたりをうろつきたければ、煤っ子の格好をするのがよさそうね」ソフロニアはつぶやいた。どんな作業現場にも、細身で筋肉質の少年たちは不可欠だ。

ディミティが愕然とした。「ソフロニアったら、最初は男装で、こんどは下層階級の男装をするつもり？　まあ、なんてことを！」

ソフロニアはうなずいた。「たしかに大胆ね。さいわい、船を離れる理由はないけど。

いまはまだ」

「いずれにしても校舎を離れてはなりません」マドモアゼル・ジェラルディンが続けた。「付き添いなしにロンドンを歩きまわるのはとても危険です。街に家族がいる人は別ですが、それ以外の人にとっては、この旅行は教育の一環です。お楽しみ旅行ではありませんよ」

プレシアが口をとがらせた。「じゃあ、お買い物はどうなるの！　ロンドンに行くからと、余分のおこづかいをもらったのに！」プレシアは〝もらった〟の〝た〟を鼓膜が破れそうなほど強く発音した。

「それはあとまわしよ、ミス・バス」

「でも、モニクのパーティが！」

「いいかげんになさい、ミス・バス」

プレシアはむくれた。

モニクは得意げだ。モニクの両親は舞踏会の準備のためロンドンに滞在している。好きなだけ買い物ができるというわけだ。

こうして飛行船はハイド・パークに腰を落ち着け、窓の外に広がる魅力的な景色を尻目にいつもどおり授業が行なわれた。外では貴族たちが散歩をし、貸し馬車が行き交い、大都市でしか味わえない贅沢や恩恵のあれこれが手を伸ばせば届きそうなところで繰り広げられている。

あまりに魅力的な光景に、シドヒーグ以外の誰もが気が変になりそうだった。いつもは無口なアガサでさえ、お芝居への憧れを口にした。「それともオペラがいいかしら？　わたし、オペラが大好きなの」

ソフロニアは考えをめぐらした。外出禁止令は生徒たちに違反させるため？　それとも全生徒が校舎内に閉じこもっていなければならないほど何か重大な危険があるの？　だが、教師たちに秘密を漏らす気配はない。上級生の数名が脱出をこころみただけで日中は何ごともなく過ぎた。

いつもと違ったのはその晩、ブレイスウォープ教授の授業の代わりに上級生と一緒にルフォー教授の授業を受けさせられたことだった。ソフロニアたちがビエーヴのおばから正式に授業を受けるのは初めてだ。

ルフォー教授は見るからに聡明で、産業妨害工作、紅茶、補給列車といったテーマについてものすごい速さでまくしたて、生徒の大半は——学年にかかわらず——まったくついてゆけなかった。それから、生徒全員にバカさ加減を思い知らせるかのように、やつぎばやに質問を浴びせた。それは実に衝撃的な経験で、ソフロニアたちはいつもの穏和で気さくで親しげなブレイスウォープ教授の授業を心から恋しく思った。

ブレイスウォープ教授は熱心な教師で、日課を変えることを好まない。吸血鬼は習慣の怪物と言ってもいい。そんなブレイスウォープ教授が授業を休むなんて、いったい何があったのだろう?

夕食のテーブルも、ブレイスウォープ教授の席と隣の客人席は空いていた。

「きっと来客があったのよ」ソフロニアがコダラのフライをかじりながら言った。

「あら、そう?」ディミティはソフロニアほど教師たちの動向に興味はない。

「間違いないわ。それも、とても重要な人物ね」

食事がなかほどまで進んでメインの皿が片づけられたころ、ブレイスウォープ教授が一人の男性をしたがえて現われた。

その紳士は長身で、ひどくやせてもいなければ、ひどく太ってもいない。とびきり上等の服をみごとに着こなしているが、決して派手ではない。長顔で、目のまわりのしわは笑いじわというより長年の疲労の跡を感じさせ、顔色は病人か会計係かと思うほど青白い。なかでも目を引くのはその長くて優美な手で、ロウソクの光を浴びたさまはまるで蛾のようだ。夕食にロウソクを灯すのはマドモアゼル・ジェラルディンの考えだった。いわく〝食べ物にガスライトは強すぎます〟

謎の男はいかにも苦痛そうにブレイスウォープ教授の隣に座った。食事にはまったく手をつけず、ポートワインをちびちび飲んでいる。

ソフロニアの視線に気づいたシドヒーグが何気なく言った。「だからナイオール大尉はあんなに嫌そうだったのか」

「ナイオール大尉が？」

「ロンドン行きを嫌がっていた。もともと人狼は――ウェストエンドはさておき――街が嫌いなせいだと思ってたけど、彼のせいだったんだな」

ソフロニアはしげしげと客人を見つめた。ナイオール大尉は、この紳士の何がそんなに気に入らないのだろう？　「どうしてあの人のせいなの？」

「あんた、〈陰の議会〉の親愛なる牙議員を知らないの？」

「知らないわ。あたしが知るはずないでしょ？」

シドヒーグはスコットランド育ちだが、異界族の勢力分布には通じている。「たしかに人前には出たがらないけど、あれは間違いなくあの男だ」

「あの男？」

シドヒーグがきっぱりとうなずいた。「めずらしいこともあるもんだな。あんたよりあたしのほうが先に知ってるなんて」

いまやシドヒーグは妙に興奮している。

「もしかして、あの人が〈宰相〉？」ソフロニアは驚きの事実に声をひそめた。頭のなかのネジがヘンテクリンの歯車のようにカチリとはまりだした。もしかしてこの人が学園の謎の支援者？　ただの吸血鬼でもなければ、政府でもない、〝ヴィクトリア女王お気に入りの吸血鬼〟が？

シドヒーグがウサギ肉と新ジャガイモのフリカッセを噛みながら言った。「間違いない」

そのとき、噂されているのに気づいたかのように〈宰相〉が目を上げた。いくら異界族の聴覚がすぐれているとはいえ、夕食の騒がしさのなかで部屋のいちばん奥の会話が聞こえるはずはない。それとも、聞こえたの？

ソフロニアは挨拶がわりに水の入ったグラスをかかげたが、シドヒーグは〈宰相〉を無視した。シドヒーグはレディ・キングエア——人狼側の人間だ。人狼は社交界を避けてはいるが、地位的には吸血鬼と同等だ。

テーブルの向かい席でこのやりとりを見ていたフェリックスが言った。「女子校の夕食の席には場違いな、なんとも偉そうな御仁だ。さて、プディングコースはまだかな？」

「あなたがたの先生はあまりうれしくなさそうね」と、ソフロニア。

シュリンプディトル教授はいかにも不快そうだった。色鮮やかなペイズリー柄のスカーフをあごの近くまで巻き、ひたすらマトンとホウレンソウをにらんでいる。

「吸血鬼が一人から二人に増えてうれしいはずがない」と、フェリックス。「ましてやつい最近、吸血鬼に噛まれたと思いこんでいる人にとってはなおさらだ。「シュリンプディトル教授が気に入らないのは〈宰相〉の政治力じゃないの？」と、ソフロニア。

「おやまあ、リア、いまのは謎かけかい？　気に入ったよ。ぼくを誘惑する気なのかと思ってしまいそうだ」そう言ってフェリックスは長いまつげをぱちぱちさせた。

粟（ミレット）プディングとノーフォークふう蒸し団子が運ばれ、食事も終わりに近づいた。いちばんよく食べたのはピルオーバーだ。夜の授業が始まる前のわずかな自由時間をできるだけ確保しようと生徒たちが出口に群がる横で、ソフロニアはわざと歩みを遅くした。教師たちは好みに応じてシェリー酒やブランデーを片手に生徒たちの様子を見ている。ちなみにシスター・マッティの好みは大麦湯だ。

一人残ったソフロニアは少しずつ部屋の前方に近づき、テーブルの残り物が気になるふりをしながら視界の隅で教師たちをとらえた。

ブレイスウォープ教授が立ち上がって去りかけると、〈宰相〉がわざとらしいおどけたしぐさで教授の肩を叩いた。本物の親しさはまったく感じられない。二人とも緊張しているようだ。片方が相手の縄張りに侵入しているのだから無理もない。吸血鬼の掟によれば、この飛行船はブレイスウォープ教授の縄張りだ。つまり〈宰相〉は——招待されたにせよ——縄張りに踏みこんでいることになる。

〈宰相〉の言葉が聞こえた。「血のため、女王のため、そして国家のためだ、アロイシアス。きみは大いなる賭けに挑むのだ、マイ・ボーイ、実に偉大なる賭けに。必ずや賞賛されるだろう」

このときばかりは口ひげも動かさずにブレイスウォープ教授が答えた。「ありがとうございます。全力を尽くします」戦いの前夜、息子が軍人の父親に言うような口調だ。

調子に乗りすぎと思いながらもソフロニアはゆっくりと出口に向かい、ブレイスウォープ教授に近づいた。

「先生」ソフロニアは礼儀正しく呼びかけた。

「彼がいると、まわりが卑屈になるのが気に入らない」ブレイスウォープ教授はソフロニアが何もきかない前に答えた。

「とても偉いかたなんですね」

「おそらくきみには想像もできないだろう。得意のいたずらをしかけようなどと考えるんじゃないよ、ミス・テミニック。彼はわたしほど寛容ではない」

ソフロニアの脳みそが音を立てて回転した。〈ジェラルディン校〉が〈宰相〉のために動いているとしたら、つまりここの卒業生は〈陰の議会〉のスパイになるってこと？

「血のため、女王のため、そして国家のため？」ソフロニアが小さくつぶやいた。

「まさしく、ミス・テミニック。それが彼の弁だ」

スパイ活動のあれこれを想像するのは楽しいが、誰のために働くのかと考えるといつも不安になった。ヴィクトリア女王と陰の助言者たちに雇われるのは、ピクルマンや吸血群に雇われるよりも安全そうだ。でも、本当にそうなの？　希望すれば自分で自分の仕事を決められるの？　自分で主人を選べるの？　それとも問答無用で最高権力者に命令されるの？　もしそうだとしたら、決められた相手と結婚するのとあまり変わらないじゃない？

なぜそんな気になったのかわからないが、その夜ソフロニアは教室区に立ち寄った。ルフォー教授の実験室の明かりがついていた。ソフロニアは外壁をよじのぼってなかをのぞきこみ、舷窓に補聴器を押し当てて耳を澄ました。室内にいるのは一人だけで、話し声は聞こえない。シュリンプディトル教授が大きな金属スーツらしきものに顔を近づけていた。今週の初め、ルフォー教授と二人であれこれいじりまわしていたものだ。シュリンプディトル教授は熱心に黙々と作業を続けている。ソフロニアは十五分ものあいだじっと見ていたが、何もわからず、首をかしげながら部屋に戻った。でも、何かが起こりそうだ。もうすぐすべての疑問の答えが出そうな気がする。そして、その答えはすべてロンドンにある。

いつも足を暖めてくれる熱い金属ボディのバンバースヌートがいないベッドは、寂しくて冷たかった。

試験その十三　空高く浮かんで

初めて〈良家の子女のためのマドモアゼル・ジェラルディン・フィニシング・スクール〉を見たとき、ソフロニアはその飛行船の大きさに圧倒された。だが、これを美しいと呼ぶ者はまずいない。それは備わった能力というより意志によってなんとか空中にとどまっているかのような――太鼓腹のブタを思わせるような――不格好なしろもので、見た者はみな〝本当は浮かびたくないけどお義理で浮かんでいる〟といった印象を受けた。

それに比べると、ジファールのエーテル飛行船――その名も〈疾風ニンバス・エイティーン〉――はまったく別物だった。まさに最新工学を集めた美の結晶で、下半分は従来どおりのはしけ型だが、全体のシルエットは流線型で優美。飛行船本体も流線型で、細長いアーモンド形の表面には砲弾を受けたあとのつぎはぎもなければ、不似合いなロープやはしごもなく、オイルを塗ったシルク製の気球が濃いミッドナイト・パープル色に光っている。〈疾風ニンバス〉は歓声を上げる群衆の上空をすべるように移動し、ハイド・パークの中央――みっともない横断幕をかかげた〈ジェラルディン校〉から少し離れたところ―

―に着陸した。

〝決してばらけず、二人一組で長い列を作ること〟という厳命のもと、生徒たちは船を降り、何百という観衆とともに着陸見物を許された。みな、いちばん上等のお出かけドレスと帽子に身を包み、曇り空にパラソルをかかげている。

「パイナップルみたいにかわいいわ」そう言ってマドモアゼル・ジェラルディンはレースのハンカチを振りながら生徒たちを見送った。学長はよほどのことがないかぎり校舎を離れない。〝英国女性の飛行船はその人の城である〟がお気に入りの格言のひとつだ。

少女たちは歓呼の声に加わった。〈疾風ニンバス〉は出発から一時間もしないうちに到着した。ジファールはパリからロンドンのハイド・パークまでの距離の大半を、これまでの有人飛行でもっとも高度の高いエーテル層のなかを飛行してきた。まさに魔法のようなできごとだ。「水晶誘導バルブの試作品を使ったのは間違いないね」と、ビエーヴ。「エーテル流のなかを飛ぶにはその方法しかないもん」そう言って人ごみのなかに消えた。

アンリ・ジファールはサーカス団長さながらの仰々しさで、その瞠目すべき飛行船から跳ねるような足取りでタラップを下りてきた。クリーム色の格子柄のスーツにターコイズ色のクラバットといういでたちで、見たこともないような口ひげをたくわえている。ブレイスウォープ教授が起きていたら、あの申しわけ程度の貧相な唇カーテンとともに恥ずかしさに震えたに違いない。ジファールの口ひげは先端二センチ半ほどをロウで固め、コルク抜きのようにくるくると巻いていた。なんて芝居じみたひげかしら。ソフロニアはすぐに口ひげから視線をはずして群衆を見まわした。どうもジファールは誰かから衆目をそらすため、わざと自分に注意を集めているような気がする。

集まった群衆はいかにも午後のハイド・パークにいそうな人々だった。豪華な馬車や馬の背に乗った上流階級。〈マドモアゼル・ジェラルディン校〉の良家の子女たちのそばには、世紀の瞬間を見るために外出を許可された近隣校の大勢の生徒たち。〈王立協会〉の科学者集団は、どことなくしわくちゃの服とメガネとへんてこな道具を身につけていることでそれとわかる。上流階級ばかりではない。煙突掃除屋、売り子、機関工、その他さまざまな労働者階級の人々の姿もあった。ソープと出会う前はちらっとながめるだけだったソフロニアも、いまは興味津々だ。いずれにせよスパイは誰にでもなりすまさなければならない。

ソフロニアは当てもなく視線を走らせた。きっと何か目を引くものがあるはずだ。群衆の端に、場違いなほどとびきり身なりのいい一団がいた。あの手の伊達男がこんな早い時間に起きているのは不自然だし、飛行船に関心があるとも思えない。じっと見ていると、ジファールがめかし屋たちにおーいと呼びかけ、めかし屋たちもおーいと応じた。もしかして賭博場の仲間たち？　なんでもジファールは成り上がり者という噂だ。あそこの学者ふうの数人も学者にしては身なりが立派すぎる。変装かしら？　それとも、はるばる着陸の様子を見にやってきたフランスの学者たち？

〈疾風ニンバス〉が固定された。ジファールが片言の英語で挨拶をすると、女王陛下の昼間の代表者たちからしかるべき歓迎を受けた。ソフロニアが彼らに気づいたのはそのときだ。

群衆のいちばん端っこ、シダレヤナギの下に隠れるように三人の男がいた。全員が一流の身なりで、手にはステッキ、頭には緑色の帯を巻いたシルクハット。ピクルマンだ。三人はソフロニアと同様、その場の興奮から距離を置いているように見えた——まるで観察者のように。見つめていると、なかの一人がソフロニアに気づき、ステッキでひょいとシルクハットを上げた。ソフロニアは男に向かってパラソルをくるりとまわし、これみよがしにフェリックスの腕を取って驚く子爵どのを見上げながらほほえんだ。

「気分でも悪いの、かわいいリア？」ソフロニアが自分からフェリックスの腕を取ったのは初めてだ。

あたしたちの関係を見たら、ピクルマンはなんと思うかしら？　勝手に変に思わせておけばいいわ。フェリックスはピクルマンの息子って言ってたっけ？　この子はどこまで事情を知ってるの？

ソフロニアは甘えた声を出した。「ちょっと興奮しすぎただけよ、マージー卿。なんだかやけに暖かいと思わない？」

フェリックスは腕につかまるソフロニアの手をなだめるように軽く叩いた。「だったらそうやってつかまっていればいいさ、かわいい人。ぼくが船まで無事に送り届けるから」

ソフロニアは調子を合わせた。「それでこそあたしの頼れる人だわ」

フェリックスが疑わしげにソフロニアをちらっと見た。

ソフロニアはまつげをぱちぱちさせて笑みを浮かべた。

フェリックスは笑い返すしかなかった。理由はなんであれソフロニアが腕を取っている。あれほど望んだ展開が現実になって、いったいなんの文句がある?


生徒たちは校舎に戻った。意外にも、外出のあいだ脱走をこころみた生徒は一人もいなかった。教師たちはこの予想外の行儀のよさに感激し、ご褒美として——モニクの舞踏会に行く行かないにかかわらず——午後の時間をおめかしとロンドン散策の準備に当てさせた。

たちまち校内は舞踏会に招待されて興奮する者と、招待されずに落胆の涙を流す者とで騒然となった。ソフロニアと仲間たちはいかにもうれしそうに振る舞った。ディミティの場合は、本気でわくわくしているとしか思えなかった。そわそわと行ったり来たりしてはアガサにもっと似合う髪型を提案し(「本当よアガサ、だってそんなにきれいな赤毛なんだもの」)、シドヒーグの地味なドレスをとがめ(「お願いだから少しくらいレースをつけてくれない？」）、ソフロニアにはもっと装飾品をつけるべきだと言い張った（「いいえ、妨害器は装飾品じゃないわ」）。

「それじゃブレスレットにはとても見えないわ。宝石とか、何か光るものをつけちゃダメ？」

「ビエーヴのお許しがなければダメよ。まだ、あたしのものじゃないんだから。ディミティ、もうほっといて！　あたしにとっては、おしゃれかどうかよりきちんと機能するかどうかのほうがはるかに大事なの」

「まあ、ソフロニアったら、なんて恐ろしいことを！」ディミティは片手を胸に置いて息をのんだ。レディ・リネットお得意のポーズだ。「まるでモニクのデビュー舞踏会で何かよからぬことが起こるとでも言うような口ぶりじゃない」ディミティは自分で言った大胆な言葉に瞳をきらめかせた。

ソフロニアは罪の意識を感じた。これからディミティとピルオーバーがなんらかの危険にさらされるのは間違いない。「わかった。そこまで言うのなら、ホウレーに光りものをつけていいわ。でも妨害器はダメよ」

ディミティはうれしそうに手を叩いてホウレーに飛びついた。

その日の夕食のとき、夜の授業が休講になることが告げられた。

「数時間のあいだ、全員が校舎を離れなければなりません。飛行船は政府による非常に精密な試験に使われます」マドモアゼル・ジェラルディンはナメクジをのみこんだような顔で言った。「非常に危険な試験です。若い命を危険にさらすわけにはいきません。生徒のみなさんは全員、いちばん大事なものだけを帽子箱ひとつに詰めて——いいですか、ひ
とつですよ！——船体中央部に集合してください。水晶宮のそばを離れてはなりません。そこから試験の様子を見学します。夕食が終わったら十五分で荷造りをして階段口に集合すること。点呼を行ないます」

この奇妙な指示に、生徒たちのあいだには困惑のつぶやきが広がった。ソフロニアはこの試験がなんなのかを探ろうとブレイスウォープ教授を見た。エーテル層征服をもくろむ吸血鬼と無関係とは思えない。だが、ブレイスウォープ教授はまったくの無表情だ。口ひげさえもじっと動かない。

それでも生徒たちは指示にしたがった。なかにはとてつもなく大きな帽子箱を抱えた者もいた。全員が冬の外套の下にいちばん上等のドレスを着こんでいた——まんいち飛行船に何かあったときのために。

「どうして今夜なの？」モニクが泣きついた。「せめてあたしの舞踏会が終わるまで待ってくれたらよかったのに」

「いいえ、それは無理よ」シスター・マッティがだだをこねるモニクの背後から近づいた。「でも、シスター・マッティ、もし何かあったら予備の舞踏会ドレスが台なしになるわ。

そうなったらどうすればいいの？」

「いいこと、お嬢さん、まんいち船を失うようなことになったら、そのくらいではすまないわ」

モニクは不満の声を上げた。

ソフロニアはだまされなかった。モニクが自分のドレスを友人たちの帽子箱に入れてもらったことは知っている。

ソフロニアは少しずつシスター・マッティに近づいた。「本当に船が墜落する恐れがあるんですか？」

「お嬢さん、これは空に浮かぶ学園よ。落ちる危険はつねにあるわ」シスター・マッティはときおり運命論者になる。だから毒薬の使いかたを教えるのがうまいのだろう。シスター・マッティにとって、死は誰にでも訪れるものであり、毒は少しだけその手助けをする手段にすぎない。

ソフロニアはあたりを見まわした。「ほかの先生たちは一緒じゃないんですか？」

シスター・マッティが指さす先を見ると、ブレイスウォープ、シュリンプディトル、ルフォーの三人が船の端をまわって上階にのぼってゆくのが見えた。

「煤っ子たちはどうなるんですか？　そんなに危険な試験なら、煤っ子たちも船から降りるべきじゃありませんか？」

上げるには総力が必要です」

「あら、彼らは別よ」シスター・マッティがこともなげに言った。「それに、今こそボイラーを動かさなければなりません。技術員は総出で任務についているはずよ。船の高度を上げるには総力が必要です」

それを聞いたとたん、ソフロニアはいま起こっていることを理解した。そう考えればすべてが腑に落ちる。教師が呼び出されたこと……校舎ごとロンドンに移動しなければならないこと……吸血鬼がエーテル技術に関心を持つこと……。「ミスター・ジファールは今夜、もうひとつのエーテル試験を行なうんですね？　そして試験にはブレイスウォープ教授が参加する。だから校舎はそばにいなければならない。ブレイスウォープ教授のつなぎひもはそんなに高い位置までは伸びないから、そうでしょう？」

「あらあら、あなたが心配することじゃないわ」シスター・マッティは気軽な様子をよそおって答えをはぐらかし、立ち去った。

ビエーヴがかたわらに現われた。黒髪にいつもの帽子はないが、えくぼはしっかり浮かべている。「ねえ、気づいた？　実験室から例の発明品を運び出してる」見ると、シュリンプディトル教授が金属スーツらしきものを抱えていた。「それと、おばさんが何をしたと思う？　誘導バルブをあのスーツのなかに組みこんだんだ！　おばさんがあたしより装置を停止させるのがうまいことを祈りたいね」それだけ言うとまたどこかに消えた。

ソフロニアはディミティ、アガサ、シドヒーグがいる場所に戻った。「ああ早く点呼を取ってくれないかしら」

「どうして？」アガサがすぐに疑いの目を向けた。

「ソフロニアは船内に残りたいのよ」と、ディミティ。

シドヒーグはあきれ顔だ。「地上に下りたあとでまた点呼を取ったらどうすんの？」

「いちかばちかやるしかないわ。煤っ子たちを残してはゆけないもの。そんなの不公平よ」

「なんて立派な心がけかしら、ソフロニア」ディミティが感激した。「あなたがそんなに慈悲深いとは知らなかったわ。慈善はとてもレディらしい行為よ」

シドヒーグがふんと鼻で笑った。「よく言うよ。ソフロニアは、本当は何が起こるかを見たいだけだ」

ソフロニアはにやりと笑い、「ふたつ同時にやってもいいでしょ？」そう言ってディミティとピルオーバーを心配そうに見下ろした。「あなたたち二人はお願いだからナイオール大尉のそばを離れないで。また誘拐犯が襲ってこないともかぎらないわ。あなたたちをねらっていないとあたしが自信を持って言えるのは人狼だけよ。大尉のそばにいれば──教師ですもの──きっと生徒を守ってくれるわ」

プラムレイ＝テインモット姉弟は不満そうだ。

「お願いよ、ディミティ。お願い」これまでにないほど強い口調だ。

ディミティは人形のような丸い顔に真剣な表情を浮かべてうなずいた。

ソフロニアはシドヒーグに向きなおった。「二人から目を離さないでくれる？」

シドヒーグがうなずいた。「誘拐って？」

「それはあとで説明する」

シドヒーグはもういちどうなずいた。さすがはレディ・キングエア、軍人に育てられただけあって命令には黙ってしたがう癖がついている。

「あ、それからディミティ、船から出るときに少しばかりみんなの気をそらせてくれない？」

ディミティは唇を堅く結んだ。「わかった。どんな――」

そのときマドモアゼル・ジェラルディンが手を叩き、全生徒が期待の顔を向けた。「点呼を取ります。学年ごとに並んで。新入生はこちら、二、三年生はそことそこ、上級生はあちら側で、男の子たちは後列に」

生徒たちは言われたとおりに場所を移動しはじめた。この隙にフェリックスがソフロニアに近づいた。

「何が始まると思う？」

「あなたも知らないの？」

「知らないよ。どうして知ってると思うの？」

「あなたたちの仲間がかかわってるから」

「ぼくたちの仲間って、どういう意味？」

ソフロニアは、骨組みだけになった水晶宮のそばの芝生にいくつも置かれたベンチを指さした。昼間のジファール飛行船の着陸とはまったく様子が違う。これは夜なかに行なわれる秘密の実験で、機密性を保つために警官が立っていた。それも普通の巡査ではない。銀製と木製の武器を身につけた異界族専門の警官だ。とはいえ、夜の早い時間のハイド・パークは静かだった。夕食後は夜の外出のために身なりを調える時間帯であって、本来、午後九時は何も起こってはならない。人目を避けるためとはいえ、こんな時間に試験を行なうのは無作法もはなはだしい。マナーを重んじるマドモアゼル・ジェラルディンの機嫌が悪いのも当然だ。

明るい月明かりのもと、フェリックスにもソフロニアのほのめかすものが見えた。たしかにフェリックスのお仲間が下のベンチに座っていた。シルクハットに緑色のサテンを巻いた少なからぬ数の男たち。さらに、身なりのよい伊達男の一団と、近くの人狼団の団員とおぼしきむさくるしい男たちの姿もあった。青白い顔であかぬけた身なりの二人の紳士は吸血鬼に違いない。その横に〈宰相〉が座っている。

空がいちだんと暗くなった。雲のせいではない。飛行船のせいだ。数隻からなる飛行船団が接近し、少し離れた場所に浮かんでいた。船団の中心部から小さな気球を四つつけた小型飛行艇が上昇してゆく。空強盗（フライウェイマン）だ。それより少し大型で、大きさにふさわしい濃い色の気球をつけた飛行船は、空強盗もしくは私掠飛行船だろう。あのどこかにマダム・スペチュナとバンバースヌートが乗っていてなりゆきを見ているに違いない。

〈マドモアゼル・ジェラルディン・フィニシング・アカデミー〉は周囲の足場がまやかしであることを露呈しながら地面ぎりぎりまで降下した。点呼が行なわれ、階段が下ろされた。生徒たちがぞろぞろと階段に向かう横で、ソフロニアは教師陣たちを見ながらすーっと端に寄った。ディミティが悲鳴を上げながら階段脇の手すりに向かってよろめき、数階分の高さから地面に転げ落ちそうになった。アガサは恐怖の表情で下をのぞきこみ、後ろ向きに失神するふりをした。シドヒーグは勢いよくディミティのあとを追いかけ、自分ももう少しで階段の手すりから落ちそうになった。三人とも、気をそらせるのがすごく上手だ。

生徒たちが騒ぎ、口々にしゃべりはじめた。何ごとだろうとつま先立って伸び上がるので、集団が上方に盛り上がる。教師と職員たちは騒ぎの原因を確かめようと前に急いだ。百戦錬磨のレディ・リネットは、これが〈気をそらせる技〉だと気づいてあたりを見渡したが、中央デッキは四十人近い生徒でごった返していて、ソフロニアの行動には気づかなかった。

レディ・リネットの視線がそれた瞬間、ソフロニアは身をかがめた。生徒たちは夜でも大きな帽子をかぶっている。身を隠すには好都合だ。ソフロニアは自分の帽子を脱ぎ、上部デッキに通じるはしごに駆け寄った。今ここに取りついたら丸見えだが、全員が下船するまで背後に隠れるにはちょうどいい。

じっと息を詰めて待っていると、蒸気が噴き出し、クランクをまわす音が聞こえた。折りたたみ式階段が引き上げられたらしい。やがて校舎がぐらりとかしいで上昇しはじめた。もう出ても大丈夫だ。

はるか頭上の上方前方キーキーデッキにブレイスウォープ教授の姿が見えた。今まさに、ルフォーとシュリンプディトル両教授が組み立てていた装置のなかに乗りこもうとしている。装置は深海探査用スーツのように身体にぴったりだ。あれはなんという名前だっけ？そうだ、潜水服。完全にスーツを着こんだブレイスウォープ教授は少しばかり動きのなめらかな大型メカのように見えた。

ソフロニアは下の見物人から見えないよう、外壁をまわって船の端っこに移動した。その前に、シドヒーグがディミティとピルオーバーと一緒にナイオール大尉の隣に座っているのを確認した。

ジファールのエーテル飛行船〈疾風ニンバス・エイティーン〉がさっと視界に現われ、轟音とともに近づいてきた。前に一度、飛行艇を操縦したことのあるソフロニアはジファールの操縦能力に感嘆した。飛行船〈ニンバス〉が〈ジェラルディン校〉と同じ高さまで上昇すると、〈ジェラルディン校〉から〈ニンバス〉まで長いタラップが伸び、その上をブレイスウォープ教授が綱渡り師よろしく駆け足で渡った。タラップが引きこまれ、二隻の飛行船はたがいに速度をそろえながら重々しく上昇しはじめた。ソフロニアは煤っ子たちの様子を確かめるつもりだったが、頭上の様子にすっかり心を奪われ、その場にとどまって見つめていた。ミスター・ジファールはブレイスウォープ教授と短く挨拶を交わすと、〈ニンバス〉の操縦に戻った。二隻の飛行船は並んでぐんぐん上昇した。地上の人々が小さな点になり、公園の木々も豆粒になり、やがてロンドンの街じたいが光る滴になった。そしてついに雲の上――ソフロニアがこれまで浮かんだなかでもっとも高い位置――にまで上昇した。空気は氷のように冷たく、風はごうごうと音を立て、プロペラは、ふだん校舎がのんびりと浮かんでいる気流を必死にかきまわしている。

エーテル層に達したら、そうとわかるはっきりした変化があるのだろうか？　それは、もう目の前に迫っているに違いない。見えないタマネギの皮。その向こうにある真空からみんなを守っている気体の層。〈マドモアゼル・ジェラルディン校〉をこんなに上昇させて大丈夫なの？　ジファールのエーテル飛行船は変わりやすい上層気流を想定して設計されているが、〈ジェラルディン校〉はそうではない。

ソフロニアは上方に注意を戻した。ブレイスウォープ教授は直立不動で〈疾風ニンバス〉のキーキーデッキの手すりに寄りかかり、上空を見ている。ソフロニアはエーテル層のなかに突入する教授の気が知れなかった。エーテル層についてはほとんど何も解明されていない。わかっているのは、呼吸はできるが通常大気と違って密度が高く、危険ということだけだ。これまでエーテル層の内部に入った者は人間だけで、それもほんの数えるほどしかいない。でも、ブレイスウォープ教授以外に——たとえこれほど高度が高くなくても——空に浮かべる吸血鬼はいない。教授はこの学校に住んでいるせいで浮かんでいられる特別な吸血鬼だ。だから〈ジェラルディン校〉は可能なかぎり教授と一緒に上昇しなければならない——つなぎひもをできるだけ短く保っておくために。

防護服を身につけたブレイスウォープ教授がエーテル層に送りこまれようとしていた。教授はエーテル層に突入する最初の異界族になるだろう。異界族がエーテル層に入ったらどうなるのか、誰もが知りたがっている——吸血鬼も、人狼も、英国政府も、ピクルマンも。彼らは安全のために防護服を作った。でもエーテル層では何が起こるかわからない。

ブレイスウォープ教授は非常に危険な試験に挑もうとしている。〝女王陛下と国家のため〟——〈宰相〉は言った。〝そして科学のため〟——ソフロニアは心のなかでつけ加えた。

〈ジェラルディン校〉が上昇をやめ、動きを止めた。船体を安定させるべくプロペラが猛然とまわっている。高さの限界まで来たようだ。この真上がエーテル層に違いない。ソフロニアは頭がくらくらした。周囲を見まわしても、やけにまぶしい星々のほかは何も見えない。エーテル層というのは、下からは見えず、なかからは不透明に見える。少なくともそんな話だ。

ジファールが何やら合図を出すと、〈疾風ニンバス〉は〈ジェラルディン校〉を置き去りにしてさらにすっと上昇した。

最初はすべて順調に見えた。と、いきなり防護スーツを着たブレイスウォープ教授が身をくねらせ、顔の前で両手を振りまわしはじめた——獰猛なスズメバチの大群を追い払うかのように。一瞬ソフロニアはパニックを起こしそうになり、とっさに〝メカアニマルの求愛ダンス〟という言葉を思い浮かべた。

ジファールは操縦から手が離せないらしい。ソフロニアにはブレイスウォープ教授の悲鳴が聞こえたような気がした。次の瞬間、教授はがくんと後ろに身をそらせ、背中から手すりにぶつかったかと思うと、手すりを越えてひっくり返った。それがまったくの偶然だったのか、それとも目に見えない苦痛から逃れようとしてみずから飛び下りたのか、ソフロニアにはそのときも、それから数年たったあとも謎のままだった。

ルフォー教授の手になるスーツを着たブレイスウォープ教授が空を切って落ちていった。身体はだらりとして、もはやなんの音も聞こえない。

でも叫んでいたに違いない——ソフロニアはぼんやり思った。あたしなら絶対に叫ぶはずだ。

吸血鬼の身体がくるくると回転しながら雲のなかに落ち、見えなくなった。

次の瞬間、呆然と見ていたソフロニアはいきなり行動に出た。あのスーツには誘導バルブが組みこまれている。おそらくこの飛行船のボイラー室につながっていて、何かあったらすぐに追いかけられるような手はずになっているはず。校舎がこうして高度を保っているということは、ブレイスウォープ教授がバルブを使わなかったか、もしくは作動しなかったかのどちらかだ。

ソフロニアはこれまでの記録をすべて塗り替える速さで船体を移動した。鉤縄を投げ、飛び下り、猛然とバルコニーからバルコニーを移動し、ボイラー室に通じるハッチまでまたたくまに駆け下りた。

機関室はあらゆるものが動き、煤っ子たち全員が起きて働いていた。修理工や火夫、機関士たちがいたるところに立って大忙しの現場を見張っている。飛行船をここまで上昇させるのは大変な作業に違いない。すべてのボイラーが燃え、火室から炎がめらめらと上がっている。管を通って外に排出されない蒸気が室内に充満し、部屋の上部に白く雲のように溜まって、洞窟のような部屋がいつもより狭く感じられた。そして、信じられないほど熱い。

ソフロニアは必死にソープを探した。さいわいソープのほうがソフロニアを見つけた。

「あれ、どうしたの？」

ソフロニアは礼儀も忘れてソープの腕をつかむと、堰を切ったようにまくしたてた。

「ソープ！　校舎も一緒に下りて！　つなぎひもが切れちゃう！」ボイラー室の喧噪のなかで必死に叫んだ。「いますぐ降下して！いますぐ！お願い！」

ソープが腕をつかむソフロニアの手にそっと両手を置いた。「なんのことかわからないけど、命令を出すのは操縦室だ」

ソフロニアはパニックに襲われた。頭に浮かぶのは、つなぎひもの限界について質問したときのブレイスウォープ教授の顔だけだ。あれは心からおびえた表情だった。一刻も速く、少しでも教授の近くに行かなきゃ。

「ソープ、ボイラー室の責任者は誰？」

ソープは口をぽかんと開けて見返した。「なんだって？」

「その人のところに連れていって。いますぐ」

ソープはボイラー室の混乱を駆け抜けた。ソフロニアはこれからハイド・パークのそぞろ歩きに出かけるかのような優雅なドレスと帽子で追いかけた。スカートが長すぎて、ソフロニアのあとには装置が蒸気を吐き出すように煤の粉が巻き上がった。

二人は部屋の隅に据えられた高いプラットフォームの下にたどり着いた。責任者はこのプラットフォームのてっぺんに立って作業全体を監督している。

「あなたはここにいて、ソープ。二人してトラブルに巻きこまれることはないわ」

「本当に大丈夫？」

「大丈夫」ソフロニアは言った。本当は大丈夫じゃないけど。

ソープは心配そうに顔をゆがめた。ソフロニアはくるくると変わる緑色の目を向けた。

「お願い」

ソープはソフロニアを一人でプラットフォームの上にのぼらせた。

てっぺんに立っていたのは、半ズボンにブーツにシャツにベストという簡素な服を着た煤まみれの男だった。冷酷そうな顔も赤ければ、きれいに刈りこんでヤギのように首まで伸ばしたあごひげも赤い。

「誰だ、あんた？」男がどなった。

ソフロニアは一瞬ひるんだ。ひどく怖そうだ。でも、そこでブレイスウォープ教授の当惑した、でもよく手入れされた口ひげを思い出して勇気を振りしぼった。いまこそ口ひげを救うためにあごひげを送りこむときよ！「ブレイスウォープ教授のことです。教授が転落しました。この目で見たんです。追いかけなければ一生消えない傷を負うかもしれません。お願いです、いますぐ追いかけてください」

「無理だな、お嬢ちゃん。レバーが下りていない。それに、ここは若い娘が来る場所じゃない。さっさと出ていきな」

「どうか聞いて！　どうしても下りなければならないんです。どうしても！」またもやソフロニアは手もとにおどしの道具がないことを悔やんだ。どうして〈脅迫〉の授業を受けられるのは上級生だけなの？

「いつ下降するかはあの新しい装置が教えてくれる」男は誘導バルブが置かれた小さな架台を指さした。バルブの一部がレバーつき連動装置に組みこまれている。ソフロニアは最初の試作品で学んだことを思い出した。通信を行なうには対のバルブが必要だ。これが対の片割れで、もうひとつがブレイスウォープ教授の防護服のなかにあるに違いない。さらに、ビエーヴが誘導バルブを使ってプスプス・スケートを停止させるのに苦労していたことも思い出した。停止がうまくいかなかったのは対応するバルブがなかったからだ。つまり、これはブレイスウォープ教授の安全網。非常事態が起こったら、教授本人もしくは防護服が機関室に警告するようになっていた。いまごろはレバーが下りていなければならないはずだ。でも警告は伝わらず、ブレイスウォープ教授は落下した。

何もなければ、このままえんえんと言い争っていただろう。だが、そのとき、風がぴゅーっと吹きつけるような鋭い音がして、プラットフォームの上で口を開けている細長い金属管から弾丸状のものが飛び出し、あやうく男の頭に当たりそうになった。

男は空中で弾丸もどきをつかむと、卵を割るように膝で叩き割った。なかには伝言の紙が入っていた。伝言を読んだ男はソフロニアを疑わしそうに見やり、拡声器に手を伸ばした。その真鍮製のらっぱは男の身長ほどもある巨大なもので、全体がスイッチとレバーにおおわれている。男は巨大らっぱを口に当て、つまみを調節すると、ボイラー室に響きわたる声で叫んだ。「総員、上昇停止。これから一気に下降する。プロペラを安定急降下の角度に設定。修理工の六班と十四班は煤っ子たちをのぼらせろ。中央気球のガスを排気」

　この命令に全員が息をのんだ。

　つまり、あたしは操縦室から伝言が届くより早く外壁を伝って急を知らせたってことだ。みんなが正しく作動する誘導バルブをほしがる理由がようやくわかった。誰もが必死に手に入れたがるのも無理はない。飛行ちゅうはすべてにおいて速さが要求される――エーテル層のなかを移動する場合だけでなく、空に浮かぶすべての人にとって。

　監督官の命令で人の動きは止まったが、なおも装置はガシャンガシャンと音を立て、ボイラーは炎を上げている。動揺がひとしきり治まったなかで誰かが小声で言った。「まさかいいい、いちばん下まで？」呆然とした口調だ。

　赤ら顔の男が拡声器に向かって言った。「そうだ。いいいちばん下までだ。それ以外の者は冷却作業に当たり、降下の衝撃に備えよ。いいか、これは着陸じゃない。急降下だ！」

　とたんにボイラー室が動きはじめた。まるですべてが逆回転になったかのように、さっきまで一方方向に走っていた煤っ子たちが反対向きに走りだし、火夫は石炭をくべるのをやめた。燃える石炭に水をかける者もいて、ボイラー室にはいちだんと蒸気が立ちこめた。

　男がソフロニアを見てどなった。「さっさと出ていけ！　つかまるところを探すんだ。

これは遊びじゃないぞ。あんた、名前は？」

「モニク・ド・パルース」ソフロニアは間髪を入れずに答えた。

「覚えておく。さあ、行け。早く！」

ソフロニアはあわててボイラー室を出た。

それからの数秒間は生きたここちがしなかった。飛行船がぐんぐん高度を下げているのが胃の感覚でわかった。空中に浮かんでいても何も感じないことに慣れている身には、よけいに揺れが恐ろしい。ソフロニアはいつもの会合場所である床ハッチのそばの石炭山――いまはずいぶん減っている――の背後に身をひそめた。しばらくしてソープがやってきた。二人はハッチごしに地面がぐんぐん近づいてくるさまを見つめた。

「いったい何をしたの？」ロンドンの街が見えてきたころソープがたずねた。

「あたしじゃないの。説得しようとしたけど、監督官は管が吐き出した指示にしたがっただけ」

街の中心のハイド・パークが見えてきた。北側にはリージェント・パークも見える。

「あれは操縦士からの指示だ。きみの意見に同意したんだよ。でも気球のガスを抜くなんて、あれはあんまりだ、どう考えても。経費だけでもどれだけかかることか！」

やがて街の通りや屋敷がはっきり見えてきた。

「地面に激突するの？」不安で胸がどきどきした。

ソープは「ささえといてやるよ」と言いわけしながら、おずおずと長い腕をソフロニアの腰に巻きつけた。ソフロニアは少し安心した。

水晶宮の骨組みと無人のベンチが見えてきた。ベンチにいた人々が何かを取りかこんでいる。落下したブレイスウォープ教授に違いない。

「停止態勢準備、気球ガス注入」拡声器から声が聞こえた。

「やべえ、おれの仕事だ！」ソープは大急ぎで持ち場に向かった。

ソフロニアは一人、取り残された。

地上の群衆の一人が空を見上げて指さし、悲鳴を上げた。巨大な空中校舎がものすごい勢いで落ちてくるのだから、さぞ恐ろしい光景だったに違いない。

次の瞬間、ソフロニアは激しい衝撃を感じた。落下が止まり、校舎は宙に浮かんだ——すべてが始まる前とまったく同じ高さで。

煤っ子たちが歓声を上げた。

地上の生徒数人が失神した。みな正しい後ろ向きで、全員がその場にいた紳士にささえられた。

ソフロニアはハッチ脇の縄ばしごを下ろし、全速力で地面に駆け下りた。

試験その十四　足かせあれこれ

そのときは誰も——少なくとも文句があった人は誰も——飛行船からはしごを下りてくるソフロニアに気づかなかった。ソフロニアは人ごみをかき分け、ディミティとナイオール大尉のあいだにたどり着いた。よかった——ピルオーバーも一緒だ。ソフロニアは二人を大尉のそばから離れさせないでいたシドヒーグに〝ありがとう〟とうなずいた。

シドヒーグが笑みを返した。細長い男っぽい顔をいかにもうれしそうに輝かせて。

ブレイスウォープ教授が不自然にねじれて横たわっていた。エーテルスーツのヘルメットがはずしてある。灰緑色の顔。ぺしゃんこで、うなだれた口ひげ。

モニク・ド・パルースが悲劇のヒロインのような顔でのぞきこんでいた。あれは、ほかの吸血鬼にブレイスウォープ教授と親しい関係にあることを伝えるための計算ずくの表情？　〝あたしは新しい支援者を求めている〟というモニク流のアピール？　いっそ〈ジェラルディン校〉の中央気球に張った横断幕みたいにでかでかと張り出したらどう？

レディ・リネットが大声で叫んだ。「階段を下ろして。早く！　急いで校舎に運びこまなければ！」シスター・マッティがブレイスウォープ教授の手脚を引いたり向きを変えたりして正常な位置に戻した。ルフォー教授の厳しい表情はいつもと変わらないが、エーテルスーツを脱がそうとする両手は震えている。

そのときブレイスウォープ教授の目がぱっと開いた。

まわりの群衆がぞっとして息をのんだ。

ブレイスウォープ教授は顔の皮膚を頭蓋骨に張りつかせるようにして口を開き、黄色い歯茎と牙を剝き出して声なき叫びを上げた。いまにも死にそうな、小柄で衰弱しきった身体のどこにこんな力があるのかと思うほどのまがまがしさだ。

「まあ」ディミティがささやいた。「なんて恐ろしい！」

ソフロニアは横たわる教授に近づき、まわりの女性たちのひそひそ話に耳を澄ました。

「モニク！」と、ルフォー教授。「あなたの出番よ」

モニクは落ち着き払った顔で重々しくうなずくと、よどみない動きでケープをはずし、横たわる教授の大きく開いた口にためらいもなく片方の手首を押し当てた。

教授が思いきり牙を沈めた。モニクの白い肌に血が飛び散った。

周囲の群衆がいっせいに息をのんだ。

ディミティが予想どおり失神した。

モニクは軽く身震いしただけで、それ以外はなんの反応も見せなかった。

ろう。

ああ、これで完全に秘密がばれてしまった——ソフロニアは思った。モニクがデビュー舞踏会を開いて学園を去るのはいいことだ。さもなければ彼女の両親が黙ってはいないだろう。

これほど凄惨でなければ、ロマンチックな場面だったかもしれない。口の端から細い血の筋をしたたらせ、なお大きく目を開いて宙をにらむブレイスウォープ教授の背後では校舎の大階段が下ろされ、白い蒸気の煙が夜闇に消えていった。中央気球がふたたびふくらみ、カムフラージュの足場がもとどおりに設置された。

「あの子を引き離して」ルフォー教授がエーテルスーツから目も上げずに言い放った。

「一人があたえる血の量としては充分よ」

レディ・リネットが吸血鬼の牙からモニクの手首を引きはがし、身体を離した。

モニクがふらついた。

群衆のなかから心配そうなつぶやきが漏れたが、近づいて手を貸そうとする者はいない。モニクのお仲間や取り巻きたちもすまなそうに目をそらした。プレシアさえ触れようとしなかった。

そのとき、人ごみのなかから別の吸血鬼が近づいた。信じられないほどハンサムで、見た目よりはるかに高齢には違いないが、若い娘なら誰でも胸をときめかせるようなタイプだ。たとえ吸血鬼だとわかっていても。いや、だからこそよけいに惹かれる者もいるかもしれない。ハンサムな吸血鬼は両手をそっとモニクの肩に置き、優しく身体をささえた。

「よしよし、かわいい子よ」

モニクはうつろな青い目で見上げた。「まあ、ありがとう、どうもご親切に」

ソフロニアは男の顔を記憶した。重要人物かもしれない。

「もっと血が必要よ」と、シスター・マッティ。「さもないと死んでしまうわ。いますぐに血を」そう言ってルフォー教授に目を向けた。

「これを見て」ルフォー教授はスーツに気を取られていた。「ここに細工の跡が！　発信バルブがきかなくなってるわ」そう言って、ある個所を指さした。

「いまはそれどころじゃないわ、ベアトリス。あなたが必要よ」

ルフォー教授がようやく目を上げた。「え？　今？」

「そう、今よ！」

「ああ、わかりました」ルフォー教授は実用的なドレスの袖の片方をまくり上げると、まだ血のしたたる牙に無造作に手首を押し当てた。

このときまで気を失わずにいた〈ジェラルディン校〉の生徒たちがあえぎを漏らした。

これが意味するところはただひとつ――ルフォー教授もまたブレイスウォープ教授のドローンだったということだ！

どうやら今夜はみんなの秘密が明らかになる晩らしい。どうしてあたしは教授たちの人間関係における、この小さな一面を見逃したのだろう？　もっとよく観察すべきだった。あの晩、緑色の寝間着でブレイスウォープ教授の部屋に入っていったのはルフォー教授だったのね。

こんなときにやるのはためらわれたが、やるなら今しかない。ソフロニアはルフォー教授に近づき、耳もとでささやいた。

「教授、こんなことを言いたくはありませんが、昨夜シュリンプディトル教授があなたの実験室に一人で入っていくところを見ました。そして、あの先生は吸血鬼を毛嫌いしています」

ルフォー教授が鋭い目で見返した。「何が言いたいの、ミス・テミニック？」

「たいしたことではありません。ただ、お知らせしておいたほうがいいかと。もし誰かが妨害工作をするとしたら……」ソフロニアは言葉を濁した。

ルフォー教授は思わず群衆を見渡し、シュリンプディトル教授に目をとめた。〈バンソン校〉の教師は今にも逃げ出したそうに最後尾に立っていた。まだ乳離れしていないような顔に驚きと恐怖を浮かべて。

ソフロニアは人ごみのなかに戻った。

シドヒーグが失神したディミティを片腕でささえながらぶっきらぼうにたずねた。「こいったいどはいったい何ごとだ？」

「いまにわかるわ」

ブレイスウォープ教授が吸血をやめた。だが、少しも回復した様子はなく、声もなく視線をさまよわせている。教授は伊達男の一団に抱え上げられ、船内に運ばれていった。

マドモアゼル・ジェラルディンは大判ハンカチで震える唇を押さえ、打ちひしがれた様子でつぶやきながらあとを追った。「でも、あんなにおじょおひんな人が！」そのあとに、この状況にも自分を失わなかった数名の生徒が続いた。

ルフォー教授は血を吸われたあとのダメージなどみじんも見せず、シスター・マッティのハンカチで手首を縛って袖を下ろすと、ふたたびエーテルスーツをのぞきこみ、やがて顔を上げた。

「スーツに細工の跡があり、誘導バルブが正しく設置されていませんでした。実に巧妙な――スーツの機能を熟知した人物にしかできない妨害工作です。このようなことができる人間はほかに一人しかいません」

「言っとくけど」ソフロニアの脇にビエーヴが現われた。「〝ほかに一人しかいない〟っていうのは正しくないね」

「ビエーヴ、あなた、まさか！」

「まさか、あたしじゃないよ。ただ、せめてきみにはあたしにもできるってことを知っといてもらいたくて」

「困った子ね。そのこと、、、だけは誰にも言っちゃダメよ」と、ソフロニア。

ルフォー教授が続けた。「みなさんの前でこのようなことをしなければならないのは残念ですが、アンブローズ卿、シュリンプディトル教授を取り押さえてくださいますか？」

モニクを介抱していたハンサムな吸血鬼はルフォーを見返して短くうなずくと、異界族のすばやさで群衆の最後尾に移動し、シュリンプディトル教授が逃げ出す前に抱え上げた。

「違う！」シュリンプディトル教授が血走った目で叫んだ。

とたんにソフロニアは吐き気を覚えた。こんなところは見たくなかった。彼をこんな行為に向かわせたのはあたしだ。あたしのせいでスーツが細工された。あたしのせいでブレイスウォープ教授は取り返しのつかない傷を負ったかもしれない。そして今あたしのせいでシュリンプディトル教授が罰せられようとしている。いっそ吐いてしまいたかった。すべてをビエーヴと恐ろしい取引のせいにしてしまいたかった。それでもソフロニアは表情を取りつくろい、こみあげる胃液をのみこみ、自分がやったことをじっと見つめた。

「異議あり」ピクルマンの一人が貴族らしい口調で言った。「シュリンプディトル教授は〈王立協会〉の立派な一員で、しかも優秀な教師だ」

「そして有名な吸血鬼嫌いでもある」アンブローズ卿は片手でその優秀な教師をつかんだまま、さりげなくクラバットピンで牙をつついた。

群衆が分かれた。片側に吸血鬼とドローン。反対側にピクルマン。そして数人の生徒とナイオール大尉が両陣営の中間に立っている。

両脇にむさくるしい大男をしたがえた〈宰相〉が前に進み出た。これを見たナイオール大尉は頭を下げ、首の後ろをさらすという奇妙な行動を取った——心からの服従を示すように。シドヒーグも同じ動作をすると、二人のむさくるしい男はうなずき、この奇妙なしぐさを当然のように受け取った。二人がかぶるシルクハットは一流ファッションの見本のように上等だが、どちらもあごの下でくくりつけられており、黒いビロード地のひもと正装の白いクラバットが鮮やかな対比をなしていた。

「あの人たちは？」ソフロニアがたずねた。

「左側の口ひげを生やしているのが〈将軍〉だ。女王陛下のお抱え人狼で、〈宰相〉と同等の地位にある。右側はヴァルカシン・ウールジー卿」シドヒーグが口を小さく動かして言った。

「人狼のことはなんでも知ってるのね？」と、ソフロニア。

「ああ。二、三年、一緒に暮らしてみればわかる。連中は意外に単純な種族だ」

「しっ」お辞儀から姿勢を戻したナイオール大尉がたしなめた。

〈将軍〉が重々しい声で言った。「告発することがあるかね、ルフォー教授？」

ルフォー教授がエーテルスーツから顔を上げた。「はい」

シュリンプディトル教授がもがいた。「わたしは彼に嚙まれた！」

「それ以上、何も言うな、アルゴンキン！」ピクルマンの一人が命じた。

シュリンプディトル教授は死にものぐるいで目を剝いた。アンブローズ卿はレディの毛皮マフほどの重さもないかのように軽々と教授を抱え上げると、さらに力の強そうなウールジー卿の腕に渡した。人狼だからある程度はしかたないが、ウールジー卿は見るからに残忍そうだ。口を一文字に結び、目尻には笑いじわひとつない。

「自分の身を守らなければならなかったんだ！」シュリンプディトル教授が人狼の腕のなかでむなしくもがいた。「わたしの首に牙の跡が！」

「バカなことを」〈宰相〉が言った。「ブレイスウォープが誘いもなく嚙むはずがない」

「恥を知れ」と、アンブローズ卿。「たったいま国家のために多大な危険を冒した吸血鬼を中傷するとは！」

「そうだ、そうだ」吸血鬼たちが唱和した。

「違う！」シュリンプディトル教授が唾を吐いて叫んだ。「違うんだ！」

別のピクルマンが首を振った。「もうよせ、シュリンプディトル」

だがシュリンプディトル教授には通じなかった。「あいつを止めなければならなかった！　なんとしても」

ウールジー卿がもう充分とばかりに唇をゆがめた。「女王陛下の名において、この男を妨害工作と殺人未遂の罪で逮捕する。墜落した吸血鬼の容態を知らせてくれ、ナイオール大尉。罪状を殺人に変えなければならないかもしれん」どちらでもかまわないと言いたげな口ぶりだ。吸血鬼と人狼は敵対し合ってはいるが、帝国の運営と異界族の名誉を守るという点に関してはつねに立場を共有している。

ナイオール大尉がウールジー卿に敬礼した。「了解、サー！」

ソフロニアは思わず目を閉じた。ウールジー卿はこれまで見た異界族のなかでもとびきり冷酷そうだ。そんな人物にシュリンプディトル教授を引き渡すなんて、あたしはなんてことをしたの？

「何か異議は？」〈将軍〉がピクルマンの一団を見まわした。

ピクルマンたちは短くひそひそとつぶやいた。

「まずいな」誰かの声が聞こえた。「あんなふうに罪を認めるとは。不面目きわまりない」

ついにピクルマンのなかでも年かさの男が、英国でもっとも権力のある三人の異界族に礼儀正しくシルクハットを傾けて言った。「いずれ正式な弁護士をつけるつもりだが、それまで逮捕を遅らせることはできない。弁解の余地はなさそうだ。シュリンプディトルを即刻、教壇から追放する」

これを聞いてウールジー卿と〈将軍〉は立ち去った。ウールジー卿は半狂乱のシュリンプディトル教授を、巻いた雨傘のように小脇に抱えていた。

ソフロニアはフェリックスの顔を盗み見た。ショックを受けているが、こっちを見てはいない。あたしのせいだとは夢にも思っていないようだ。

だが、ピルオーバーはソフロニアをにらみつけた。「シュリンプディトルは本当にいいほうの先生なんだよ。これはあんまりだ！　撤回しろよ、ソフロニア！」それだけ言うと、まだしっかり失神している姉をなかば抱え、なかば引きずりながら憤然と飛行船に戻っていった。

二人の身が心配だ。ソフロニアは唇を堅く結び、あとを追うようにシドヒーグにあごをしゃくった。

「あたしはいったいなんだ？」シドヒーグがぼやいた。「あの二人の乳母か？」そう言いながらも小走りでプラムレイ＝テインモット姉弟を追いかけた。シドヒーグは無愛想だが、ディミティのことが好きで、あたしの勘を信用している。

かたやビエーヴは目を輝かせてソフロニアを見上げ、小さくささやいた。「これも全部あたしのため？　恩に着るよ」

「ええ、そうよ」ソフロニアは罪悪感に押しつぶされそうだった。「あたしは一人の男性を破滅させ、それによって別の一人をもう少しで殺すところだった。すべてはあなたが〈バンソン校〉に行けるようにするためよ。それだけの恩返しをしてもらわなきゃ割に合わないわ」

「勉強してうんと賢くなるよ」ビエーヴは自信たっぷりだ。「上空で何が起こったの？」「例の誘導バルブが作動しなかったの。もしくはブレイスウォープ教授がわれを失って作動させるのを忘れたか。それは恐ろしい光景だったわ。まるで狂気に襲われたみたいだった。そして落下したあと、校舎が反応するまでひどく時間がかかったの」

ビエーヴは無理に笑みを浮かべた。「心配ないよ。ブレイスウォープ教授もシュリンプディトル教授も大丈夫だって」この気楽さはやはり子どもだ。

耳のいいナイオール大尉が疑わしげな目でソフロニアとルフォー教授の姪っ子を見下ろした。なぜ、どうやってソフロニアがよその教師を狂気に追いこんだのかは想像もつかないらしく、ただ深くため息をついた。「どうしてわたしはこんなフィニシング・スクールにかかわることになったんだろうな？　スパイは人狼の得意分野じゃないのだが」

「退屈ってことと？」ビエーヴが生意気そうに言った。

ナイオール大尉はビエーヴの耳のあたりを軽く叩き、ゆっくりと立ち去った。

レディ・リネットが生徒を校内に追い立てはじめた。「あなたたちのなかにはこれから舞踏会に行く人もいるのよ。急いでおめかししなきゃ！」このひとことは何より効果的で、生徒たちは驚くべき速さで移動しはじめた。

正直なところソフロニアの心はそれどころではなかった。あそこまでシュリンプディトル教授を追いつめるつもりはなかった。でも、あたしのせいだ。〝ブレイスウォープ教授に嚙まれた〟と思いこませたのもあたしなら、エーテルスーツの誘導バルブに妨害工作をするように仕向けたのもあたしだ。まんいちブレイスウォープ教授が死んだら、それもあたしのせいだ。〈中傷術〉というのは、いつもこんなに恐ろしい結果を生むの？　あたしはこれからずっと、こんな痛みに耐えてゆかなければならないの？　これがスパイの一部だとしたら、本当にあたしはスパイに向いていると言えるの？

ソフロニアはレディ・リネットの指示にメカのようにしたがうしかなかった。

船に戻ると、すべては舞踏会の興奮にのみこまれた。少女たちは部屋から部屋を駆けまわってはドレスを品評し、装飾品を借り合った。ブレイスウォープ教授の容態を心配しているのはソフロニアだけだ。

ビエーヴが居間に現われ、男の子の服しか着ない女の子にしてはやけに偉そうに髪型と髪飾りをあれこれ批評しはじめた。

「ダメだよ、ディミティ、垂らすのはいいけど、やっぱりレディらしく一部はアップにしなきゃ。とってもすてきなんだから、きみの髪は。魅力を最大限に生かすべきだよ。アガサ、髪を巻いてみたら？　ううん、もっと巻きを大きく。もっと大きく！」

モニクとプレシアが寝室から現われると、誰もが動きを止め、その美しさに息をのんだ。たしかに二人はほれぼれするほど美しかった。長身で金髪のモニクは優雅そのもので、プレシアはビロードの夜に浮かぶ月のようだ。ああ、あたしとしたことが、あまりに二人がかわいすぎて思わず詩人になってしまった。なんて屈辱的。

「金の綾織り？」ビエーヴがつぶやいた。「デビュードレスにしては大胆だね」

そのひとことで魔法がとけた。モニクがキッと振り向き、豪華な金色ドレスの窮屈な胴着（ボディス）のせいで甲高い声を上げながらビエーヴに扇子を投げつけた。

ビエーヴは笑い声を上げて扇子をかわした。「わあ、なんてレディらしいんだ。デビューする前から、もう立派な大人だね？」

ソフロニアはイブニングタイプのボディスにしゃれたオーバースカートのついたセイジグリーンの新しいドレスを着ていた。髪はアップにしたが、さほど凝ったスタイルではなく、宝石も最低限――ディミティから借りた模造パール――だ。ソフロニアはシンプルなほうが似合う。とにかくディミティはそう主張した。「まるでヒマワリの若芽みたいよ」

「あたしって若芽？」ソフロニアは怒ったふりをして興奮の輪に加わったが、心ここにあらずだった。さっきからブレイスウォープ教授のうつろな目とねじくれた身体ばかりが脳裏に浮かぶ。

ビエーヴが隣にやってきた。「なかなか壮観だね？」

「誰が？」ソフロニアはそっけなく応じた。

「みんなさ。今回の舞踏会はすごくおもしろくなりそうな気がしない？」

「つい数分前、吸血鬼が空から落ちたばかりだというのに？」

ビエーヴは帽子を後ろにずらしてソフロニアを見上げた。「たしかにしくんだのはきみかもしれないけど、それにどう反応するかはきみの責任じゃない。でしょ？」

「教授の具合はどう？」

「あっちで話そうか」ビエーヴはさりげなくソフロニアとディミティの寝室を指さした。

扉を閉めると同時にビエーヴが話しだした。「おばさんとシスター・マッティが〈宰相〉とミスター・ジファールとしゃべってるのを聞いた。シュリンプディトル教授が細工をしたにせよ、そのせいでB教授があんなふうになったとは思ってないみたい。飛行船がエーテル層に達したと同時に正気を失ったんだろうって、ジファールは言ってた。スーツを着て立ったと思ったら、次の瞬間、火がついたようにデッキの上をのたうちまわったんでしょ——まるでエーテルそのものに拒否反応を起こしたみたいに。たとえ誘導バルブが正常に動いていても、教授に作動させるだけの理性は残っていなかっただろうって。つまり、シュリンプディトル教授の妨害工作とは関係ないってことだよ。いまブレイスウォープ教授はわけのわからないことを口走ってるらしい。それがエーテルにさらされたせいか、落下のせいか、つなぎひもが切れたせいかはわからないって」

「先生たちは本当にそう思ってるの？」ソフロニアの罪の意識は簡単には消えなかった。

「どうせならエーテルを通さないスーツを造るべきだったんだよ。でも、おばさんたちはつなぎひもを守ることだけを考えた。誰かに罪があるとすれば、最初にブレイスウォープ教授を送りこもうと考えた人たちだ。でも、これで吸血鬼はどんなことをしてもエーテル層には入れないってことがはっきりした。長年の科学的疑問が解決したわけだから、少なくとも教授の犠牲は無駄じゃなかったんだ」ビエーヴはくったくなくえくぼを浮かべた。

「でも、もし校舎がもう少し速く教授に追いついていたら？　もしシュリンプディトル教授があんなことを……もしあたしがシュリンプディトル教授をだましてあそこまで追いつめなければ……」

「そんなに自分を責めるのはやめなよ、ソフロニア」

「教授は回復するの？　それともずっと正気を失ったまま？　死んじゃうの？」

「それは先生たちにもわからない。寮母もつなぎひもがこれほど激しく切れた例は聞いたことがないって。しかも今回はエーテル被曝っていう条件が重なってる。前例がないんだ。教授は厳重な監視下に置かれるけど、二度と意識を取り戻さないかもしれない。一時間以内に死んじゃうってこともないとは言えない」

ソフロニアはますます落ちこんだ。いますぐブレイスウォープ教授の部屋に駆けこんで血をあげたい気分だ。レディ・リネットに罪を告白しようかとも思った。罪をあがないたかった。でも恐怖のあまり身体が動かず、とぼとぼと舞踏会に向かうしかなかった。

ほどなく、モニクの舞踏会に招待された者——全校生徒の約半数と〈バンソン校〉の男子生徒全員からなる選ばれた集団——は船から降りた。外では一頭立ての二輪馬車がずらりと並んで待っていた。

ソフロニア、シドヒーグ、アガサ、ディミティ、ピルオーバー、マージー卿が一台の馬車にぎゅうぎゅう詰めで乗りこみ、フェリックスはソフロニアと扉のあいだに身体を押しこんだ。

「今夜の気分はどう、ミス・テミニック?」フェリックスはほれぼれするようなハンサムぶりだ。ぱりっとした白いシャツに柔らかな黒いシルク。申しぶんのない正装だ。

こんなすてきな男性に本気で気に入られるなんて嘘みたい。「まあまあかしら、マージー卿」ソフロニアはあまりに窮屈すぎて落ち着かなかった。分厚いスカートごしにもフェリックスの太もものぬくもりが伝わってくる。

「まだショックなんだね、かわいいリア? 今夜の不幸なできごとにきみの繊細な心は揺れているんだろう?」

ソフロニアはまつげの下からフェリックスの顔を見た。「ええ、正直なところ、まだ震えているの。あんなふうに目の前で人が落ちるなんて」

フェリックスは手袋をはめたソフロニアの手を優しくなでた。「人じゃない。吸血鬼だ。彼らはひどく頑丈にできているから、そんなに心配することないよ」

なんて無神経な言いかたかしら。「ああ、そうね、そう考えれば少しは気が楽になるわ」

「そうだよ、かわいいリア。気分がすぐれないならぼくに寄りかかればいい。今夜はあまり気に病んじゃいけないよ。ディナーダンスと最後のダンスはぼくに取っておいて。きみの体調が心配だ」

この大胆な申し出に、ソフロニアの右隣に座るディミティが身をこわばらせた。

ソフロニアは顔を赤らめるふりをした。自在に赤らめるのは無理だけど、ふりくらいはできる。ソフロニアはまつげを伏せ、空いた手を扇子のようにぱたぱたさせた。「いいこと、マージー卿。あなたとは三曲めを約束したはずよ。ディナーと最後のダンスを加えたら全部でみっつものダンスをあなたと踊ることになるわ。同じ人とばかり踊るのはどうかしら？　ディナーダンスについては考えておくと言ったはずだけど」

「それで？」

「まだ考えちゅうよ」

フェリックスは叱られた子どものような顔をした。

なんてそらぞらしいやりとりかしら――ソフロニアは思わせぶりな会話にうんざりした。これじゃあまるで、学園に来るまで思わせぶりな会話をしてこなかったぶんを今になって取り戻そうとしているかのようだ。〈マドモアゼル・ジェラルディン校〉が良家の子女をスパイにしたてるのがうまいのもうなずける。上流階級の生活そのものが、すでにスパイのようなものだ。舞踏会に向かう馬車のなかですてきな男の子の真横に座りながら、気がつくとソフロニアはソープのことを考えていた。ソープは決してあたしに思わせぶりな態度を取ったりしない。

フェリックスと身体をくっつけながらも、ソフロニアは腰にまわされたソープの長い腕のことを思い返していた。そして、こみあげる熱い気持ちを容赦なく握りつぶした。ソープは大切な友だちだ。ソープとの友情を壊したくはない。二人の関係を変えたくはない。同時に別の自分がささやいた――だったらあなたはどうしたいの？

馬車が到着し、フェリックスは紳士らしく馬車から降りる全員に手を貸した。ソフロニアは最初だったから、フェリックスが全員を降ろしたころにはすでにディミティと並んでワルシンガム・ハウス・ホテルのなかに入っていた。残されたフェリックスはしかたなくアガサをエスコートした。まさかアガサの震える手を振り切って、あたふたとソフロニアのあとを走って追いかけるわけにはいかない。

ワルシンガム・ハウス・ホテルは豪華そのもので、なかでも〈シュロ宮殿ティールルーム〉は壮麗だった。金（かね）に糸目をつけないところを見れば、モニクの家はよほどの資産家か、よほどの楽天家なのだろう。会場の装飾は〝金色とクリーム色のティータイム〟というテーマで統一されていた。金色の大きな砂糖壺にはクリーム色のバラ。シャンデリアは巨大なティーポット形の豪華なクリスタルガラス。一人だけ金色を着るのを許された主役のモニクが、地味なパステル色のドレスを着た参列者たちのまんなかを堂々とすべるように歩いてゆく。一段高くなったダンスフロアの隅には貧弱でもなければ仰々しくもない規模の弦楽四重奏団が待機し、片側の壁ぞいにはレースにおおわれた細長いテーブルがずらりと並び、金色に輝くパンチボウルとクリーム色のごちそうにきしみを上げていた。パンチはティーカップ、食べ物はソーサーで供され、食べ物は甘いか塩味かにかかわらず、すべてティーケーキの形でちょっととまどったが、どれも味は抜群だった。

決して心を動かされまいと思っていたソフロニアも感動せざるをえなかった。これに比べると、姉のペチュニアのデビュー舞踏会がひどく田舎くさく思えた。

すでに招待客が集まっていた。数合わせのためとおぼしき若い男性陣に、付き添い役の年配女性たち。ずらりと並んだ亜麻色の髪の生意気そうなめかし屋たちは、おそらくモニクの親戚筋だろう。部屋が混み合いはじめたころ、この場には少し年上でかなり洗練された伊達男の一団がパンチのそばに陣取った。吸血鬼のアンブローズ卿が部屋の隅に隠れるように立ち、その反対側の隅にナイオール大尉が立っている。ソフロニアたちが部屋に入ると、大尉はシドヒーグに問いかけるように帽子を傾け、シドヒーグが恥ずかしそうにうなずいた。

女王陛下に捧げる頌歌の演奏のあと、楽団がワルツを奏ではじめると、部屋じゅうに忍び笑いが広がった――若いレディからは興奮の、付き添いの年配女性からは不満の。小楽団の生演奏とはいかにも洗練された趣向だが、舞踏会をワルツで始めるというのは実に大胆だ。

それでも最初のダンス相手であるディングルプループス卿は臆することなくモニクをダンスフロアに誘い、曲が進むにつれてほかの者たちも加わった。フェリックスがソフロニアに近づいた。ソフロニアはさっきの遠慮とは裏腹に自分からフェリックスの手を取った。なんと言ってもこの会場で最高にかっこよく、おそらく最高に地位の高い男子だ。ディミティが、ディミティに負けないほど光りものをつけた見知らぬ伊達男の腕で楽しそうにくるくるまわり、ピルオーバーが忠実にアガサと踊っているのを見て、ソフロニアは踊ってもいいような気になった。いずれにしてもフェリックスとディナーダンスを踊るつもりはないから、一度くらい誘いに応じるのも悪くない。舞踏会ぎらいのシドヒーグでさえ、自分より長身で身体の大きい男の子の腕を取って踊っている。

フェリックスはダンスも一流で、ソフロニアの腰のくぼみにしっかりと手を当てている。位置取りが少し窮屈で、必要以上に引き寄せられる場面もあったが、まわりはごった返していて付き添いたちは気づかなかった。ソフロニアはじっとフェリックスの目を見上げ、それから視線を落として相手に回復する時間を与えた。優雅なワルツにしては息を切らしているようだ。きっと狭い会場に踊り手が多すぎるせいね。

たがいのリズムをつかんだところでフェリックスが話しかけた。「ダンスがうまいんだね、リア」

「マドモアゼル・ジェラルディンはこうした分野に厳しいの」

「なるほど。それで、踊りながらぼくを殺す方法はいくつ習った？」

「まだふたつよ。でもいまにもっと増えるわ」

「すてきな目だね。誰かに言われたことはない？」

「すてきなもんですか。こんなくすんだ緑色。何を言いたいの、マージー卿？」

フェリックスは心から困惑してため息をついた。得意のけだるい雰囲気も崩れそうだ。

「きみに交際を申しこもうとしてるんだよ。はっきり言って、ミス・テミニック、きみはくそいまいましいほど手強い！」

「言葉に気をつけて、マージー卿」ソフロニアはなぜか胸がどきどきした。あたしはもうそんな年ごろなの？

「ほら、またそうやってはぐらかす！」

「〈バンソン校〉と〈ジェラルディン校〉の生徒は交際しないのよ。訓練の一環としてつきあうことはあっても、生徒どうしが結婚することはないわ」

「でも前にはあった」

「プラムレイ＝テインモット夫妻のこと？　そうね、でも二人ともあきらめなければならなかったわ」

「あきらめるって何を？」

「訓練よ」

「結婚してくれと頼んでいるわけじゃないよ、リア。交際を申しこみたいだけだ」

「結婚できないのに交際してなんになるの？」

フェリックスは顔をしかめた。

「あたしは訓練をやめるつもりはないわ。あなたは？」ブレイスウォープ教授の墜落の件には負い目を感じるけど、この気持ちは変わらない。「それに、どうやらあたしたちは仕える相手が違うみたい」

「だからこそおもしろいんじゃないか」

「子どもっぽい反抗の口実にされるのはまっぴらよ」

「ほらやっぱり。まったくきみは手強いよ！　最高だ」

「変な人」

「そしてきみは流れる夢の上を泳ぐ銀色の白鳥だ」

ソフロニアはくすっと笑った。「やめて。こんなことを言い合っても意味がないわ」

「だったら、くどいてもいい？」

ソフロニアはふと眩暈（めまい）を感じ――もちろんワルツのせいだ――フェリックスの肩ごしに

視線を泳がせた。そうしてしばらく動きを止めた、そのとき……。

「ディミティはどこ?」

いきなり話題が変わってフェリックスは面食らった。

ソフロニアはあわてて人ごみを見まわした。さっきまでディミティと踊っていた伊達男は、いまはアガサと踊っている。でも、ディミティとピルオーバーの姿はどこにもない!

「ピルオーバー! ピルオーバーはどこ?」

パンチボウルのそばにいる一団の背後を見ると、アンブローズ卿の姿もなかった。シドヒーグはまだ長身のパートナーと踊っている。ナイオール大尉はダンスには加わらず、奇妙な目でシドヒーグを見ていたが、今はその意味を分析している時間はない。ソフロニアはフェリックスから身をほどいた。

「い、い、いまたしてもぼくをダンスの途中で置き去りにするつもり?」ソフロニアはペチュニアのデビュー舞踏会でフェリックスにこれと同じ仕打ちをした。フェリックスが腕をつかんだ。

「おふざけはやめる。約束するよ」

「あなたが悪いんじゃないの。どうしてもやらなきゃならないことがあるの」

「どうしてきみにはいつもやらなきゃならない問題があるんだ、リア?」

「あたしにはほかの人に見えない問題が見えるからよ」

それだけ言うとソフロニア・アンジェリーナ・テミニックは〝位(くらい)の高い貴族をワルツの

真っ最中に置き去りにする〟という、人生でもっとも無礼な振る舞いをした。しかも同じ相手に。二度も。もうダメだ――ソフロニアは思った――フェリックスは二度とあたしを許してくれないだろう。

ソフロニアが表に出ると、ちょうどディミティの目の覚めるように派手な――日焼けしたトラのような――ピンクと茶色の縦縞ドレスの縁(へり)が、ホテルの外にいた自家用馬車のなかに消えるのが見えた。くぐもった悲鳴も聞こえたような気がする。

御者が馬にムチを入れる寸前、ソフロニアはスカートをたくし上げて馬車のあとを追いかけ、いつもはお仕着せ姿の従者が陣取る後部の立ち台に飛び乗った。舞踏会ドレスを想定した席でもなければ、馬車が猛スピードで動いているときに立つための席でもないが、それでもソフロニアはしがみついた。あたしのディミティは誰にも渡さない!

馬車は危険きわまりない速度で通りを駆け抜けた。速度を緩めるのは何かにぶつかりそうになるときだけだ。やがて馬車は個人の屋敷の並ぶ通りで止まった。ソフロニアは立ち台から飛び下りて脇によけると、馬車から顔をそむけ、ちょっと散歩に出たとでもいうように舗道を歩いているふりをした。たった一人で。舞踏会のドレスを着て。背後で馬車の扉が開いた。いま振り向いたら怪しまれる――ソフロニアはゆっくりした足取りで歩きつづけ、突き当たりの角を曲がった。それから角の屋敷に近づいてそっと背後をうかがいながら、心のなかで毒づいた。どうして若い女性は淡い色とふくらんだスカートのドレスを着なきゃならないの？　これじゃあどうしようもなく目立ってしまう。

この位置からだと、乗客を降ろしたあとに向きを変えて待っている馬車がよく見えた。ソフロニアは考えをめぐらした。アンブローズ卿はどこに属しているの？　あの人もブレイスウォープ教授のようなはぐれ吸血鬼？　それともここは吸血群の屋敷？　どうやって確かめればいいの？　ここがロンドンのどこかもわからないのに。最新ファッションに身を包んだ人々が、まるで訪問時間とでもいうように次々に出入りしている。と言っても正餐用の服装ではなく、長居をする者はいない。ソフロニアは手がかりがないかと四、五十分ほど観察しつづけた。

やがて、びしっと正装した一人の若い紳士がゆっくりと屋敷に近づいた。これと言って特徴のない顔だが、そこそこハンサムだ。鼻筋の通ったすっきりした鼻で、口ひげはない。男は帽子を取り、扉を開けた人に挨拶した。廊下の明かりに照らされた顔を見てソフロニアははっとした。ペチュニアの舞踏会でモニクとピクルマンから試作品を奪おうとしていた男だ。ウェストミンスターから来た男。あのときは政府の役人と思ったが、そうじゃない。この人はウ、エ、ス、ト、ミ、ン、ス、タ、ー、吸血群のドローンで、ここは吸血群の屋敷だ。アンブローズ卿も群の一員に違いない。ディミティとピルオーバーをねらっていたのは吸血群だったのね。ああ、どうせならピクルマンのほうがよかった。吸血鬼は物ごとを複雑にする。

異界族の能力があるし、周囲を嗅ぎまわるのも楽ではない。ディミティの両親に圧力をかけていたのは間違いなく吸血鬼だ。おそらく誘導バルブの作りかたを知っているのはプラムレイ＝テインモット夫妻だけで、吸血鬼たちは二人にバルブを生産するか、技術を売るかを迫り、応じなければ計画じたいを叩きつぶそうとしているに違いない。

たった一人で、装備もなく吸血群に乗りこむほどソフロニアはバカではなかった。あたしが援軍を連れて戻ってくるまで、ディミティとピルオーバーには自力でなんとかやってもらうしかない。あとは吸血鬼が目的遂行のために二人を生かしておくことを祈るだけだ。ああ、ディミティ、どうか少しでもいいからこれまでの訓練を思い出して！

ソフロニアは移動手段を探してあたりを見まわしたが、通りは静まり返っていた。貸し馬車一台、見えない。そのとき、交差する通りの向こうから一台の軽馬車が猛然と近づいてきた。引いているのは馬車にふさわしい白い去勢馬で、乗っているのは位の高そうな二人の伊達男だ。ど派手なズボンとやけに高い襟を見ればめかし屋と言ってもいいかもしれない。ソフロニアは視線をそらした。商売女と思われたら面倒だ。いまは悪ふざけをしている暇はない。

馬車が真横で止まり、ソフロニアはぎょっとした。

「ヨーホー、お嬢ちゃん！」伊達男の一人がヨーデルふうに呼びかけた。髪は美しい淡い金色で、月光を浴びた顔は玉虫色。銀色とロイヤルブルーの服に差し色のようにあしらった純白が光っている。

もう一人の伊達男――ソープのような褐色の肌だが、ソープのような下町育ちの雰囲気はまったくない若いほう――が金髪男を見て言った。「ウェストミンスターが目の前です、ご主人様。彼らの縄張り内で止まってもいいものでしょうか？」こちらは全身淡いピンクと紫がかった灰色にクリーム色をあしらい、相方の鮮やかな色の完璧な補色になっていた。

「ほんの一瞬であればかまわんだろう、かわいいピルポよ。彼らもわたしの気晴らしには慣れている」

「でも……」

金髪のダンディがソフロニアに笑いかけた。牙らしきものを見せて。

これまで吸血鬼とは無縁だったのに、たった一年のあいだになんと多くの吸血鬼に会ったことかしら。

「わたしが思うに〈マドモアゼル・ジェラルディン校〉の生徒のようだ」金髪が言った。

「そんな雰囲気がある」

ソフロニアは驚いて目をぱちくりさせた。

「かわいいお嬢ちゃん、ゲームの参加者はきみと学園の人々だけとでも思っていたかね？」

ソフロニアは目を細めて吸血群の屋敷を見やった。

「ああ、もちろんウェストミンスターもだ」金髪の吸血鬼はソフロニアの疑いを肯定するように言い添えた。

「ほかにも〈バンソン校〉と、ピクルマンと、〈宰相〉と、それから——あの、ところであなたはどなた？　ぶしつけな質問で恐縮ですけど」

「いや、名乗るほどの者ではない。乗っていくかね、ちっちゃな**ラベンダーのつぼみちゃん？**」

ソフロニアはきょとんとした。ラベンダーのつぼみ？

ダンディな吸血鬼が言った。「首を突っこむのは、かわいい**露玉ちゃん**よ、わたしの主義ではない。見物するほうがはるかに愉快だ。だが、付き添いもいない、いたいけな若いレディをにぎやかしいロンドンの通りに一人にしておくのは忍びない」

ソフロニアは迷った。見も知らぬ吸血鬼の馬車に乗せてもらったりしたら——いかにもその人の身なりがよくても——さらなるやっかいごとに巻きこまれそうだ。でも、それほど怖そうな人じゃないし、ディミティとピルオーバーが今か今かとあたしの助けを待っている。しかもこの吸血鬼は情報通らしい。役に立つ話が聞けるかもしれない。

ソフロニアはうなずき、若いダンディの手を借りて馬車に乗りこんだ。若いダンディは従者用の立ち台に移動し、ソフロニアは御者の隣に座った。手綱を握る金髪の御者は魅力的な牙スマイルを向けると、馬にムチを入れ、さっそうと馬車を走らせはじめた。

試験その十五　ダンディになる方法

ど派手な吸血鬼は思ったほどおしゃべりではなかったが、情報を引き出そうとするソフロニアのこころみはいたく気に入ったようだ。

「あの屋敷のかたをどなたかご存じ？」馬車が通りを走りだしたところで、ソフロニアは手始めにウェストミンスター吸血群のことをさりげなくたずねた。

吸血鬼は否定した。「あの角の家かね？　いや、まったく存ぜぬが、甘いアーモンドのお花ちゃん」

「そうじゃなくて通りのまんなかの屋敷です。正面にカバノキのある」

「もちろん噂では知っておる。そうでない者がいるかね？」

ソフロニアは眉を吊り上げた。「あたしがいます。あたしは知りません」

「おお、かわいい砂糖菓子よ、きみは実に**貴重な**存在だ」

「ウェストミンスター吸血群。アンブローズ卿。あたしが知ってるのはそれだけです。ひょっとして……」ソフロニアは期待をこめて語尾を濁した。この吸血鬼はかなり陽気なタイプのようだ。

陽気な吸血鬼が陽気な笑い声を上げた。「子猫のように好奇心旺盛。そうだね、子猫ちゃん？　いや、期待しても無駄だ。こうして馬車に乗せただけでもやりすぎだと思っている。さっきも言ったように、できるだけ手を出さないのがわたしのルールだ。しかし、社交シーズンが始まったばかりのこの時期に吸血群がこんな行動を取るとは尋常ではない。**いったい**彼らは何をたくらんでいる？」

ソフロニアは情報交換を期待しながら答えた。「すべてはミスター・ジファールの新型飛行船に関係しているようです」

「本当かね？　それで、気の毒なアロイシアス・ブレイスウォープの容態は？」

「最後に聞いたところではあまりよくありません」

「なんとまあ、しかし、あの情けない口ひげではいたしかたあるまい」

「教授をご存じなんですか？」

「われわれはみな知り合いだ、子猫ちゃん」

「あなたの望みはなんですか？」ソフロニアは腹の探り合いに耐えかねてたずねた。

「わたしの望みとな？　それは長靴下と半ズボンの時代が戻ってくることだ。男性のふくらはぎが見られなくなってどんなに寂しいことか」

思いがけない答えにソフロニアが笑いをのみこんだとき、馬車はワルシンガム・ハウス

・ホテルの前に止まった。「いいえ、吸血鬼の話です。あなたがた吸血鬼の望みはなんなの？」

めかし屋はソフロニアを見返し、美しい金髪頭を小鳥のようにかしげて言った。「きみがほしいものと同じだよ、子猫ちゃん」

いまあたしがほしいのは……情報だ。吸血鬼がほしがっているのはそれだけ？　情報……。

ピルポが後ろの立ち台から飛び下り、さわやかな笑みを浮かべてソフロニアに手を貸した。

ソフロニアは馬車を降り、振り向いてなかを見上げた。

「でもあたしたちには違いがあることをご存じ？」

「ほう？　それはぜひご教示願いたいものだ、子猫ちゃん」吸血鬼はわくわくして青い瞳を輝かせた。

「あたしは情報がほしいだけ。でも、あなたがたはそれを制御したがってる」

金髪の吸血鬼は頭をのけぞらせて笑い声を上げた。「若いのになんて賢いお嬢ちゃんだろうね。これは愉快！　きみのことは覚えておくよ、**ちび猫ちゃん**。本来、女性には興味がないが、きみは例外だ」

「お褒めの言葉に感謝します。でも、できれば忘れていただけないかしら？」吸血鬼の関心を引くつもりなど毛頭なかった。何が迷惑と言って、吸血鬼に人生をかき乱されるほど迷惑なことはない。

「いやいや、すべての扉を閉じるべきではないよ、子猫ちゃん。きみがフィ、ニッ、シュ、したあかつきには、わたしを思い出すがいい。きみの契約先にしてもらうよう〈宰相〉にかけあうこともできぬ相談ではない。〈ジェラルディン校〉が提供する鋭い小さなかぎ爪は、さぞきみによく似合うだろう。そしてそれにダイヤモンドの輝きを約束できるのはわたしくらいのものだ」

ソフロニアはそれには何も答えなかった。たしかにこの人の言うとおり、扉はできるだけ開けておいたほうがいい。スパイという職業はたいそうお金がかかりそうだと、最近ようやくわかってきた。裕福な支援者はそう簡単に見つかるものではない。それに、少なくともこの吸血鬼とは婚姻関係を結ばなくてもよさそうだ。

「ご親切に、乗せてくださってありがとうございました」ソフロニアはそれだけ言った。

「いつでも喜んで、子猫ちゃん」

金髪の吸血鬼は、ソフロニアが名前や社会的地位をたずねるまもなく馬車とともに走り去った。それどころかあたしの名前すら告げなかった。でも、あの人なら、その気になればきっと見つけ出すだろう。

ホテルの正面階段を駆け上がるうちに、これからやるべきことで頭がいっぱいになり、奇妙な出会いの一件のことは忘れてしまった。

舞踏会はなお宴たけなわで、ソフロニアは奇妙な感覚を覚えた。会場を抜け出してからもう何年もたったような気がするのに、〈シュロ宮殿〉のフロアは軽快な舞踏曲のリールにさんざめき、祝宴は何ごともなく続いている。最初にレディ・リネットの姿が目に入った。パステル色の若いレディたちのなかでただ一人、黄緑とピンクの色鮮やかなドレスを着た音楽教師が〈宰相〉とナイオール大尉と三人で何やら話しこんでいる。みな心配そうな表情だ。あたしがいないことがばれたのかしら？

三人のほうへ向かいかけたとき、ソフロニアはいきなり腕をつかまれた。

「どこに行ってたの？」フェリックスがなじるようにささやいた。

「今は勘弁して、マージー卿！」

「きみはぼくを見捨てた。ダンスフロアで。二度も。ミス・テミニック、きみには説明する義務がある」

ソフロニアはいらだたしげに言った。「どうしてもというのなら一緒に来て。同じことを繰り返す時間はないわ」

二人は人ごみをかき分け、教師たちの前にたどり着いた。

ソフロニアはお辞儀をした。「レディ・リネット、ナイオール大尉、ミスター〈宰相〉、お話しちゅう申しわけありません」

「なあに、ミス・テミニック?」

「ディミティ・プラムレイ＝テインモットとピルオーバー・プラムレイ＝テインモットがウェストミンスター吸血群に誘拐されました」

「ミス・テミニック、なんて恐ろしいことを!」レディ・リネットが片手を胸に押しつけた。

なんてみごとなテクニック。

〈宰相〉が紅茶に入った昆虫を見るかのように鋭い緑色の目でソフロニアを見下ろした。

「なんと突拍子もないことを。いったいなぜウェストミンスター群がそんなことをしなければならんのだ? 吸血鬼の行動はすべてわたしの管理下にある」

「何か証拠でも?」と、ナイオール大尉。少しは話を聞く気があるようだ。

「証拠はあたしの目だけです。アンブローズ卿の馬車を追って屋敷まで行きました」

「吸血群の屋敷に? きみが場所を知るはずがない」〈宰相〉は、はなから相手にしなかった。

「突きとめるのは簡単でした。学校で教わった技を使っただけです。吸血群に間違いありません。見覚えのある顔を見かけました」

「証明したまえ!」〈宰相〉が声を荒らげた。

盗み聞きされないよう、ソフロニアは小声で屋敷の様子を説明した。正面に並ぶカバノキから、なんの特徴もない通りのことまで。めかし屋の吸血鬼と会ったことは言わなかった。あの一件が説得に役立つとは思えない。

「それでは証拠にならない」〈宰相〉が言った。「たんにウェストミンスター吸血群の外観を少しばかり知っているにすぎん」

「行ったことがなくて、どうやって知ると言うんです？」フェリックスが口をはさんだ。

フェリックスはあたしを信じている。それとも、たんに吸血鬼の言うことにはなんであろうと反論せずにはいられない性分だから？

〈宰相〉がフェリックスに見下すような視線を向けた。「それで、き̀み̀は誰だ？」

「マージー卿です、ゴルボーンの」

「ピクルマンの子か？　この件に連中がからんでいたとは……うかつだった」〈宰相〉がソフロニアを振り返った。「きみはピクルマンに雇われているのか？」

レディ・リネットが口をはさんだ。「〈宰相〉どの！　ミス・テミニックは訓練を始めたばかりです。誰にも雇われてはいません……今はまだ」

〈宰相〉は納得せず、ダンスフロアを見渡した。「ああ、あそこにアンブローズがいる。彼にきけばわかるだろう」

アンブローズ卿は招待客の隅に隠れるように立っていた。ずっとここにいたかのような顔で。〈宰相〉が指を曲げて横柄に呼びつけると、アンブローズ卿はハンサムな顔ににこやかな笑みを浮かべて近づき、当然のごとくソフロニアの訴えを否定した。「プラムレイ＝テインモット家の子ども、ですか？　父親が家に連れ帰ったのではありませんか、レディ・リネット。ミスター・プラムレイ＝テインモットは今ごろはピクルマンと仕事をしていると思うが」

「まさか！」レディ・リネットが息をのんだ。「ありえません。彼の妻が許すもんですか！」

「ああ、たしかに。彼の妻も協力しているんでしたな」ハンサムな吸血鬼はいかにも嘆かわしげに首を振り、「シュリンプディトルが何もかも白状しました。ちょっと失礼して彼の尋問報告書を読んでいたところです」そう言って唇をゆがめた。「シュリンプディトルの告白によれば、プラムレイ＝テインモット夫妻は水晶誘導バルブを大量生産して英国市場に売り出そうとし、ピクルマンが利害関係を支配したがっているようです」アンブローズ卿は小さな巻き紙を手渡した。「このことが政府の計画を狂わせている……そうではありませんか、〈宰相〉？」

ソフロニアはフェリックスをちらっと見たが、その表情からは何も読み取れなかった。もしピクルマンがディミティの両親の研究を支援していたとすれば、ウェストミンスター群はずっとそれを阻止しようとしていたはずだ。数カ月前、ウェストミンスター群はモニクを使って最初の試作品を盗ませようとした。それが失敗し、こんどはディミティとピルオーバーの誘拐をもくろんだ。でも、この件には〈ジェラルディン校〉と〈宰相〉もからんでいる。学園と〈宰相〉は新しい技術が正しく使われるように見守るだけの傍観者？それとも〈陰の議会〉と英国政府のためにバルブの制御権を手に入れようとしているの？ピクルマンはこのバルブで大もうけしようと邪魔者の排除に乗り出した。当然ウェストミンスター群はそれが気に入らず、吸血群の動きを牽制する〈宰相〉のことも信用していない。だからこうして自力でバルブ技術を手に入れようとやっきになっているんだわ。たとえ自分たちはエーテル層を移動できなくても、吸血鬼のことだ――人間に可能なことはなんであれ手に入れなければ気がすまないのだろう。

そんな事情を説明しようとソフロニアが口を開いたとたん、大人の会話に口を出してはなりませんとばかりにレディ・リネットが〝しっ！〟と鋭くたしなめた。ソフロニアはむっつりと黙りこんだ。

レディ・リネットはシュリンプディトル教授の告白書に目を通した。「ミセス・プラムレイ＝テインモットも、わたくしの監督下から子どもたちをはずしたいのなら、ひとこと知らせてくれればよさそうなものを」

「科学者なんてそんなものです。研究に没頭したらほかのことは忘れてしまう」と、アンブローズ卿。

レディ・リネットはもういちど紙に目を落とした。「彼らは本気でシュリンプディトル教授を追放するつもりかしら？」

アンブローズ卿がうなずいた。「おそらく大陸のほうへ」

「まあしかたありませんわね。もう二度と教えることはできないのだから」

これを聞いてソフロニアは心底ほっとした。少なくともシュリンプディトル教授は投獄や絞首刑をまぬがれ、スイスの荒れ地に送られるだけのようだ。ソフロニアはアンブローズ卿をにらんだ。正面から向き合って誘拐の罪をあばくこともできる。でも、まわりはあたしの言葉より大人の言葉を信じるに決まっている。あたしには確固たる証拠がない。無礼と思われてもかまわない。ソフロニアはふたたび口を開いた。「でも、あたしはちゃんとこの目で――」

「どうやら勘違いだったようだな」アンブローズ卿が言葉をさえぎった。

そのときシスター・マッティが会場に現われ、急ぎ足で近づいた。「ああ、みなさん、ブレイスウォープ教授が目を覚まして意識を取り戻しました。あなたを呼んでいます、〈宰相〉どの」

レディ・リネットがうなずいた。「行かれたほうがよろしいわ、〈宰相〉どの」

〈宰相〉がうなずいた。「アンブローズ？」

「いえ、わたしは残ります。これほどおいしそうなごちそうが並ぶ舞踏会は何よりの気晴らしですから」

レディ・リネットが扇子でアンブローズ卿の腕をふざけて軽く叩いた。「あらまあ、どうか牙はしまっておいてくださいな」

アンブローズ卿がお辞儀した。「もちろんです、マイ・レディ、でも、せめてダンスのお相手くらいはよろしいでしょう?」

「まあ、喜んで」

アンブローズ卿はさっとレディ・リネットをフロアにいざなった。二人はどちらもダンスの名手だった。

こうなれば自力で救出作戦を開始するしかない。ソフロニアは策をめぐらした。まずは道具と着替えが必要だ。でも、ここには何もない。とにかく船に戻らなければ。そもそも吸血群の屋敷の正確な場所もわからない。ソフロニアはナイオール大尉を見た。手を貸してくれそうな大人はこの人狼しかいない。たぶん大尉なら吸血群の場所を知っているだろう。ソフロニアは計画を練りはじめた。シドヒーグもきっと役に立つわ。

「あたしも一緒に乗せていってもらえませんか?」ソフロニアはシスター・マッティに大きく目を見開いた。「なんだか退屈してしまって」

誰もがソフロニアの存在をすっかり忘れていたような目で見返した。

「あら、そう? とても楽しげな舞踏会に見えるけれど」と、シスター・マッティ。残念そうな口ぶりだ。

フェリックスも引きとめた。「きみとはあと二曲、ダンスを踊る約束だ」

「お申し出には感謝しますけど、マージー卿、次の機会にしていただけないかしら？　外までエスコートをお願いできる？」ソフロニアは最高に甘えた声で言った。

そう言われては断われない。フェリックスはしぶしぶながらも紳士らしく上品に腕を差し出した。

「それからレディ・キングエアも帰りたがっているはずです」と、ソフロニア。

横目でソフロニアを見ていたナイオール大尉が言った。「わたしもそろそろ失礼しよう」

〈宰相〉がシスター・マッティに腕を出し、人ごみをかき分けて会場を出ると、ナイオール大尉が稲妻のような速さでシドヒーグの袖をつかんであとに続いた。

ダンスの輪を離れ、一人で鉢植えのヤシの木のそばに隠れるように立っていたシドヒーグは、一瞬、困惑の表情を浮かべただけですぐにしたがった。舞踏会から連れ去ってくれるものならなんでも大歓迎だ。それに、かつてシドヒーグはソフロニアにこう言ったことがあった――〝あんたのそばにいると何かしらおもしろいことが起こる〟

「何ごとだ？」シドヒーグは首をひねりながら後ろのソフロニアにささやいた。

「安全な場所についたら説明するわ」ソフロニアは意味ありげに〈宰相〉の背中に目をや

った。

「ディミティは？」

「取りこみちゅう」

「まさか」

「そのまさかよ」

ソフロニアは付き添い役に向きなおり、「ねえマージー卿、あなたはあたしの話を信じるでしょう？」低い声で意味ありげにまつげをぱちぱちさせた。「考えてたんだけど、ひょっとしてほかにもいるんじゃないかしら……その、ディミティが今いる場所に……関心のある人たちが」

フェリックスは目をぱちくりさせた。

これだから訓練を受けていない男の子は鈍くて嫌なのよ！　ソフロニアはフェリックスの肘を突いた。「ほら、わかるでしょ？　あの人たち」

「ああ、そういうことか。ええと、たぶん舞踏会のあとなら父上も……」ソフロニアのいかにもがっかりした表情にフェリックスは言葉をのみこみ、「いや、もっと早くなんとかなるかも」と言いなおした。

通りでは〈宰相〉の専用馬車――王室のお仕着せを着た従者つきの幌つき四輪馬車（ランドー）――が待っていた。

〈宰相〉、シスター・マッティ、シドヒーグ、そして最後のソフロニアが乗りこむまでナイオール大尉は辛抱づよく手を貸した。今夜の大尉はとびきりすてきに見えた。少し前に見た二人の人狼と比べるとなおさらだ。シルクハットは相変わらずあごの下にくりつけてあるが、いつものマントではなく、前裾を斜めに裁った申しぶんのない黒いビロードのジャケットにそろいのズボン、クリーム色の綾織りのベストというでたちで、流行より長めの黒髪はつやつやにブラッシングされてウエーブが光っている。若いレディたちがうっとりするのも無理はない。フェリックスはすねた雰囲気が魅力のハンサムだが、ナイオール大尉の横に並ぶと子どもっぽく見えた。

ソフロニアはフェリックスに顔を近づけ、おりこうだったご褒美に頬にそっとキスした。

「あなたの理解と協力に感謝するわ、フェリックス」そう言ってかわいらしくまつげを伏せた。

「きみほどぼくを困らせる女の子は初めてだよ、リア。ぼくはきみに夢中だ、わかってる?」

「うれしいわ」ソフロニアはナイオール大尉に手をあずけ、馬車に乗りこんだ。

「狩りの成果は?」舞踏会に戻ってゆくフェリックスの背中を見ながら、シドヒーグが隣に座ったソフロニアにたずねた。

「公爵の息子よ」ソフロニアはひとこと答えた。

ハイド・パークまではあっというまだったが、馬車のなかは険悪な雰囲気で居ごこちが悪かった。〈宰相〉は馬車に乗っているあいだじゅう、しかるべき根拠もなくあらぬ告発をしたソフロニアに説教した。

「吸血群が国事に干渉するなど考えてもみたまえ！　ウェストミンスター群でさえ、そんなまねはしない。まったく思いすごしもはなはだしい、愚かな娘だ。吸血鬼をあのようにしつこく訴えるとは。あのゴルボーンの息子にすっかり毒されたようだな！」

最初シスター・マッティはなんのことかわからなかったようだが、やがてソフロニアを弁護しはじめた。「でも刺繍クッションの伝言には〝ウェストミンスター群は反対している〟とありましたわ。つまり彼女――われわれが送りこんだスパイですが――が言うには、ウェストミンスター群はピクルマンの行動に腹を立てていると」

シスター・マッティの言葉にソフロニアは聞き耳を立てた。てことは、クッションの刺繍は――思ったとおり――ウェストミンスター群とピクルマンが一触即発の状況にあることを知らせるものだったのね。〈ジェラルディン校〉が送りこんだスパイはウェストミンスター群の内部からあたしたちに警告しようとしていた。でもマダム・スペチュナが持ち場を放棄してフライウェイマンに潜入したためにクッションを輸送する人がいなくなり、警告がまにあわなかった。

はずがない！」

〈宰相〉はこの反論をしりぞけた。「バカな！　彼らがわたしに相談もなく行動を起こすはずがない！」

結局シスター・マッティは陳腐な言葉で〈宰相〉をなだめるしかなかった。「どうか〈宰相〉どの、〝ばらばらになったカボチャの皮はもとには戻らない〟という言葉をお忘れにならないで！」

まったく事情を知らないシドヒーグは話が進むにつれてますます困惑した。ナイオール大尉は口をつぐみ、吸血鬼の馬車のなかでいかにも不快そうに身をこわばらせている。飛行船型校舎に帰りつくや、大尉は馬車を降り、こっそり闇に消えた。きっと地上であたしたちを待っていてくれるに違いない。ナイオール大尉は賢い男だ。

船に戻ると、〈宰相〉は最後にもういちどソフロニアに鋭い視線を向け、「いいかね、さっきのことは他言無用だぞ！」そう言い捨ててブレイスウォープ教授のいる部屋に大股で歩み去った。

シスター・マッティは心配そうに顔にしわを寄せてソフロニアを見返した。「〈宰相〉はほかの用事でそれどころではなくなると思うけれど、〝ユリは花弁の斑点を変えることはできない〟という言葉を忘れないで」

ようやく二人きりになったところでシドヒーグがいらだたしげにたずねた。

「いったいどうなってんだ？」

「この学園の支援者はろくな人物じゃない、それだけははっきり言えるわ」ソフロニアは去ってゆく〈宰相〉の背中をにらみ、子どものようにべぇと舌を突き出した。「ソフロニア！」

「着替えながら説明するわ。救出作戦開始よ。これから吸血群の屋敷に潜入するの」

「なんだって？」

「さ、急いで！」

「何に着替えるの？」駆け足で自分たちの部屋に向かいながらシドヒーグがたずねた。

ソフロニアはおしゃれな金髪の吸血鬼のことを思い出した。「ダンディよ。ダンディになりすますの」

シドヒーグが口をとがらせた。「髪を切る気はないよ」

二人はシドヒーグのズボンと手持ちのレースのアンダーブラウスとビロードのベストで最善をつくした。でも、本物のダンディはもっと身体に合った服を着て、言うまでもなく上等のクラバットを巻いていなければならない。二人はどう見ても資金難のサーカス団からやってきたサーカス団員にしか見えなかった。

「これじゃいい笑いものだ」シドヒーグが鏡に向かって外套を引っ張りながら言った。

「それにあんたはジャケットも着てない」

「プレシアが丈の短い新しいジャケットを持ってたわ、ほら、スペインの闘牛士みたいな）ソフロニアはプレシアの部屋に駆けこみ、プレシア自慢の鮮やかな赤と金のボレロを略奪して戻ってきた。

「なんとまあ」シドヒーグがひとことつぶやいた。

たしかにとんでもない格好だけど、これなら捕まってもごまかせる。「さあ、この青いスカーフを腰に巻いて。あたしはディミティの房つきの黄色いスカーフを巻くから。これで仮装舞踏会に出てたって言えるわ」

シドヒーグは言われたとおりにした。「ナイオール大尉はなんと思うだろうな」

「目的地まで連れていってくれるなら、なんと思われてもかまわない、でしょ？　ああ、早く場所を記憶する授業を受けたいわ。いったいどうやって吸血群の屋敷に戻ればいいの？」

「それよりあたしたちがどんなにバカげて見えるかを心配するべきだ！　まともな人間がこんな格好の客をなかに入れるもんか。ちょっと待って、吸血群？　吸血群ってなんだ？」

ソフロニアはディミティとピルオーバーがアンブローズ卿とウェストミンスター吸血群に誘拐されたいきさつを話した。

「吸血鬼たちはディミティの両親に誘導バルブの製造を完全にやめるか、そうでなければ技術の統制権を吸血群に渡すかのどちらかを迫ろうとしてるのよ。これまでの話では、ディミティの両親はピクルマンに雇われていて、吸血鬼はピクルマンを信用していない。あたしもピクルマンは信用できない。それを言うなら誰も信用できないわ」しゃべりながらソフロニアは役に立ちそうなものを手当たりしだいに身につけた。ベストのポケットに嗅ぎ塩、コルセットの奥に裁縫バサミ、腰にはリボン、片方の袖のなかには香水をしみこませたハンカチ。

「どういうことだ？　妨害工作がどうであれ、どう見てもこの技術は吸血鬼になんの役にも立たないんじゃねぇか？」

「だからこそ動揺してるのよ。吸血鬼はこの新しい旅の技術を制御したいのよ」

シドヒーグも納得した。「獲物をエーテル層のなかで好き勝手に跳ねまわらせるわけにはいかないってことか？」

「シドヒーグ、あなたって捕食者っぽい考えかたをするのね」

シドヒーグはうれしそうに顔を輝かせた。「サンキュー、ソフロニア。うれしいことを言ってくれるじゃないか」

二人が船の外壁を伝って下りたほうがいいか、それとも時間短縮のためにメカ使用人が警報を鳴らす危険を冒してでも廊下を駆け抜けたほうがいいかを議論していたとき、ビエーヴが現われた。

「なんの話？」と、ビエーヴ。

「いますぐエンジン室まで連れていってくれたら教えてあげる」

「お安いごようだ」ビエーヴはさっと妨害器を取り出した。

メカ使用人を停止させながら小走りで廊下を駆け抜けるみちすがら、ソフロニアは息を切らして同じ話をビエーヴに聞かせた。

ビエーヴはあっさりとソフロニアの話を信じた。「吸血鬼がディミティの両親に圧力をかけてるって話はアンブローズ卿の弁解よりはるかに説得力がある。わかんないのは、どうしてレディ・リネットがアンブローズ卿を信じるのかってことだよ」

「この学園には吸血鬼の支援者がいるし、教師もいるわ」と、ソフロニア。「レディ・リネットはアンブローズ卿を信じたいのよ。〈宰相〉が吸血群ににらみをきかせてる以上、吸血群が勝手に学園の生徒を誘拐するはずがないと信じたいんだわ。でも、おそらくシスター・マッティとブレイスウォープ教授は——回復したらの話だけど——あたしたちの味方よ。ナイオール大尉は間違いなく」

「そうだね。人狼はつねに吸血鬼を疑ってる」ビエーヴが真面目くさった顔でうなずいた。

上層飛行を無事にやりとげたあとで、煤っ子たちは大半が休んでいた。飛行船の姿勢を保ち、居住区に熱を送り、メカにエネルギーを供給するために最低限のクルーがボイラーの温度を保っているだけだ。

おかげで、男の子の格好をした三人がいつもより静かなボイラー室に騒々しく現われ、通り抜けても誰にも怪しまれなかった。しかもそのうちの二人はオペラに出てきそうなスペイン闘牛士まがいの格好だったにもかかわらず。

どうかソープも睡眠ちゅうでありますように――ソフロニアは思った。あたしの計画を知ったら、きっと反対するに決まってる。

「どうしたの、二人ともノミの眉毛みたいにいかした格好で！」願いもむなしく、背後からソープが現われた。

「そう、やむなくね」ソフロニアが短く答えた。

「やむなく？　そのズボン、えらく窮屈そうだな」ソープは目を丸くした。「似合わないってわけじゃないけど」そこで目のやり場に困り、どぎまぎして何を言いたいのかわからなくなった。「ああ、おれ、何、言ってんだ」

ソフロニアが助け船を出した。「まんいち捕まったときのために、第三者に疑いを向けられるようにしておきたいの」

「捕まるって、何をするつもり？」と、ソープ。

おしゃべりビエーヴがうれしそうに答えた。「吸血群の屋敷に潜入するんだって」

ソープが心配そうに黒い瞳を曇らせた。「ねえ、それって大丈夫なの？」

ソープに内緒にしておくのは無理だ。「ううん、吸血鬼がらみの危険な任務よ。でも、ディミティとピルオーバーが誘拐されてるの」と、ソフロニア。

「おれも行く」ソープが即座に答えた。

「でもソープ、あなたは訓練を受けていないわ」そう言いながらもソフロニアはすでにソープを加えた計画を考えはじめていた。

「でも、きみだってまだ訓練は終了してないだろ？　少なくともおれには経験がある」ソープはさっそく石炭エプロンを脱ぎはじめた。

「わかった。議論してる暇はないわ。ディミティが心配よ。あの子は優秀だけど、長くはもたない。ディミティが吸血群の屋敷にいるところを想像してみて？　いたるところ血だらけの場所にディミティがいたらどうなるか」

「きみも来る、ビエーヴ？」

ソープの問いにビエーヴは首を横に振った。「外の冒険はやめとく。あたしは船に残って武器を提供するよ」

これを聞いてソフロニアはほっとした。もし行きたがったら断固として反対しなければならなかったところだ。ソープはもう十七歳だから自分のことは自分で決められる。でもビエーヴは吸血群に押し入るには幼すぎるし、事態を深刻に考えるにはお気楽すぎる。

三人は床のハッチをくぐり、縄ばしごを伝って地上に下りた。

「それで、具体的にはどこに、どうやって行くの？」ソープがたずねた。

「それこそわたしの知りたいところだ」ナイオール大尉が背後の暗闇から近づいた。

ソフロニアは期待をこめて大尉を見た。「ウェストミンスター吸血群です。一緒にいかが？」

「まさか、本気じゃないだろうな！」ナイオール大尉はイブニングスーツからいつものマントに着替えていた。

ソフロニアは大尉に向かってまつげをぱちぱちさせた。

「そんな格好で？」

ぱちぱちぱち。

「煤っ子とレディ・キングエアも一緒に？」

「誰かがディミティとピルオーバーを助けなきゃならないんです。でも一人ではできません。だから……大尉？」

「わたしが行くと誰が——」

シドヒーグが口をはさんだ。「いずれにしても大尉は無理だ。人狼は吸血群に入ったとたん気づかれる」

ソフロニアはすがるように大きく目を見開いた。「でも屋敷まで連れてゆくことはできるでしょう？　大尉、あなたには助ける義務があります」

「義務？」

「あなたはあたしの話を信じている、でしょ？」

「たしかに」ナイオール大尉はこの手の論理に弱い。

「そして吸血群の場所も知っている、でしょ？」

「たしかに」ナイオール大尉はため息をついた。「こんなことにかかわったら、どんな面倒に巻きこまれるやら……。ああ、わかった、乗るがいい」そう言うや大尉は変身した。

人狼の変身は見て楽しいものではない。かわいそうにソープには初めての経験だった。ハンサムなナイオール大尉が立派な紳士から頭にシルクハットをつけたままひょろりとした狼に変身し、脱ぎ捨てたマントのなかにうずくまるのを見てソープは悲鳴を上げた。

ソフロニアは大尉の骨が折れ、ボキボキと組み変わる音をできるだけ聞かないように、つややかな髪が下に移動し、かびが広がるように身体をおおって毛皮になるさまをできるだけ見ないようにした。

ソープは積み上げた鉄材の後ろで静かにさりげなく吐き気をこらえ、変身が終わったころ勇敢にも戻ってきたが、おびえているのは明らかだ。「ねえ、ソフロニア、どうしてもあれに乗らなきゃならないの？」

前にいちど経験のあるソフロニアは安心させるように言った。「乗ってしまえば案外、快適よ」

「信じられない」

「なんならあなたがまんなかに乗ってもいいわ」

ソープがこの申し出に〝男がすたる〟と感じたとしても、口にする勇気はなかった。

ソフロニアは脚を高く上げて先頭によじ登ると、ナイオール大尉の毛深い首を両膝ではさみ、両手で首毛をつかんだ。その後ろにソープがまたがり、両腕をぎゅっとソフロニアの腰に巻きつけた。男物の服を数枚へだてただけだから、身体が密着しているような感じだ。でもソープはひどくおびえていて、この状況を楽しむ余裕はなかった。狼の背に慣れているシドヒーグは姿勢を保つのがもっとも難しい最後尾――後ろ脚の上――にまたがり、ソープの腰をつかんだ。大きさだけで言えば三人を乗せるのが精いっぱいだが、人狼は恐ろしく力が強い。ナイオール大尉はどんなに俊速の馬もかなわない速度で駆け出した。

試験その十六　意図的な無作法

ナイオール大尉は迷うことなく吸血群の屋敷に三人を運んだ。ソフロニアはすぐに周囲に見覚えがあることに気づいた。大尉は賢明にも玄関には近づかず、ご用聞きが品物を運びこんだり、使用人が出たり入ったりする厨房口に面した裏路地で三人を降ろした。

ソフロニアが救出隊に指示を出した。「ソープ、あなたは裏口から入ってくれる？　想定外の来客があったときのための警告係として。もし誰かに見られたら、煙突掃除に来たふりをするっていうのはどう？」

「こんな遅い時間に？」

「いまはそれしか思いつかないの。シドヒーグとあたしは玄関から入るわ」

「素顔で？」と、シドヒーグ。

「何かいい考えがある？」

「誰のふりをすりゃいい？」シドヒーグがたずねた。

「地元はぐれ吸血鬼のダンディなドローンよ。あたしたちは何が起こっているかを確かめるために送りこまれた。ウェストミンスター群が子どもを誘拐したと聞いてご主人様が眉をひそめている――というのはどう？　やってみる価値はあるわ」

ナイオール大尉は狼の顔を不安そうにしかめた。

どんなに犬のように見えてもナイオール大尉はれっきとした教師だ。そんな人に命令するなんて恐れおおいと思いつつもソフロニアは言った。「退却に備えて、ここで待っていていただけますか、大尉？　なんなら警察に知らせてくださってもけっこうです――警察が話を信じて来てくれると思うならば。判断はおまかせします」

人狼は決然と後ろ脚で座った。待つつもりだ。

「いくら大尉でも五人は運べない」シドヒーグが口をはさんだ。「つまり、もし奇跡的にディミティとピルオーバーを救出できたとしても」

人狼がうなった。

シドヒーグが通訳した。「わかった、〝五人を背中に乗せることはできないが、五人を運ぶことはできる〟」

ソフロニアはそっけなく片手を振った。「その件はあとで考えるわ。急がなきゃ」

ソフロニアとシドヒーグは路地を出ると、ウェストミンスター吸血群の玄関に面した表通りに向かった。

ソフロニアはできるかぎりダンディふうの態度としぐさで歩いた。もともと男っぽいシドヒーグはすでにそんなふうに歩いている。つけひげをつければもっとそれらしく見えたかも――ソフロニアは思った。でも、これでもそう悪くはない。もう少し服が合ってさえいれば。

二人は玄関のステップをのぼり、呼び鈴を引いた。

ハンサムな従僕が扉を開け、「何か？」とんでもない格好の二人を見て髪の生え際まで眉毛を吊り上げた。「……サー？」

「女王どのにお目にかかりにまいりました」ソフロニアが低い声で言った。

「なるほど。で、どなたのご名代で？」

ソフロニアはいなすように指を振り動かした。「おやおや、わかっているくせに」

従僕は唇を結び、二人の服装をじろりと見て言った。「いかにもアケルダマ卿が好きそうな冗談だ」

ソフロニアはうなずいた。これで、さっき出会ったダンディな吸血鬼の名前がわかった。そういえば最近ブレイスウォープ教授の授業でこの名を聞いたような気がする。なんと言ってたっけ？　そうだ、〝アケルダマ卿は軽薄そうに見えても地位は高い〟。

「そうそう、いかにもご主人様は冗談が好きだ」ソフロニアは小さく身体をくねらせた。

従僕は顔をしかめた。「酔っておられるのですか？　女王どのがなんとおっしゃることか……。ちょうどこころみが失敗したところで、不機嫌でいらっしゃいます」

ソフロニアは身体をひねるのをやめた。「うちのご主人様が、何が起こっているのかを知りたがっている」

「あのかたがそうでないときがありますか？　しかし、いつもはもっとさりげなく探りを入れるはずだが……」

ソフロニアは会話にうんざりしたように廊下の天井を見上げた。

「あなたは新入りのドローン？」従僕がしつこくたずねた。

沈黙。

「まあ、お入りください。どなたがお見えになったとお取り次ぎしましょう？」

「ディングルプループス卿とマージー卿だ」と、ソフロニア。

「いかにもあのかたらしい」

そう言うと従僕は二人を表の応接間に案内した。「ここでお待ちいただけますか？　もうすぐ今の用事がおすみになります」

ソフロニアとシドヒーグは待った。応接間の扉がわずかに開いている。二人は、別の二人の従僕が豊かなハチミツ色の髪の、ぴくりとも動かない若い女性を抱えて通りすぎるのを見てぎょっとした。

「かわいそうに」従僕の一人が言うのが聞こえた。「あんなに手芸の腕がよかったのに」

女性の首はずたずたに裂け、髪は血でもつれている。

ソフロニアは一瞬ディミティかと思って、片手で口をおおった。

「新女王の誕生をあきらめるつもりはないらしい。女王どのには、もう能力がないような気がするが」

「やめとけ、あのかたの耳に入ったらどうする」

シドヒーグがソフロニアの腕をそっとつかんでささやいた。「ディミティじゃないよ」

「そうね、ドレスが地味だわ」ソフロニアはようやく息を吐いた。

廊下が静まり、やがて聞き覚えのある声が聞こえてきた。「いますぐ帰らせてもらいます！　だってあたしの舞踏会なんですもの。伯爵夫人には代わりにお礼を言っておいてちょうだい。とてもすてきなかたね。変異が失敗したのは残念だけど。あのかたがあらゆる手をお持ちなのがわかってよかったわ。それとも牙と言うべきかしら？」押し殺した笑い声が続いた。

ソフロニアとシドヒーグはぎくりとして目を見交わした。「モニク！」

二人は開いた応接間の扉にさっと背を向けた。

しかし、運悪くモニクは次の訪問者である二人のしゃれた若者に気づいた。

「あら、こんばんは！　お二人の謁見があたしと同じくらい楽しいものであることを心からお祈りしますわ」

ソフロニアはハンカチを取り出した。〝決してハンカチを忘れてはなりません〟――レディ・リネットがつねづね言っている。さすがはレディ・リネット、賢明だ。ソフロニアはハンカチに咳きこむふりをしながら反対の手で小さく手を振った。

「まあ、具合でもお悪くて？」モニクが媚びるような笑みを浮かべた。

シドヒーグは身をかがめ、ブーツから糸くずを払うふりをした。

「軽い肺病です、ミス」ソフロニアはハンカチに向かってしゃがれ声で言った。

「まあ、それはいけませんわね」モニクはいまにも応接間に入って会話を続けそうだったが、背後にいた従僕が咳払いした。

「ああ、そうね、あのかたがお待ちね。お会いできて光栄でしたわ。あら、いけない、初対面でしたわね。あたしはモニク・ド・パルース」そう言うと、〈困惑しながらもはにかみを忘れないかわいいお辞儀〉をした。

ソフロニアとシドヒーグもお辞儀を返した。シドヒーグは顔をそむけ、ソフロニアはハンカチで顔の下半分を押さえたままで。

従僕がせかすように言った。「さあ、お嬢さん！」

モニクは二人に向かって目をきらめかせた。「伯爵夫人のご友人はみな、あたしの友人です。いまワルシンガム・ハウス・ホテルで舞踏会を開いていますの。あとでいらっしゃいませんこと？　心から歓迎しますわ」

ソフロニアはもごもごと承諾の言葉をつぶやいた。

に去っていった。

モニクは手を叩いた。「まあうれしい。では、ごめんあそばせ」そう言ってすべるよう

やがて、モニクを夜の街へ送り出した従僕が戻ってきた。

「あの厚かましい小娘はいったい誰だ？」ソフロニアがあきれたふうに言った。

従僕が苦々しげに答えた。「新しいドローンで、未熟者です。申しわけございません。変異の場面を見せれば怖じ気づくだろうと思ったのですが、変異は失敗し、当人はあの調子です」

ソフロニアとシドヒーグは驚いて視線を交わした。モニクはもうウェストミンスター群のなかに新しい支援者を見つけたの？　なんという人脈力。ディミティとピルオーバーの誘拐にも一枚嚙んでいるに違いない。

ソフロニアはいたわるようにうなずいた。「女性ドローンの損失におくやみ申しあげます」

「あの娘は気の毒でした。刺繡の才能があり、手並みも実に速かった。クッションにあれほどうまく、熱心に刺繡する娘はこれまで見たことがありません」

なんてこと――ソフロニアは息をのんだ。あれが学園のスパイだったなんて。クッションの刺繡で学園に警告しようとしていたスパイ。吸血群はスパイだったことに気づき、変異に失敗したと見せかけて殺したの？　全身から冷や汗が噴き出した。どうか吸血鬼に恐

怖を嗅ぎとられませんように。

「よくあることです」従僕は悟りきったような表情を浮かべた。「もう何十年も新しい女王が生まれていないのです。ミス・パルースのようなドローンで状況が変わるとは思えない。あの娘には繊細さが足りません」

「若い娘というのはそういうものだ」ソフロニアがわけ知り顔で言った。

従僕は〝赤いボレロを着るような男が他人の欠点によく口を出せるものだ〟と言いたげな視線を向けた。

「ぼくたちは仮装舞踏会の会場からやってきたところでね」

ソフロニアが弁解するように言うと、従僕は納得した表情を浮かべた。

「着替える時間がなくて」シドヒーグが言い添えた。

ソフロニアはシドヒーグに〝黙って〟と目配せした。それくらいで充分だ。紳士は従僕にあれこれ弁明すべきではない！　たとえそれがドローンであっても。従僕には地位がないが、ダンディにはある。

従僕は屋敷の奥へと二人を案内した。ソフロニアはすばらしい内装に目を奪われた。数々の美しい芸術品……当世ふうの家具……貴重な発明品……値がつけられないほど高価なペルシャ絨毯……。高そうなボタンつきの黒い靴にぱりっと糊のきいたエプロンを身につけ、すべるように行き来する使用人たちはみな若くて美しい。なんと噂されようとウェストミンスター吸血群はたしかに趣味がいい。モニクにぴったりだ。少なくとも見た目だけは。それでもソフロニアは落ち着かなかった。あたりには——さほどきつくはないが——なんとなくミルクをこぼしたようなにおいがただよい、使用人たちは毛足の長い絨毯のせいでまったく音を立てずに動きまわっている。さらに、刺繍が得意なスパイの死が胸をよぎった。でも、心をかき乱すのは静けさや陰惨な死体のせいだけではない。ここには何か足りないものがある。

奥の応接間には誰もが見つめずにはいられないような、ぽっちゃりした美しい女性が座っていた。女性の左側には生え際が後退しかけたひょろりとした長身の男性が立ち、右側には……ディミティとピルオーバーがいた。ディミティはビロードのクッションが載った長椅子に完全に気を失って横たわり、ピルオーバーは青ざめた顔で震えながらお茶を飲んでいる。

そのとき、ようやくソフロニアは居ごこちの悪い理由に気づいた。ここには軌道もなければ、かすかな蒸気の音も聞こえない。つまりメカがいない。ここの使用人は全員が人間で、メカは一体もいなかった。こんな光景を見るのは生まれて初めてだ。

従僕が二人の来訪を告げた。「ディングルプループス卿とマージー卿がお見えになりました、マイ・レディ」

ピルオーバーがぽかんと口を開け、ソフロニアとシドヒーグを見つめた。見知った顔が現われた驚きを、二人のとんでもない服装に驚いたふうにごまかせたのはうれしい誤算だった。

ぽっちゃりした女性はウェストミンスター吸血群の女王、ナダスディ伯爵夫人に違いない。吸血鬼女王は完璧な最新ファッションに身を包んでいた。とてつもなく大きく広がったスカートに、とてつもなく窮屈そうな胴着（ボディス）。だが、女王の体型はそんなドレスには少々、丸みがありすぎた。なんとなく酪農場の乳しぼり娘みたい――ソフロニアは思った――チーズが大好きな。頬はバラ色で、身のこなしは軽やかで陽気だが、どれもうわべだけのように見えた。あの鮮やかな青い目はすべてを見透かしている目だ。

「こんばんは、ジェントルメン。ようこそ」ナダスディ伯爵夫人の声は温かみがあって穏やかで、いかにもレディらしい品がある。

ソフロニアとシドヒーグは深々とお辞儀した。

「こんばんは、伯爵夫人どの」と、ソフロニア。「ご主人様がくれぐれもよろしくと申しております。このたびの」――そこでわざとらしく言葉を切り――「〝嚙み違い〟には心からおくやみ申しあげます」

「まあ、どうもありがとう。わたくしの感謝の気持ちを彼に伝えてくださる？　それにしても、もう少しましな身なりの使いを送りこめなかったのかしら」伯爵夫人は思わず本音を漏らし、小さく笑った。

「知らせを聞いたとき、ぼくたちがお屋敷のいちばん近くにいました。一刻も早いほうがよかろうと、ご主人様はすぐにぼくたちを行かせたというわけです。ちょうど近くの仮装舞踏会に出ていたところで」ソフロニアは適当な方角に片手を振り、「過激な服装をお許しください」

「あら、そうなの？」と、ナダスディ伯爵夫人。「それで、ご主人様が手に入れたご自慢の情報とは何かしら？　変異嚙みのことは公表していなかったはずだけれど。今世紀に入ってから、失敗はめずらしくもなんともないわ」左側に立つ男性が慰めるように女王の肩に手を置くと、女王はそれを振り払った。

「あ、いえ、それはおっしゃるとおり――ご主人様も変異のことは知りませんでした。そうではなく、こちらの客人のことで」

「というと？」

ソフロニアは長椅子にゆっくりと近づき、ベストのポケットから嗅ぎ塩を取り出してディミティの鼻に近づけた。吸血鬼たちは誰も止めなかった。ディミティは目覚めたとたん、こんどはソフロニアを見て悲鳴を上げた。無理もない。いきなり親友が目の前にいて、しかもとんでもない格好をしていたのだから。

「静かに、お嬢さん」ソフロニアがもったいぶった口調で言った。

身を起こした。

ディミティは大きく目を見開きながらも学校で習ったことを思い出し、口を閉じて上半
ソフロニアはシドヒーグの隣に戻って腕を組んだ。「ここまでやる必要があるのですか？　誘拐とはいささか乱暴ではありませんか？」

ナダスディ伯爵夫人は目覚めたディミティの隣に座り、白い手を腕に置いた。ディミティは身震いして自分の膝を見つめている。

「なんて人聞きの悪いことを、ディングルプループス卿。わたくしたちはしばらくのあいだ、この子たちをお借りしただけよ。そうよね、あなたたち？　そしてとても楽しい時間を過ごしたわ、そうよね？　とても勉強になったはずよ。変異の場面に立ち会える人間はそうはいないわ。たとえそれが失敗であっても」伯爵夫人は刺繍入りのハンカチで口を軽く押さえた——さっきまでそこにあった血を思い出したかのように。

ディミティがまたもや気を失いそうに青ざめた。

そのとき応接間の扉がバンと開き、ソープが煙突掃除に必要な道具とその他もろもろを抱えて騒々しくなかに入ってきた。いつもよりさらに煤まみれで、歩くそばから煤を振りまいている。

ナダスディ伯爵夫人が小さく悲鳴を上げた。「わたくしの絨毯が！」

ソフロニアはさっと身構えた。ソープが騒ぎを起こすときは何かを警告するときだ。

ソープはやんごとなき面々に向かって帽子をひょいと上げた。「どうも、こんばんは。煙突掃除屋っす。よければこの部屋から始めてほしいって言われたもんで」

「いいえ、ちっともよくはないわ」と、伯爵夫人。

「でも、マダム、おれは酢漬けキュウリ（ピクルス）みたいにひょろひょろです。煙突にはちゃんと入りますって、保証します」

あらまあ――ソフロニアはソープの言葉にぴんと来た――〝ピクルス〟ってことは、ピクルマンが現われたってこと？

ちょっとした騒ぎが始まった。伯爵夫人の従者たちはこれ以上、煤をまきちらされてはたまらないとソープを部屋から追い出しにかかり、ソープはその手をかわしながらガチャガチャと掃除道具を鳴らし、伯爵夫人はますますキーキー声でがなりたてた。

この隙にソフロニアとシドヒーグはディミティとピルオーバーに近づいた。

「こんなところで何をしているの？」と、ディミティ。

ソフロニアが小さく〝しっ〟と合図した。

この騒ぎのさなか、長身で年配の男性がつかつかと部屋に入ってきた。シルクハットに緑色の帯を巻いている。そのあとから同じような身なりの男が三人と、金属のダックスフント形小物バッグを抱えた地味な灰色の服を着た小柄な女性が一人、そしてマージー子爵ことフェリックス・ゴルボーンが現われた。

いよいよ大変なことになってきたわ。

最後にハンサムな従僕が困りきった顔で現われた。「止めようとしたのですが、伯爵夫人どの、どうしてもとおっしゃって。しかもこのかたは公爵なんです」

ひょろりと背の高い吸血鬼が女王を守るように立ちはだかった。「ゴルボーン公爵！」

「どうも、ヘマトル公爵」ピクルマンが応じた。

まあ、驚いた。フェリックスはあたしの言葉をまともに受け取って父親を連れて来たんだわ、なんてすばらしい。もういちどキスしてあげなきゃ。

マダム・スペチュナの変装とおぼしき小柄な女性が小物バッグを床に置いた。バッグは両耳から勢いよく蒸気を噴き出し、しっぽを前後に振りながらソフロニアのほうに転がるように向かってきた。

ナダスディ伯爵夫人がさらに大きな悲鳴を上げた。「メカアニマル！　そのおぞましいしろものをわたくしの屋敷から追い出して！」

ソープを追いまわしていた使用人の何人かがバンバースヌートを捕まえようと床に突進すると、バンバースヌートはこれまで見たこともない猛スピードで逃げ出した。

伯爵夫人は金色のレースの扇子でさかんに顔をあおいでいたが、バンバースヌートが足にぶつかったとたん、三度めの悲鳴を上げた。メイドがバンバースヌートに飛びかかった拍子にけつまずき、ステンドグラスのかさがついたランプがぐらりと倒れかかった。

すかさずヘマトル公爵が異界族特有の反射神経で手を伸ばし、床に倒れる前にランプをつかんだ。

この超人的能力を見たとたん、ピクルマンの長であるゴルボーン公爵が怒りを爆発させ、吸血鬼の卑劣な行為の数々を激しく非難しはじめた。何より許せないのは、吸血鬼が水晶誘導バルブの制御権と特許権と製造技術をひそかに盗もうとしたことのようだ。さっき遺体を見たはずなのに、食いちぎられた娘についてはひとこともない。どうやらあの手のことは吸血鬼界ではめずらしくもないらしい。

「ピクルマンにエーテル技術で吸血鬼を攻撃させるわけにはいかない!」ヘマトル公爵が吸血鬼の立場から反論した。「人類の移動手段を大きく変える技術から疎外されるつもりもない! きみたちピクルマンに技術を独占させてなるものか。このバルブはさまざまな分野での応用が可能だ。野放しにするのは危険すぎる」まるで英国議会の熱っぽい討論合戦のようだ。

ソープはあらゆる追っ手をかわして暖炉に近づき、騒ぎを大きくしようと道具をガチャガチャ鳴らしはじめた。はっきり言って、よくもこんなにうるさい音が出せるものだ。

バンバースヌートはウェストミンスター群のドローンたちと熾烈(しれつ)な追いかけっこを繰り広げている。

ソフロニアがディミティにうなずいた。

ディミティはピクルマンの足もとにひれ伏し、吸血鬼の恐怖から一刻も早く救出してほしいと、伯爵夫人による虐待のあれこれを並べ立てた。「紅茶はぬるいし、ビスケットはかちかちで、椅子はごつごつと座りごこちが悪くて、そのうえ目の前で若い娘がかみ殺されたんです！」ディミティはいますぐ助け出してと訴え、「このままでは舞踏会が終わってしまうわ！」と哀愁に満ちた口調でしめくくった。

バンバースヌートがディミティのたっぷりした優雅なスカートにぶつかり、大きな紫色のリボンをちょっとかじってから、つかみかかる従僕の手をさっとかわした。

その横でピルオーバーが姉をなじりはじめた。「いくら誘拐されたとはいえ手荒なまねはされなかったし、紅茶もおいしかったじゃないか！」

ソフロニアは首をかしげた。ピルオーバーは〈できるだけ騒ぎを起こす計画〉を知っていたの？　それともたんに姉の嘘が許せなかっただけ？

フェリックスはしばらくのあいだ口をぽかんと開けてソフロニアを見つめていた。まるで魚のように。ハンサムな魚だけど、魚は魚だ。それでもフェリックスが声を取り戻し、どうしてあたしがサーカス団員のような格好をしているのかを問いただすのは時間の問題だ。ソフロニアは必死に〝黙ってて〟と合図した。

二人の公爵の言い合いは議論からどなり合いに変わった。「吸血鬼に子どもを誘拐したり、有能な科学者に圧力をかけたりする権利はない」ゴルボーン公爵が主張すると、ヘマトル公爵は「異界族を締め出すような技術は即刻、禁止すべきだ」と反論した。

その横でソープがどんがらがっしゃんととんでもない音を立てて石炭バケツのなかみを暖炉台にひっくり返した。

バンバースヌートはメイドに火傷をさせ、メイドの悲鳴が響きわたった。

ナダスディ伯爵夫人がわなわなと震えながら立ち上がった。すみずみまで手入れの行き届いた吸血群の屋敷がこんなにめちゃくちゃになったのはいまだかつてない。

騒ぎを大きくするべく、ソフロニアがいかにも紳士らしく〝ほらほら、そんなに暴れるものではない〟と声を荒げると、シドヒーグも加わり、ふたりはできるだけ上品かつダンディふうに顔をしかめて騒ぎたてた。

「ちょっとやりすぎじゃないか」シドヒーグが顔のまわりでハンカチを振りまわした。

「吸血群が煤まみれなんてありえない」

ソフロニアが歯の隙間から声を絞り出した。「たしかに。まるでインカピー侯爵と、彼がどこにでも連れていきたがる青くそめたプードルみたいね。とうてい許されないわ」

「次はなんだ、緑色のシャンパンとか？」

「革のベストかも？」

「革のベスト！　ディングル卿、そりゃあんまりだ！」シドヒーグは高らかに笑い、ソフロニアの腕をぱたぱた叩いた。「あんたってほんとにおもしろいな！」

　ゴルボーン公爵がヘマトル公爵から珍妙な身なりの二人に鋭い視線を移した。「それで、きみたちはいったい誰だ？」

「ぼくたちが誰かは問題ではありません。大事なのは誰に送りこまれたのかってことです」

「ほう、それで誰に送りこまれた？」

「誰だと思います？」ソフロニアは片手を宙で派手にひらひらさせた。

「まさか。あの男もからんでいるのか？」

「あのかたはみずから手をくだすことを好みません——ご存じでしょう？　ぼくたちのことはたんなる傍観者と思ってくださってけっこうです」

「ほう？」

　そこでソフロニアははにかむように首をかしげた。「でも、この狂乱状態に片をつける方法はあります。利害関係のある第三者として、もしわれわれに、その、借り入れ資産の身柄をあずけてもらえるなら、それ以外は好きなように話をつけてくださってかまいません。ご主人様はしかるべき場所に子どもたちをお返しします」

「アケルダマ卿はみずから手をくだすのを好まないはずだが？」両公爵は疑わしげだ。

「あのかたは子ども好きなのです」と、ソフロニア。

「父上」フェリックスがゴルボーン公爵の袖を引っ張った。

「いまはダメだ！」

「でも――」

「黙れ！」

「はい、父上」フェリックスはソフロニアに奇妙な視線を向けた。

ソフロニアはフェリックスに片目をつぶってみせた。

どういうわけかナダスディ伯爵夫人とピクルマンたちはソフロニアの申し出を本気で考えはじめた。

ピクルマンの一人が言った。「この二人がウェストミンスター群のドローンでないという証拠があるのか、マダム？　いずれにせよ吸血鬼に仕えていることに変わりはない。いざとなれば手を組むこともあるはずだ」

伯爵夫人が優雅に手を振った。「あら、アケルダマ卿はどのはぐれ吸血鬼よりも自主自律の気概に富んでいますわ」

「その点では、間違いなく〈宰相〉よりも」ソフロニアがだめ押しした。ここはそう言っておいたほうがいい。

またしてもディミティが泣きごとを言いはじめた。目的はできるだけ迷惑がられることだ。ピルオーバーが〝やめろよ〟とぼやき、二人が口げんかを始めると、伯爵夫人とピクルマン公爵が〝黙りなさい〟とどなり、同時にソープが煙突のなかをガンガン叩きはじめた。従僕の一人が別の部屋に追い出そうとしたが、ソープは針金のような力で断固として抵抗した。

そのあいだも残りの使用人たちはメカアニマルを追いまわしていた。ソファの下に逃げこんだバンバースヌートは羽ボウキで引き出されるのを拒み、やがて原型がわからないくらいに羽ボウキを焦がし、あたりに燃えた羽のにおいが立ちこめた。ソフロニアがさりげなくピュッと口笛を鳴らすと、バンバースヌートはソファの下から現われ、古代ローマ時代の本物とおぼしき小さな大理石の塑像を倒し、一目散にソフロニアのほうに駆け出したところを、飛びかかった従僕に阻止された。

バンバースヌートは興奮のあまり蒸気を噴き出し、ピーと警告を鳴らした。小さなメカしっぽをものすごい速さで前後に振っている。こんなに速くしっぽが動くところは見たことがない。そのときソフロニアはビエーヴの言葉を思い出した。しっぽの動きがハチドリの羽みたいに速くなったら……。

ああ、なんてこと。マダム・スペチュナはこの数日間、バンバースヌートをいたるところで走らせていたに違いない。そうでなければ、ビエーヴの計算が大きくはずれたか。

メカしっぽの動きが速すぎてぼやけてきた。チクタクチクタクチクタク。

ソフロニアがシドヒーグに目配せした。「そろそろ退散したほうがよさそうだわ」

シドヒーグがピルオーバーとディミティの腕をつかみ、ソープと煙突掃除道具の山のほうにあとずさった。

従僕につかまれたと同時に、バンバースヌートが恐ろしく見覚えのあるクモ型の物を吐き出した。クモもどきは従僕の足もとに落下し、シューシューと不気味な音を立てている。

爆弾は吐き出されてからどれくらいで爆発するってビエーヴは言ってた？　たしかわずか、数分だ。

ソープがバンバースヌートを奪い返そうと従僕に体当たりした。二人は倒れて爆発グモの上に落ち、組み合ったまま横転した。

そのときソフロニアは考えつく唯一の行動に出ると、レディ・リネットに教わった前方宙返りで床の爆弾をつかみ、ウェストミンスター吸血群の女王に向かって投げた。

同時にシドヒーグが、ソープが持ちこんだ石炭と掃除道具のすべてを宙に放り投げた。

ソープは落ちてきた石炭バケツで従僕の脳天をなぐり、バンバースヌートを奪い取って立ち上がった。

次の瞬間、爆弾グモがナダスディ伯爵夫人の足もとで爆発した。部屋は蒸気と煙と煤のほかは何も見えなくなった。

もうもうたる煙が消えたとき、二人のダンディと煙突掃除屋とメカアニマルとプラムレイ＝テインモット家の姉弟の姿はどこにもなかった。

一行は猛スピードで逃げた。吸血鬼は嫌になるほど足が速い。彼らが驚くのはほんの一瞬だ。でも、たとえ追ってくるにしても、まずは女王の無事を確かめ、次にピクルマンとドローンたちにいったん引きとめられてからだろうとソフロニアは踏んだ。あわよくばマダム・スペチュナが何かしら足止め策を講じてくれるかもしれない。

ソフロニアたち一団は屋敷の玄関を飛び出し、大あわてで通りを走った。ディミティはふわふわの舞踏会ドレスとさっきまでの失神のせいで最後からついてくるのがやっとだ。狼姿のナイオール大尉がぴょんぴょんと近づいた。頭にくくりつけたシルクハットを魅力的に傾けて。

「どうかディミティとピルオーバーを安全な場所に、大尉」と、ソフロニア。「シドヒーグ、あなたも。全員がトラブルに巻きこまれることはないわ」

三人は言われるままにナイオール大尉の毛むくじゃらの背中によじのぼった。振り返ると、これまで近所で一度も見かけたことのないような一団が吸血群の屋敷からあふれるように出てくるのが見えた。服がしわくちゃで煤まみれのピクルマン。全員をつまずかせようと最善をつくしたとおぼしきマダム・スペチュナ。シルクハットもジャケットもないヘマトル公爵。そして取り乱した大勢のドローンたち。吸血鬼女王その人は、もちろん屋敷を離れられない。

この時点でナイオール大尉は一気に走り去ることもできた。だが、そうはせず、ぽつんと舗道に立つソフロニアとソープに向かってうなった。ソープは腕にバンバースヌートをしっかと抱えている。

シドヒーグがうなり声の意味を説明した。「〝誰も残してゆくつもりはない。軍人にあるまじき行為だ〟」

「だってそれ以上は乗れないわ！」と、ソフロニア。

「考えがあるわ」ディミティが人狼の背から飛び降り、通りのまんなかでペチコートを引き下ろした。ディミティにもこんなことができるようになったなんて――ソフロニアは誇らしく思った。

ディミティは堅い馬毛でできたペチコートをソフロニアに渡し、「これを吊り索（スリング）がわりに使って」そう言ってもういちど人狼の背によじのぼった。

ソフロニアとソープは肩をすくめ、通りに広げたペチコートの上に座った。わが身の大胆さに顔を赤らめながらも、ソフロニアはバンバースヌートをあいだにはさんでソープに身体をからめ、大きな紫色のペチコートのなかに繭（まゆ）のようにくるまった。

「きみも煤だらけになるよ」と、ソープ。身体を押しつけられてとまどっている。

「大丈夫よ、ソープ。ジャケットはプレシアのだし、ズボンはシドヒーグのだから」

ナイオール大尉はペチコートの端を寄せて歯のあいだにはさみ、てこのように持ち上げた。ペチコートは地面からほんの少し浮いただけだが、それで充分だった。

こうして大きな荷物を載せたナイオール大尉はこれまでに経験したことのない——そして長い人生でもおそらく二度と経験することのないであろう——とんでもない格好で猛然と駆け出した。

ヘマトル公爵は吸血鬼だ。その気になれば追いつくこともできた。だが、スポーツマン精神はたたえるべきだ。正直なところ、今回はみごとにしてやられた。それに、ヘマトル公爵は相手が誰であろうと上着と帽子もなしにロンドンの通りを走って追いかけるようなタイプではない。アンブローズ卿なら追いかけたかもしれないが、彼はまだモニクの舞踏会にいる。もし追いついたらナイオール大尉も闘わざるをえない。そうなると、ことははるかに面倒だ。この恥ずべき事態にわざわざ人狼を巻きこむ必要がどこにある？　いずれにせよ、他人の子どもを拝借するのは無礼な行為だった。そんなわけでヘマトル公爵は手ぶらで女王のもとに戻った。

おかげで過重積載の人狼は無事に〈マドモアゼル・ジェラルディン校〉にたどり着いた。乗客たちは転がるように人狼の背から降り、あるいはペチコートストリングから這い出し、一様に自由になった喜びに浮かれながら縄ばしごをのぼった。

「あんな計画が成功するなんて信じられねぇ」と、シドヒーグ。興奮のあまりスコットランドなまりになっている。

「二人とも、どんなに滑稽な格好かわかってる？」ディミティはなおもソフロニアとシドヒーグのダンディふうの変装にあきれ顔だ。

「すげえ楽しかった」ソープはディミティの紫色のペチコートを肩にかつぎながらにっと笑った。

ビエーヴが待ちかまえていた。「何があったの？　全部話して！」

「そうね、どこから始めようかしら。わたし、吸血鬼女王に人質に取られたの！」ディミティが始めると、ピルオーバーとシドヒーグも同時に負けじと声を張り上げ、この数時間に起こったできごとをいっせいにしゃべりはじめた。

ソフロニアはバンバースヌートを反射的に胸に抱きしめ、無言で立っていた。

ソープがゆっくりと近づいた。「大丈夫？」

ソフロニアは自分が震えているのに気づいた。なんてみっともない。

「もう大丈夫だよ、ミス」ソープはソフロニアに腕をまわし、おずおずと背中をなでた。ついさっきまで街のふしだら女のようにソープに身体を巻きつけてペチコートにくるまっていたのを忘れたかのように。「よしよし」

ソフロニアはバンバースヌートを見た。身体にまわされたソープの腕がここちよすぎて、かえって落ち着かない。ペチコートのなかにいたときもそうだった。ソープの身体はたくましくて、煤の下からいいにおいがする。気をまぎらすためにソフロニアはふざけてメカアニマルを叱った。「バンバースヌート、なんていけない子なの！　早すぎる爆発なんて失礼よ！」

チクタク、チクタク。バンバースヌートのしっぽはいつもの速度に戻っていた。

「そんなに叱らないで。よくやったんだから」と、ソープ。

「この子を助け出してくれてありがとう」

「感謝のキスは？」シドヒーグが近づきながら言った。冒険談はディミティとピルオーバーにまかせ、さっきから黄色い目を細めてソフロニアとソープを見ている。

ソフロニアはソープの腕から逃れようとしたが、ソープはさらに腕に力をこめた。ソフロニアは困惑してソープを見上げた。いつも笑っているような茶色の瞳が、やけに真剣だ。

「ほら」シドヒーグがせかした。

ソフロニアは頬に軽くキスしようとつま先立った。

と、ソープが顔を近づけ、そっとソフロニアのあごをつかんでキスした。本物の、唇へのキス。

ソフロニアは驚いて目をぱちくりさせ、言葉を失った。ソープの唇はすごく柔らかかった。

「上出来だ」と、シドヒーグ。

「おやすみ」ソープはソフロニアがいつもの調子を取り戻す前にあわてて走り去った。このときばかりはさすがのソフロニアも頭のなかが真っ白で、ほてる唇を呆然と片手で押さえるしかなかった。

ようやくわれに返ったソフロニアはシドヒーグをにらんだ。「なんであんなことを言ったの？　ありえないって知ってるくせに」

「ありえないって、何が？」

「煤っ子と上の子（アップトップ）なんて」

「ねえ、ソフロニア、そんなに気取るなって」

ソフロニアはため息をついた。「ソープはいい友だちよ、シドヒーグ。その関係を壊したくないの。ソープをそんなふうには考えてないわ」

「ほんとに？」

「あなたってソープと同じくらい質（たち）が悪いわね」

「あたしにも分不相応の望みがあるのかも」

シドヒーグの言葉にしてはひどく謎めいている。シドヒーグはレディ・キングエアー―裕福な貴族だ。シドヒーグより地位が高い人はめったにいないはずなのに。

ディミティが弾むような足取りでやってきた。「ああ、なんて盛りだくさんな夜かしら。ねえ、まだモニクの舞踏会の最後にまにあうと思う？」

「ああ、ディミティ！」ソフロニアとシドヒーグは声をそろえた。

試験結果

それきりモニク・ド・パルースは〈良家の子女のためのマドモアゼル・ジェラルディン・フィニシング・アカデミー〉に戻っては来なかった。彼女のデビュー舞踏会はその筋から絶賛され、モニクはその春、社交界にデビューした。モニクのことだから、さぞや有力な相手と縁組みするだろうとおおかたは予想したが、〝本当はウェストミンスター群の吸血鬼のほうが好みなのでは?〟と陰で噂する声も聞こえた。もっともそんな噂を本気にする求婚者は一人もいなかったけれど。

シドヒーグとアガサは仮及第を解かれたが、それについてはなんの説明もなかった。ソフロニアには、どう見ても先生たちによるモニクの監視が甘すぎた気がしてならなかった。おそらく、モニクがウェストミンスター群に通じていたことと、ウェストミンスター群の関与を頭から否定した〈宰相〉の見えすいた態度に、学園側もさすがに良心がとがめたのだろう。シスター・マッティが弁護してくれたのかもしれない。同時にソフロニアは〈仲間はずれ〉から何を学ぶべきだったかを理解した。つまり、あたしは友人たちの協力があって初めてスパイとしての力を発揮できるということだ。でも、だからもっと自立すべきなのか、それとももっと協力すべきなのかはわからなかった。

ソフロニアはなんどかブレイスウォープ教授の部屋を訪ねようとこころみたが、入室は許されず、五度めのときに「いいかげんになさい」とルフォー教授からひとこと言い渡された。ソフロニアは手書きのカードを託し、シスター・マッティのバルコニーに忍びこんでブレイスウォープ教授のために強心作用のあるジギタリスの束を届けようとまでしたが、会うことはできなかった。教授がいまも正気を失い、ソフロニアに危険がおよぶと判断されたせいか、それとも教師陣がシュリンプディトル教授の一件にソフロニアが関与していると気づき、ブレイスウォープ教授に危険がおよぶと判断されたせいかはわからない。ブレイスウォープ教授の好奇心旺盛な口ひげのない授業は退屈だった。ソフロニアは目の奥に奇妙な感覚を覚えた。涙がこみあげてくるような。でも涙は出なかった。きっと罪の痛みだ。これから新たに受け入れてゆかなければならない痛み。ソフロニアは食事も上の空で、自分が取る行動とその結果についてじっくり考えるようになった。

ジュヌビエーヴ・ルフォーは飛行船がダートムアに到着する前に〈ジェラルディン校〉からいなくなった。ルフォー教授は姪っ子の不在にもまったく動じず、数カ月後、〈バンソン校〉に入ったという、それまで聞いたこともない甥っ子――ガスパール・ルフォー――からの手紙が届きはじめた。

にはさんだ。

「遠い親戚の子よ。邪悪な天才になりたがっていたなんてまったく知らなかったけれど。もちろん、あの子がふさわしい場所を見つけたことはよかったわ。そう思わない者がどこにいます？」ソフロニアはルフォー教授がシスター・マッティにこう話しているのを小耳にはさんだ。

「でも、〈バンソン校〉とピクルマンは一心同体よ」と、シスター・マッティ。「いまではなおさらだわ。ピクルマンが水晶誘導バルブ製造の契約を勝ち取ったって聞いた？〈宰相〉が反対する法律を提示したけれど、たぶん通らないでしょうね」

「それは気がかりね。でも、甥は自分が追求すべきことを知っています。道を踏みはずすことはないでしょう」

「気をつけたほうがいいわ、タコに取りこまれないように」シスター・マッティが答えた。

ビエーヴは教育を受けるかたわら、おばさんのスパイとして活動しているのかしら？悪くないわね――〈バンソン校〉に偵察兵がいるなんて。そこでソフロニアの考えごとは中断された。

「ソフロニア、急いで。朝食に遅れるわよ！」

「ああ、そうね、ディミティ、そうだったわ」

「郵便物が届いてるんですって、聞いた？」ディミティがいそいそと近づき、ソフロニアの腕を取った。

「ふうん？」

二人は角を曲がって広い食堂に向かった。すべてはいつもどおりだ。生徒たちはそれぞれのテーブルに分かれ、いつでも授業を受けられるよう、きちんと、お行儀よく座っている。ロンドンとその魔法ははるか遠いものとなった。

ソフロニアとディミティは自分たちのテーブルに向かった。モニクと同様、数人の上級生は夫探しのためにロンドンに残った。彼女たちのお相手は慎重に選ばれ、明確な指示があたえられ、スパイとしての新しい人生が始まるのだ。そして同じテーブルには二人の新入生が大きく目を見開いて座り、プレシアを驚嘆の目で見つめていた。プレシアはギリシャ神話の邪悪な怪物よろしく、完璧なモニクズ・シューズ（モニクの代わり）として君臨していた。プレシアがモニクのピンク色の子ヤギ革のブーツを譲られたことを思えば、まさしく代役（シューズ）だ。

ディミティはいつもの席に座った。「あら、見て、ソフロニア、あなたに二通も手紙が届いてるわ！　誰から？」

ソフロニアは一通めを開いた。「あらまあ、マージー卿からだわ」

「あら、なんて？　愛の告白？」

ソフロニアは短くも感じのいい文面に目を通した。「まさか。ほめ言葉と歯の浮くような甘ったるいご機嫌うかがいよ。でも、よかった――あたしのダンディの扮装についてはひとことも書いてないわ」

「求愛の手紙よ！　まあ、すてき」

「どうかしら。マージー卿はあたしがピクルマンびいきになったと思ってるみたい。まあ無理もないわね、なんといっても吸血鬼だったんだから——あなたたちを誘拐したのは」

「あら、当然でしょ？　あの事件はとても快適とは言えなかったわ」ディミティは重大事件を軽やかに表現する才能がある。「それに、吸血鬼はあのかわいそうな少女を殺してしまったのよ」ディミティは恐怖の場面を思い出して身震いした。

ソフロニアは慰めるように片手を友人の腕に載せた。「たしかに前よりピクルマンのことは見なおしたわ。でも、どうして吸血群はあんな危険を冒してまでピクルマンを阻止しようとしたの？　何かよからぬことが起こりつつある気がするわ」

「何を見ても陰謀を疑うその癖、やめてくれない？」

「まわりがたくらみをやめればやめてもいいわ」

ディミティはため息をついた。「しかたないわね。それで、もう一通は？」

こちらは最初の手紙よりさらに短く、花模様の便せんに優美な署名がそえてあった。

「アケルダマ卿からの挨拶状だ。まあ、驚いた」

ディミティが眉をひそめた。「誰？　その人もあなたに交際を申しこんでるの？」

「まあそうとも言えるわね」ソフロニアは二通めの手紙をバンバースヌートにやって燃やさせた。これが何より安全だ。

訳者あとがき

配膳エレベーターをぶちこわし、カスタードクリームをレディの頭にぶちまけ、ついに花嫁学校（フィニシング・スクール）に叩き入れられたおてんば娘のソフロニア・テミニック。ところがそこは上流階級のマナーだけでなく、だましの術やごまかしの術、盗み聞きのしかたに、ナイフや毒薬の使いかたを教えるスパイ養成学校だった……。そんな設定で始まった〈英国空中学園譚〉の第二作『ソフロニア嬢、発明の礼儀作法を学ぶ』*Curtsies & Conspiracies*（原題の直訳は「お辞儀と陰謀」）をお届けいたします。

デビュー作〈英国パラソル奇譚〉でパラノーマルファンタジイにスチームパンキッシュなガジェットを詰めこみ、独自の世界を造りあげたゲイル・キャリガーは、本シリーズでもその設定を生かしつつ、新しいヒロインを描いて好調なスタートを切りました。前作『ソフロニア嬢、空賊の秘宝を探る』*Etiquette & Espionage*（「礼儀とスパイ」の意）に寄せられた賛辞をご紹介しましょう。

キャリガーのヤングアダルト・デビュー作は、ヴィクトリア朝パラノーマル・スチームパンクと魅力的なヒロインたちの取り合わせに、ヴィクトリア朝式の巧妙な陰謀と、気の利いた冗談と、気楽なおふざけと、なんとも興味をそそられる変人だらけの飛行船を混ぜこみ、また新たな読者を獲得した。《《ブックリスト》》誌

キャリガーの描く主人公は強くて、独立心にあふれ、まさに女性読者のロールモデル……。上流階級の紳士淑女に、飛行船、ロボット、人狼、吸血鬼を組み合わせたこの作品は、いわばスチームパンクミステリと冒険のごたまぜ小説で、読者を引きつけること間違いなし……。（《スクール・ライブラリー・ジャーナル》誌）

さて今回は入学から六カ月後、どれだけ学習の成果が出たかを確かめる試験の場面から始まります。入学して以来めきめきとスパイの才能を開花させつつあるソフロニアは無事、試験を終えますが、その結果、思わぬ苦境に立たされることに。その間にも〈マドモアゼル・ジェラルディン校〉のまわりには何やら怪しげな陰謀の影がちらつき、ソフロニアは一人、謎の解明に乗り出します。個性豊かな教師陣にルームメイト、煤っ子ソープに発明好きなビエーヴといったおなじみの顔ぶれに加え、今回は前作でソフロニアに気になる視線を送っていた男の子がメインキャラクターとして登場、ソフロニアとソープの関係にも

変化がおとずれます。もちろんメカアニマルのバンバースヌートも大活躍。キャリガーお得意のドタバタ劇はますます焦げくさく（?・）、ますます騒々しくクライマックスを迎えます。そして、アレクシア女史シリーズをお読みのかたにはお待ちかね——ついに**あの人物**が再登場！　こちらもどうぞお楽しみに。

ここでもうひとつお楽しみ情報を。シリーズの刊行元Little Brown社が本作の発売に合わせて制作したミュージック・ビデオが動画サイトにアップされました（こちらでご覧になれます。http://finishingschoolbooks.com/book2）。シルクハットの紳士が歌って踊るファンキーな曲とエドワード・ゴーリーふうのイラストをバックに、ソフロニアに扮したレディが飛行船のなかを歩きまわるサイレントムービーふうの造りで、本作をお読みになったかたにはきっと楽しんでいただけるはずです（ビデオのソフロニアは少々、大人っぽすぎるかもしれませんが、キャリガーいわく「わたしはそんなことにはあまりこだわらないの。それに、いずれにしてもソフロニアはスパイ……どんなふうにも変装するのが仕事よ」）。

著者のブログによれば、執筆中の三作目のタイトルは*Waistcoats & Weaponry*（「ベストと武器」の意）で、ソフロニアたち若きレディが男の子をこれでもかと翻弄する内容だそうです。きっと、またひとつスパイとしても人間としても成長したソフロニア嬢に出会えるに違いありません。

二〇一三年十一月

訳者略歴　熊本大学文学部卒，英米文学翻訳家　訳書『サンドマン・スリムと天使の街』キャドリー，『ソフロニア嬢、空賊の秘宝を探る』キャリガー（以上早川書房刊）他多数

HM=Hayakawa Mystery
SF=Science Fiction
JA=Japanese Author
NV=Novel
NF=Nonfiction
FT=Fantasy

英国空中学園譚

ソフロニア嬢、発明の礼儀作法を学ぶ

〈FT560〉

二〇一三年十二月十日　印刷
二〇一三年十二月十五日　発行
（定価はカバーに表示してあります）

著者　ゲイル・キャリガー
訳者　川野靖子
発行者　早川浩
発行所　株式会社早川書房
郵便番号　一〇一‐〇〇四六
東京都千代田区神田多町二ノ二
電話　〇三‐三二五二‐三一一一（大代表）
振替　〇〇一六〇‐三‐四七七九九
http://www.hayakawa-online.co.jp
乱丁・落丁本は小社制作部宛お送り下さい。
送料小社負担にてお取りかえいたします。

印刷・精文堂印刷株式会社　製本・株式会社フォーネット社
Printed and bound in Japan
ISBN978-4-15-020560-7 C0197

本書は活字が大きく読みやすい〈トールサイズ〉です。